MADAME BOVARY

Gustave Flaubert

Gustave Flaubert naît à Rouen en 1821. Issu d'une famille bourgeoise, il abandonne rapidement ses études de droit pour se consacrer à l'écriture. En 1857, la publication de *Madame Bovary* fait l'objet d'un procès retentissant pour outrage aux bonnes mœurs, mais l'acquittement est prononcé. En 1862, paraît *Salammbô*, qui connaît un grand succès, puis en 1869, *L'éducation sentimentale*. Gustave Flaubert meurt en 1880 d'une hémorragie cérébrale, laissant sa dernière œuvre, *Bouvard et Pécuchet*, inachevée.

GUSTAVE FLAUBERT

MADAME BOVARY

Texte abrégé.

Certaines œuvres littéraires peuvent sembler difficiles d'accès.
Cette version abrégée du texte original comporte des coupes effectuées
de manière à laisser intacts le ton et le style de l'auteur.

PREMIÈRE PARTIE

1

Nous étions à l'Étude, quand le Proviseur entra, suivi d'un *nouveau*. Ceux qui dormaient se réveillèrent, et chacun se leva comme surpris dans son travail.

Le Proviseur nous fit signe de nous rasseoir ; puis, se tournant vers le maître d'études :

— Monsieur Roger, lui dit-il à demi-voix, voici un élève que je vous recommande, il entre en cinquième. Si son travail et sa conduite sont méritoires, il passera *dans les grands*, où l'appelle son âge.

Resté dans l'angle, derrière la porte, si bien qu'on l'apercevait à peine, le *nouveau* était un gars de la campagne, d'une quinzaine d'années environ, et plus haut de taille qu'aucun de nous tous. Il avait les cheveux coupés droit sur le front, l'air raisonnable et fort embarrassé. Quoiqu'il ne fût pas large des épaules, son habit-veste de drap vert à boutons noirs devait le gêner aux entournures et laissait voir des poignets rouges habitués à être nus. Ses jambes, en bas bleus, sortaient d'un pantalon jaunâtre très tiré par les bretelles. Il était chaussé de souliers forts, mal cirés, garnis de clous.

On commença la récitation des leçons. Il les écouta de toutes ses oreilles, et, à deux heures, quand la cloche sonna, le maître d'études fut obligé de l'avertir, pour qu'il se mît avec nous dans les rangs.

Nous avions l'habitude, en entrant en classe, de jeter nos casquettes par terre, afin d'avoir ensuite nos mains plus libres ; il fallait, dès le seuil de la porte, les lancer sous le banc, de façon à frapper contre la muraille en faisant beaucoup de poussière ; c'était là le *genre*.

Mais, soit qu'il n'eût pas remarqué cette manœuvre ou qu'il n'eût osé s'y soumettre, la prière était finie que le *nouveau* tenait encore sa casquette sur ses deux genoux. C'était une de ces coiffures d'ordre composite, dont la laideur muette a des profondeurs d'expression comme le visage d'un imbécile.

— Levez-vous, dit le professeur.

Il se leva ; sa casquette tomba. Toute la classe se mit à rire.

Il se baissa pour la reprendre. Un voisin la fit tomber d'un coup de coude, il la ramassa encore une fois.

— Débarrassez-vous donc de votre casque, dit le professeur, qui était un homme d'esprit.

Il y eut un rire éclatant des écoliers qui décontenança le pauvre garçon, si bien qu'il ne savait s'il fallait garder sa casquette à la main, la laisser par terre ou la mettre sur sa tête. Il se rassit et la posa sur ses genoux.

— Levez-vous, reprit le professeur, et dites-moi votre nom.

Le *nouveau* articula, d'une voix bredouillante, un nom inintelligible.

— Répétez !

Le même bredouillement de syllabes se fit entendre, couvert par les huées de la classe.

10

— Plus haut ! cria le maître, plus haut !

Le *nouveau*, prenant alors une résolution extrême, ouvrit une bouche démesurée et lança à pleins poumons, comme pour appeler quelqu'un, ce mot : *Charbovari*.

Ce fut un vacarme qui s'élança d'un bond, monta en *crescendo*, avec des éclats de voix aigus (on hurlait, on aboyait, on trépignait, on répétait : *Charbovari ! Charbovari !*)

Cependant, sous la pluie des pensums, l'ordre peu à peu se rétablit dans la classe, et le professeur, parvenu à saisir le nom de Charles Bovary, se l'étant fait dicter, épeler et relire, commanda tout de suite au pauvre diable d'aller s'asseoir sur le banc de paresse, au pied de la chaire. Il se mit en mouvement, mais, avant de partir, hésita.

— Que cherchez-vous ? demanda le professeur.

— Ma cas..., fit timidement le *nouveau*, promenant autour de lui des regards inquiets.

— Cinq cents vers à toute la classe ! exclamé d'une voix furieuse, arrêta une bourrasque nouvelle. – Restez donc tranquilles ! continuait le professeur indigné. Quant à vous, le *nouveau*, vous me copierez vingt fois le verbe *ridiculus sum*.

Puis, d'une voix plus douce :

— Eh ! vous la retrouverez, votre casquette ; on ne vous l'a pas volée !

Le soir, à l'Étude, nous le vîmes qui travaillait en conscience, cherchant tous les mots dans le dictionnaire et se donnant beaucoup de mal. Grâce, sans doute, à cette bonne volonté dont il fit preuve, il dut de ne pas descendre dans la classe inférieure.

Son père, M. Charles-Denis-Bartholomé Bovary, ancien aide-chirurgien-major, compromis, vers 1812, dans des

11

affaires de conscription[1], et forcé de quitter le service, avait alors profité de ses avantages personnels pour saisir au passage une dot de soixante mille francs[2], qui s'offrait en la fille d'un marchand bonnetier, devenue amoureuse de sa tournure. Bel homme, hâbleur, portant des favoris rejoints aux moustaches, les doigts toujours garnis de bagues et habillé de couleurs voyantes, il avait l'aspect d'un brave. Une fois marié, il vécut deux ou trois ans sur la fortune de sa femme, dînant bien, se levant tard, fumant dans de grandes pipes en porcelaine, ne rentrant le soir qu'après le spectacle et fréquentant les cafés. Le beau-père mourut et laissa peu de chose ; il en fut indigné.

Moyennant deux cents francs par an, il trouva à louer dans un village, sur les confins du pays de Caux et de la Picardie, une sorte de logis moitié ferme, moitié maison de maître ; et, chagrin, rongé de regrets, accusant le ciel, jaloux contre tout le monde, il s'enferma dès l'âge de quarante-cinq ans, dégoûté des hommes, disait-il, et décidé à vivre en paix.

Sa femme enjouée jadis, expansive et tout aimante, était, en vieillissant, devenue d'humeur difficile, piaillarde, nerveuse. Elle avait tant souffert, sans se plaindre, quand elle le voyait courir après toutes les gotons de village et que vingt mauvais lieux le lui renvoyaient le soir, blasé et puant l'ivresse !

Quand elle eut un enfant, il le fallut mettre en nourrice. Rentré chez eux, le marmot fut gâté comme un prince. Sa mère le nourrissait de confitures ; son père le laissait

1. Enrôlement dans l'armée.
2. Environ 23 000 euros.

12

courir sans souliers. Sa mère le traînait toujours après elle ; elle lui découpait des cartons, lui racontait des histoires, s'entretenait avec lui dans des monologues sans fin, pleins de gaietés mélancoliques et de chatteries babillardes. Dans l'isolement de sa vie, elle reporta sur cette tête d'enfant toutes ses vanités éparses, brisées. Elle le voyait déjà grand, beau, spirituel, établi, dans les ponts et chaussées ou dans la magistrature. Elle lui apprit à lire, et même lui enseigna, sur un vieux piano qu'elle avait, à chanter deux ou trois petites romances. Mais, à tout cela, M. Bovary, peu soucieux des lettres, disait que ce *n'était pas la peine !* Madame Bovary se mordait les lèvres, et l'enfant vagabondait dans le village.

Il suivait les laboureurs, et chassait, à coups de motte de terre, les corbeaux qui s'envolaient. Il mangeait des mûres le long des fossés, gardait les dindons avec une gaule, fanait à la moisson, courait dans le bois, jouait à la marelle sous le porche de l'église les jours de pluie, et, aux grandes fêtes, suppliait le bedeau de lui laisser sonner les cloches, pour se pendre de tout son corps à la grande corde et se sentir emporter par elle dans sa volée.

Aussi poussa-t-il comme un chêne. Il acquit de fortes mains, de belles couleurs.

À douze ans, sa mère obtint que l'on commençât ses études. On en chargea le curé. Mais les leçons étaient si courtes et si mal suivies, qu'elles ne pouvaient servir à grand-chose. C'était aux moments perdus qu'elles se donnaient, dans la sacristie, debout, à la hâte, entre un baptême et un enterrement.

Charles ne pouvait en rester là. Madame fut énergique. Honteux, ou fatigué plutôt, Monsieur céda sans résistance, et l'on attendit encore un an que le gamin eût fait sa première communion.

Six mois se passèrent encore ; et, l'année d'après, Charles fut définitivement envoyé au collège de Rouen, où son père l'amena lui-même, vers la fin d'octobre.

C'était un garçon de tempérament modéré, qui jouait aux récréations, travaillait à l'étude, écoutant en classe, dormant bien au dortoir, mangeant bien au réfectoire. Le soir de chaque jeudi, il écrivait une longue lettre à sa mère ; puis il repassait ses cahiers d'histoire. En promenade, il causait avec le domestique, qui était de la campagne comme lui.

À force de s'appliquer, il se maintint toujours vers le milieu de la classe ; une fois même, il gagna un premier accessit d'histoire naturelle. Mais à la fin de sa troisième, ses parents le retirèrent du collège pour lui faire étudier la médecine, persuadés qu'il pourrait se pousser seul jusqu'au baccalauréat.

Sa mère lui choisit une chambre, au quatrième, sur l'Eau-de-Robec, chez un teinturier de sa connaissance. Elle conclut les arrangements pour sa pension, se procura des meubles, fit venir de chez elle un vieux lit en merisier, et acheta de plus un petit poêle en fonte, avec la provision de bois qui devait chauffer son pauvre enfant. Puis elle partit au bout de la semaine, après mille recommandations de se bien conduire, maintenant qu'il allait être abandonné à lui-même.

Le programme des cours lui fit un effet d'étourdissement : cours d'anatomie, cours de pathologie, cours de physiologie, cours de pharmacie, cours de chimie, et de botanique, et de clinique, et de thérapeutique, sans compter l'hygiène ni la matière médicale.

Il n'y comprit rien ; il avait beau écouter, il ne saisissait pas. Il travaillait pourtant, il suivait tous les cours, il ne perdait pas une seule visite.

Il maigrit, sa taille s'allongea, et sa figure prit une sorte d'expression dolente qui la rendit presque intéressante.

Naturellement, par nonchalance, il en vint à se délier de toutes les résolutions qu'il s'était faites. Une fois, il manqua la visite, le lendemain son cours, et, savourant la paresse, peu à peu, n'y retourna plus.

Il prit l'habitude du cabaret, avec la passion des dominos. C'était comme l'initiation au monde, l'accès des plaisirs défendus. Alors, beaucoup de choses comprimées en lui se dilatèrent ; il apprit par cœur des couplets qu'il chantait aux bienvenues, sut faire du punch et connut enfin l'amour.

Grâce à ces travaux préparatoires, il échoua complètement à son examen d'officier de santé. On l'attendait le soir même à la maison pour fêter son succès !

Il partit à pied et s'arrêta vers l'entrée du village, où il fit demander sa mère, lui conta tout. Elle l'excusa, rejetant l'échec sur l'injustice des examinateurs, et le raffermit un peu, se chargeant d'arranger les choses. Cinq ans plus tard seulement, M. Bovary connut la vérité ; elle était vieille, il l'accepta, ne pouvant d'ailleurs supposer qu'un homme issu de lui fût un sot.

Charles se remit donc au travail et prépara sans discontinuer les matières de son examen, dont il apprit d'avance toutes les questions par cœur. Il fut reçu avec une assez bonne note. Quel beau jour pour sa mère ! On donna un grand dîner.

Où irait-il exercer son art ? À Tostes. Il n'y avait là qu'un vieux médecin. Depuis longtemps madame Bovary guettait sa mort, et le bonhomme n'avait point encore plié bagage, que Charles était installé en face, comme son successeur.

Mais ce n'était pas tout : il lui fallait une femme. Elle lui en trouva une : la veuve d'un huissier de Dieppe, qui avait quarante-cinq ans et douze cents livres de rente[3].

Quoiqu'elle fût laide, madame Dubuc ne manquait pas de partis à choisir. Pour arriver à ses fins, la mère Bovary fut obligée de les évincer tous.

Charles avait entrevu dans le mariage l'avènement d'une condition meilleure, imaginant qu'il serait plus libre et pourrait disposer de sa personne et de son argent. Mais sa femme fut le maître. Elle décachetait ses lettres, épiait ses démarches, et l'écoutait, à travers la cloison, donner ses consultations dans son cabinet, quand il y avait des femmes.

Il lui fallait son chocolat tous les matins, des égards à n'en plus finir. Elle se plaignait sans cesse de ses nerfs, de sa poitrine, de ses humeurs. Le soir, quand Charles rentrait, elle sortait de dessous ses draps ses longs bras maigres, les lui passait autour du cou, et se mettait à lui parler de ses chagrins : il l'oubliait, il en aimait une autre ! On lui avait bien dit qu'elle serait malheureuse ; et elle finissait en lui demandant quelque sirop pour sa santé et un peu plus d'amour.

3. Environ 4 500 euros.

2

Une nuit, vers onze heures, ils furent réveillés par le bruit d'un cheval qui s'arrêta juste à la porte. La bonne ouvrit la lucarne du grenier et parlementa quelque temps avec un homme resté en bas, dans la rue. Il venait chercher le médecin ; il avait une lettre. *Nastasie* descendit les marches en grelottant, et alla ouvrir la serrure et les verrous. L'homme laissa son cheval, et entra tout à coup derrière elle. Il tira de dedans son bonnet de laine une lettre enveloppée dans un chiffon, et la présenta délicatement à Charles, qui s'accouda sur l'oreiller pour la lire.

Cette lettre, cachetée d'un petit cachet de cire bleue, suppliait M. Bovary de se rendre immédiatement à la ferme des Bertaux, pour remettre une jambe cassée. Or il y a, de Tostes aux Bertaux, six bonnes lieues[1] de traverse. La nuit était noire. Madame Bovary jeune redoutait les accidents pour son mari. Donc il fut décidé que le valet d'écurie prendrait les devants. Charles partirait trois heures plus tard, au lever de la lune. On enverrait

1. Environ 24 kilomètres.

un gamin à sa rencontre, afin de lui montrer le chemin de la ferme et d'ouvrir les clôtures devant lui.

Vers quatre heures du matin, Charles, bien enveloppé dans son manteau, se mit en route pour les Bertaux. Encore endormi par la chaleur du sommeil, il se laissait bercer au trot pacifique de sa bête. Comme il passait par Vassonville, il aperçut, au bord d'un fossé, un jeune garçon assis sur l'herbe.

— Êtes-vous le médecin ? demanda l'enfant.

Et, sur la réponse de Charles, il prit ses sabots à ses mains et se mit à courir devant lui.

L'officier de santé, chemin faisant, comprit aux discours de son guide que M. Rouault devait être un cultivateur des plus aisés. Il s'était cassé la jambe, la veille au soir, en revenant de *faire les Rois*, chez un voisin. Sa femme était morte depuis deux ans. Il n'avait avec lui que sa *demoiselle*, qui l'aidait à tenir la maison.

Les ornières devinrent plus profondes. On approchait des Bertaux. Le petit gars, se coulant alors par un trou de haie, disparut, puis il revint au bout d'une cour en ouvrir la barrière. Le cheval glissait sur l'herbe mouillée ; Charles se baissait pour passer sous les branches. Les chiens de garde à la niche aboyaient en tirant sur leur chaîne. Quand il entra dans les Bertaux, son cheval eut peur et fit un grand écart.

C'était une ferme de bonne apparence. On voyait dans les écuries, par le dessus des portes ouvertes, de gros chevaux de labour qui mangeaient tranquillement dans des râteliers neufs. Parmi les poules et les dindons, picoraient dessus cinq ou six paons, luxe des basses-cours cauchoises. La bergerie était longue, la grange était haute. Il y avait sous le hangar deux grandes charrettes et quatre charrues, avec leurs fouets, leurs colliers, leurs équipages complets. La cour allait en montant, plantée d'arbres symétriquement espacés, et le bruit gai d'un troupeau d'oies retentissait près de la mare.

Une jeune femme, en robe de mérinos[2] bleu garnie de trois volants, vint sur le seuil de la maison pour recevoir M. Bovary, qu'elle fit entrer dans la cuisine, où flambait un grand feu. La pelle, les pincettes et le bec du soufflet, tous de proportion colossale, brillaient comme de l'acier poli.

Charles monta, au premier, voir le malade. Il le trouva dans son lit, suant sous ses couvertures et ayant rejeté bien loin son bonnet de coton. C'était un gros petit homme de cinquante ans, à la peau blanche, à l'œil bleu, chauve sur le devant de la tête. Il avait à ses côtés, sur une chaise, une grande carafe d'eau-de-vie, dont il se versait de temps à autre pour se donner du cœur au ventre ; mais, dès qu'il vit le médecin, son exaltation tomba, et, au lieu de sacrer comme il faisait depuis douze heures, il se prit à geindre faiblement.

La fracture était simple. Charles n'eût osé en souhaiter de plus facile. Alors, se rappelant les allures de ses maîtres auprès du lit des blessés, il réconforta le patient avec toutes sortes de bons mots. Afin d'avoir des attelles, on alla chercher, sous la charretterie, un paquet de lattes. Charles en choisit une, la coupa en morceaux et la polit avec un éclat de vitre, tandis que la servante déchirait des draps pour faire des bandes, et que mademoiselle Emma tâchait à

2. Laine très fine.

coudre des coussinets. Tout en cousant, elle se piquait les doigts, qu'elle portait ensuite à sa bouche pour les sucer.

Charles fut surpris de la blancheur de ses ongles. Ils étaient brillants, fins du bout et taillés en amande. Sa main pourtant n'était pas belle ; elle était trop longue aussi. Ce qu'elle avait de beau, c'étaient les yeux ; quoiqu'ils fussent bruns, ils semblaient noirs à cause des cils, et son regard arrivait franchement à vous avec une hardiesse candide.

Une fois le pansement fait, le médecin fut invité, par M. Rouault lui-même, à *prendre un morceau* avant de partir.

Charles descendit dans la salle, au rez-de-chaussée. Deux couverts, avec des timbales d'argent, y étaient mis sur une petite table, au pied d'un grand lit à baldaquin revêtu d'une indienne à personnages représentant des Turcs. On sentait une odeur d'iris et de draps humides, qui s'échappait de la haute armoire en bois de chêne, faisant face à la fenêtre. Par terre, dans les angles, étaient rangés, debout, des sacs de blé. C'était le trop-plein du grenier proche, où l'on montait par trois marches de pierre. Il y avait, pour décorer l'appartement, accrochée à un clou, au milieu du mur dont la peinture verte s'écaillait sous le salpêtre, une tête de Minerve au crayon noir, encadrée de dorure, et qui portait au bas, écrit en lettres gothiques : « À mon cher papa. »

On parla d'abord du malade, puis du temps qu'il faisait, des grands froids, des loups qui couraient les champs, la nuit. Mademoiselle Rouault ne s'amusait guère à la campagne, maintenant surtout qu'elle était chargée presque à elle seule des soins de la ferme. Comme la salle était fraîche, elle grelottait tout en mangeant, ce qui découvrait un peu ses lèvres charnues, qu'elle avait coutume de mordillonner à ses moments de silence.

Son cou sortait d'un col blanc, rabattu. Ses cheveux, dont les deux bandeaux noirs semblaient chacun d'un seul morceau, tant ils étaient lisses, étaient séparés sur le milieu de la tête par une raie fine, qui s'enfonçait légèrement selon la courbe du crâne ; et, laissant voir à peine le bout de l'oreille, ils allaient se confondre par derrière en un chignon abondant, avec un mouvement ondé vers les tempes, que le médecin de campagne remarqua là pour la première fois de sa vie. Ses pommettes étaient roses.

Quand Charles, après être monté dire adieu au père Rouault, rentra dans la salle avant de partir, il la trouva debout, le front contre la fenêtre, et qui regardait dans le jardin. Elle se retourna.

— Cherchez-vous quelque chose ? demanda-t-elle.

— Ma cravache, s'il vous plaît, répondit-il.

Elle était tombée à terre, entre les sacs et la muraille. Mademoiselle Emma l'aperçut ; elle se pencha sur les sacs de blé. Charles, par galanterie, se précipita et, comme il allongeait aussi son bras dans le même mouvement, il sentit sa poitrine effleurer le dos de la jeune fille, courbée sous lui. Elle se redressa toute rouge et le regarda par-dessus l'épaule, en lui tendant son nerf de bœuf.

Au lieu de revenir aux Bertaux trois jours après, comme il l'avait promis, c'est le lendemain même qu'il y retourna, puis deux fois la semaine régulièrement, sans compter les visites inattendues qu'il faisait de temps à autre, comme par mégarde.

Tout, du reste, alla bien ; la guérison s'établit selon les règles, et quand, au bout de quarante-six jours, on vit le père Rouault qui s'essayait à marcher seul, on commença à considérer M. Bovary comme un homme de grande capacité. Le père Rouault disait qu'il n'aurait pas été mieux guéri par les premiers médecins d'Yvetot ou même de Rouen.

Quant à Charles, il ne chercha point à se demander pourquoi il venait aux Bertaux avec plaisir. Ces jours-là il se levait de bonne heure, partait au galop, poussait sa bête, puis il descendait pour s'essuyer les pieds sur l'herbe, et passait ses gants noirs avant d'entrer. Il aimait à se voir arriver dans la cour. Il aimait la grange et les écuries ; il aimait le père Rouault, qui lui tapait dans la main en l'appelant son sauveur ; il aimait les petits sabots de mademoiselle Emma sur les dalles lavées de la cuisine.

Elle le reconduisait toujours jusqu'à la première marche du perron. Lorsqu'on n'avait pas encore amené son cheval, elle restait là. On s'était dit adieu, on ne parlait plus. Une fois, par un temps de dégel, l'écorce des arbres suintait dans la cour, la neige sur les couvertures des bâtiments se fondait. Elle était sur le seuil ; elle alla chercher son ombrelle, elle l'ouvrit. L'ombrelle, de soie gorge de pigeon, que traversait le soleil, éclairait de reflets mobiles la peau blanche de sa figure. Elle souriait là-dessous à la chaleur tiède ; et on entendait les gouttes d'eau, une à une, tomber sur la moire tendue.

Dans les premiers temps que Charles fréquentait les Bertaux, madame Bovary jeune ne manquait pas de s'informer du malade. Mais quand elle sut qu'il avait une fille, elle alla aux informations ; et elle apprit que mademoiselle Rouault, élevée au couvent, chez les Ursulines, avait reçu, comme on dit, *une belle éducation*, qu'elle savait, en conséquence, la danse, la géographie, le dessin, faire de la tapisserie et toucher du piano. Ce fut le comble !

— C'est donc pour cela, se disait-elle, qu'il a la figure si épanouie quand il va la voir, et qu'il met son gilet neuf, au risque de l'abîmer à la pluie ? Ah ! cette femme ! cette femme !…

Et elle la détesta, d'instinct. D'abord, elle se soulagea par des allusions, Charles ne les comprit pas ; ensuite, par des réflexions incidentes qu'il laissait passer de peur de l'orage ; enfin, par des apostrophes à brûle-pourpoint auxquelles il ne savait que répondre.

Par lassitude, Charles cessa de retourner aux Bertaux. Héloïse lui avait fait jurer qu'il n'irait plus, la main sur son livre de messe, après beaucoup de sanglots et de baisers, dans une grande explosion d'amour. Il obéit donc ; mais la hardiesse de son désir protesta contre la servilité de sa conduite. Et puis la veuve était maigre ; elle avait les dents longues ; elle portait en toute saison un petit châle noir dont la pointe lui descendait entre les omoplates ; sa taille dure était engainée dans des robes en façon de fourreau, trop courtes, qui découvraient ses chevilles, avec les rubans de ses souliers larges s'entrecroisant sur des bas gris.

La mère de Charles venait les voir de temps à autre ; mais, au bout de quelques jours, la bru semblait l'aiguiser à son fil ; et alors, comme deux couteaux, elles étaient à le scarifier[3] par leurs réflexions et leurs observations.

Il arriva qu'au commencement du printemps, un notaire d'Ingouville, détenteur de fonds à la veuve Dubuc, s'embarqua, par une belle marée, emportant avec lui tout l'argent de son étude. Héloïse, il est vrai, possédait encore, outre une part de bateau évaluée six mille francs, sa maison

3. Entailler la peau.

23

de la rue Saint-François ; et cependant, de toute cette fortune que l'on avait fait sonner si haut, rien, si ce n'est un peu de mobilier et quelques nippes[4], n'avait paru dans le ménage. Il fallut tirer la chose au clair. La maison de Dieppe se trouva vermoulue d'hypothèques jusque dans ses pilotis ; ce qu'elle avait mis chez le notaire, Dieu seul le savait, et la part de barque n'excéda point mille écus. Elle avait donc menti, la bonne dame ! Dans son exaspération, M. Bovary père, brisant une chaise contre les pavés, accusa sa femme d'avoir fait le malheur de leur fils en l'attelant à une haridelle[5] semblable. Ils vinrent à Tostes. On s'expliqua. Il y eut des scènes. Héloïse, en pleurs, se jetant dans les bras de son mari, le conjura de la défendre de ses parents. Charles voulut parler pour elle. Ceux-ci se choquèrent, et ils partirent.

Mais *le coup était porté*. Huit jours après, comme elle étendait du linge dans sa cour, elle fut prise d'un crachement de sang, et le lendemain, tandis que Charles avait le dos tourné pour fermer le rideau de la fenêtre, elle dit : « Ah ! mon Dieu ! » poussa un soupir et s'évanouit. Elle était morte !

4. Vêtements usés.
5. Cheval très maigre.

3

Un matin, le père de Rouault vint apporter à Charles le payement de sa jambe remise : soixante et quinze francs en pièces de quarante sous, et une dinde. Il avait appris son malheur, et l'en consola tant qu'il put.

— Je sais ce que c'est ! disait-il en lui frappant sur l'épaule ; j'ai été comme vous, moi aussi ! Quand j'ai eu perdu ma pauvre défunte, j'allais dans les champs pour être tout seul ; je tombais au pied d'un arbre, je pleurais, j'appelais le bon Dieu, je lui disais des sottises. Et quand je pensais que d'autres, à ce moment-là, étaient avec leurs bonnes petites femmes à les tenir embrassées contre eux, je tapais de grands coups par terre avec mon bâton ; j'étais quasiment fou, que je ne mangeais plus. Eh bien, tout doucement, ça s'en est allé, c'est parti, c'est descendu, je veux dire, car il vous reste toujours quelque chose au fond, comme qui dirait… un poids, là, sur la poitrine ! Mais, puisque c'est notre sort à tous, on ne doit pas non plus se laisser dépérir, et, parce que d'autres sont morts, vouloir mourir… Il faut vous secouer, monsieur Bovary ; ça se passera ! Venez nous voir ; ma fille pense à vous de temps à autre, savez-vous bien, et elle dit comme ça que vous l'oubliez.

Charles suivit son conseil. Il retourna aux Bertaux ; il retrouva tout comme la veille, comme il y avait cinq mois, c'est-à-dire. Les poiriers déjà étaient en fleur, et le bonhomme Rouault, debout maintenant, allait et venait, ce qui rendait la ferme plus animée.

Croyant qu'il était de son devoir de prodiguer au médecin le plus de politesses possible, à cause de sa position douloureuse, il le pria de ne point se découvrir la tête, lui parla à voix basse, comme s'il eût été malade, et même fit semblant de se mettre en colère de ce que l'on n'avait pas apprêté à son intention quelque chose d'un peu plus léger que tout le reste, tels que des petits pots de crème ou des poires cuites. Il conta des histoires. Charles se surprit à rire ; mais le souvenir de sa femme, lui revenant tout à coup, l'assombrit. On apporta le café ; il n'y pensa plus.

Il y pensa moins, à mesure qu'il s'habituait à vivre seul. L'agrément nouveau de l'indépendance lui rendit bientôt la solitude plus supportable. Donc, il se choya, se dorlota et accepta les consolations qu'on lui donnait. Son nom s'était répandu, sa clientèle s'était accrue ; et puis il allait aux Bertaux tout à son aise. Il avait un espoir sans but, un bonheur vague ; il se trouvait la figure plus agréable en brossant ses favoris devant son miroir.

Il arriva un jour vers trois heures ; tout le monde était aux champs ; il entra dans la cuisine, mais n'aperçut point d'abord Emma ; les auvents[1] étaient fermés. Entre la fenêtre et le foyer, Emma cousait ; elle n'avait point de fichu, on voyait sur ses épaules nues de petites gouttes de sueur.

1. Volets.

Selon la mode de la campagne, elle lui proposa de boire quelque chose. Il refusa, elle insista, et enfin lui offrit, en riant, de prendre un verre de liqueur avec elle.

Elle se plaignit d'éprouver, depuis le commencement de la saison, des étourdissements ; elle demanda si les bains de mer lui seraient utiles ; elle se mit à causer du couvent, Charles de son collège, les phrases leur vinrent. Ils montèrent dans sa chambre. Elle lui fit voir ses anciens cahiers de musique, les petits livres qu'on lui avait donnés en prix et les couronnes en feuilles de chêne, abandonnées dans un bas d'armoire. Elle lui parla encore de sa mère, du cimetière, et même lui montra dans le jardin la plate-bande dont elle cueillait les fleurs, tous les premiers vendredis de chaque mois, pour les aller mettre sur sa tombe. Elle eût bien voulu, ne fût-ce au moins que pendant l'hiver, habiter la ville, quoique la longueur des beaux jours rendît peut-être la campagne plus ennuyeuse encore durant l'été ; – et, selon ce qu'elle disait, sa voix était claire, aiguë, ou se couvrant de langueur tout à coup, traînait des modulations qui finissaient presque en murmures, quand elle se parlait à elle-même, – tantôt joyeuse, ouvrant des yeux naïfs, puis les paupières à demi closes, le regard noyé d'ennui, la pensée vagabondant.

Le soir, en s'en retournant, Charles reprit une à une les phrases qu'elle avait dites, tâchant de se les rappeler, d'en compléter le sens, afin de se faire la portion d'existence qu'elle avait vécu dans le temps qu'il ne la connaissait pas encore. La figure d'Emma revenait toujours se placer devant ses yeux, et quelque chose de monotone comme le ronflement d'une toupie bourdonnait à ses oreilles : « Si tu te mariais, pourtant ! si tu te mariais ! » La nuit, il ne dormit pas, sa gorge était serrée, il avait soif ; il se leva pour aller boire à son pot à l'eau et il ouvrit la fenêtre ; le ciel était couvert d'étoiles, un vent chaud passait, au loin des chiens aboyaient. Il tourna la tête du côté des Bertaux.

Pensant qu'après tout l'on ne risquait rien, Charles se promit de faire la demande quand l'occasion s'en offrirait ; mais, chaque fois qu'elle s'offrit, la peur de ne point trouver les mots convenables lui collait les lèvres.

Le père Rouault n'eût pas été fâché qu'on le débarrassât de sa fille, qui ne lui servait guère dans sa maison. Lorsqu'il s'aperçut que Charles avait les pommettes rouges près de sa fille, ce qui signifiait qu'un de ces jours on la lui demanderait en mariage, il rumina d'avance toute l'affaire. Il le trouvait bien un peu *gringalet*, et ce n'était pas là un gendre comme il l'eût souhaité ; mais on le disait de bonne conduite, économe, fort instruit, et sans doute qu'il ne chicanerait pas trop sur la dot. Or, comme le père Rouault allait être forcé de vendre vingt-deux acres[2] de *son bien*, qu'il devait beaucoup au maçon, beaucoup au bourrelier, que l'arbre du pressoir était à remettre :

— S'il me la demande, se dit-il, je la lui donne.

À l'époque de la Saint-Michel[3], Charles était venu passer trois jours aux Bertaux. La dernière journée s'était écoulée comme les précédentes, à reculer de quart d'heure en quart d'heure. Le père Rouault lui fit la conduite ; ils marchaient dans un chemin creux, ils s'allaient quitter ; c'était le moment. Charles se donna jusqu'au coin de la haie, et enfin, quand on l'eut dépassée :

2. Environ 11 hectares.
3. Le 29 septembre.

— Maître Rouault, murmura-t-il, je voudrais bien vous dire quelque chose.

Ils s'arrêtèrent. Charles se taisait.

— Mais contez-moi votre histoire ! est-ce que je ne sais pas tout ? dit le père Rouault, en riant doucement.

— Père Rouault..., père Rouault..., balbutia Charles.

— Moi, je ne demande pas mieux, continua le fermier. Quoique sans doute la petite soit de mon idée, il faut pourtant lui demander son avis. Allez-vous-en donc ; je m'en vais retourner chez nous. Si c'est oui, entendez-moi bien, vous n'aurez pas besoin de revenir, à cause du monde, et, d'ailleurs, ça la saisirait trop. Mais pour que vous ne vous mangiez pas le sang, je pousserai tout grand l'auvent de la fenêtre contre le mur : vous pourrez le voir par derrière, en vous penchant sur la haie.

Et il s'éloigna.

Charles attacha son cheval à un arbre. Il courut se mettre dans le sentier ; il attendit. Une demi-heure se passa, puis il compta dix-neuf minutes à sa montre. Tout à coup un bruit se fit contre le mur ; l'auvent s'était rabattu.

Le lendemain, dès neuf heures, il était à la ferme. Emma rougit quand il entra, tout en s'efforçant de rire un peu, par contenance. Le père Rouault embrassa son futur gendre. On remit à causer des arrangements d'intérêt ; on avait, d'ailleurs, du temps devant soi, puisque le mariage ne pouvait décemment avoir lieu avant la fin du deuil de Charles, c'est-à-dire vers le printemps de l'année prochaine.

L'hiver se passa dans cette attente. Mademoiselle Rouault s'occupa de son trousseau. Une partie en fut commandée à Rouen, et elle se confectionna des chemises et des bonnets de nuit, d'après des dessins de modes qu'elle emprunta.

Emma eût désiré se marier à minuit, aux flambeaux ; mais le père Rouault ne comprit rien à cette idée. Il y eut donc une noce, où vinrent quarante-trois personnes, où l'on resta seize heures à table, qui recommença le lendemain et quelque peu les jours suivants.

4

Les conviés arrivèrent de bonne heure dans des voitures, carrioles à un cheval, chars à bancs à deux roues, vieux cabriolets sans capote, tapissières à rideaux de cuir, et les jeunes gens des villages les plus voisins dans des charrettes. On avait invité tous les parents des deux familles, on s'était raccommodé avec les amis brouillés, on avait écrit à des connaissances perdues de vue depuis longtemps.

Les dames, en bonnet, avaient des robes à la façon de la ville, des chaînes de montre en or, des pèlerines à bouts croisés dans la ceinture, ou de petits fichus de couleur attachés dans le dos avec une épingle, et qui leur découvraient le cou par derrière. Les gamins, vêtus pareillement à leurs papas, semblaient incommodés par leurs habits neufs, et l'on voyait à côté d'eux, ne soufflant mot dans la robe blanche de sa première communion rallongée pour la circonstance, quelque grande fillette de quatorze ou seize ans, leur cousine ou leur sœur aînée sans doute. Comme il n'y avait point assez de valets d'écurie pour dételer toutes les voitures, les messieurs retroussaient leurs manches et s'y mettaient eux-mêmes. Suivant leur position sociale différente, ils avaient des habits, des redingotes,

31

des vestes, des habits-vestes : – bons habits qui ne sortaient de l'armoire que pour les solennités ; redingotes à grandes basques flottant au vent, à collet cylindrique, à poches larges comme des sacs ; vestes de gros drap, qui accompagnaient ordinairement quelque casquette cerclée de cuivre à sa visière ; habits-vestes très courts, ayant dans le dos deux boutons. Quelques-uns encore (mais ceux-là, bien sûr, devaient dîner au bas bout de la table) portaient des blouses de cérémonie.

Et les chemises sur les poitrines bombaient comme des cuirasses ! Tout le monde était tondu à neuf, les oreilles s'écartaient des têtes, on était rasé de près.

La mairie se trouvant à une demi-lieue de la ferme, on s'y rendit à pied, et l'on revint de même, une fois la cérémonie faite à l'église. Le cortège, d'abord uni comme une seule écharpe de couleur, qui ondulait dans la campagne, le long de l'étroit sentier serpentant entre les blés verts, s'allongea bientôt et se coupa en groupes différents, qui s'attardaient à causer. Le ménétrier[1] allait en tête, avec son violon empanaché de rubans à la coquille ; les mariés venaient ensuite, les parents, les amis tout au hasard, et les enfants restaient derrière. La robe d'Emma, trop longue, traînait un peu par le bas ; de temps à autre, elle s'arrêtait pour la tirer, et alors délicatement, de ses doigts gantés, elle enlevait les herbes rudes avec les petits dards des chardons, pendant que Charles, les mains vides, attendait qu'elle eût fini. Le père Rouault donnait le bras à madame Bovary mère. Quant à M. Bovary père, qui, méprisant au fond tout ce monde-là, était venu simplement avec une redingote à

1. Joueur de violon.

32

un rang de boutons d'une coupe militaire, il débitait des galanteries d'estaminet à une jeune paysanne blonde.

C'était sous le hangar de la charretterie que la table était dressée. Il y avait dessus quatre aloyaux, six fricassées de poulets, du veau à la casserole, trois gigots, et, au milieu, un joli cochon de lait rôti, flanqué de quatre andouilles à l'oseille. Aux angles, se dressait l'eau-de-vie dans des carafes. Le cidre doux en bouteilles poussait sa mousse épaisse autour des bouchons, et tous les verres, d'avance, avaient été remplis de vin jusqu'au bord. De grands plats de crème jaune, qui flottaient d'eux-mêmes au moindre choc de la table, présentaient, dessinés sur leur surface unie, les chiffres des nouveaux époux en arabesques de nonpareille[2]. On avait été chercher un pâtissier à Yvetot, pour les tourtes et les nougats. Comme il débutait dans le pays, il avait soigné les choses ; et il apporta, lui-même, au dessert, une pièce montée qui fit pousser des cris.

Jusqu'au soir, on mangea. Quand on était trop fatigué d'être assis, on allait se promener dans les cours ou jouer une partie de bouchon[3] dans la grange ; puis on revenait à table. Quelques-uns, vers la fin, s'y endormirent et ron-flèrent. Mais, au café, tout se ranima ; alors on entama des chansons, on portait des poids, on essayait à soulever les charrettes sur ses épaules, on disait des gaudrioles, on embrassait les dames. Le soir, pour partir, les chevaux gorgés d'avoine jusqu'aux naseaux eurent du mal à entrer dans les brancards ; ils ruaient, se cabraient, leurs maîtres juraient ou riaient ; et toute la nuit, au clair de la lune,

2. Petites dragées.
3. Jeu d'adresse.

par les routes du pays, il y eut des carrioles emportées qui couraient au grand galop.

Ceux qui restèrent aux Bertaux passèrent la nuit à boire dans la cuisine. Les enfants s'étaient endormis sous les bancs.

Madame Bovary mère n'avait pas desserré les dents de la journée. On ne l'avait consultée ni sur la toilette de la bru, ni sur l'ordonnance du festin ; elle se retira de bonne heure. Son époux, au lieu de la suivre, envoya chercher des cigares à Saint-Victor et fuma jusqu'au jour, tout en buvant des grogs au kirsch.

Charles n'avait pas brillé pendant la noce. Il répondit médiocrement aux pointes, calembours, mots à double entente, compliments et gaillardises que l'on se fit un devoir de lui décrocher dès le potage.

Le lendemain, en revanche, il semblait un autre homme. C'est lui plutôt que l'on eût pris pour la vierge de la veille, tandis que la mariée ne laissait rien découvrir où l'on pût deviner quelque chose. Mais Charles ne dissimulait rien. Il l'appelait ma femme, la tutoyait, s'informait d'elle à chacun, la cherchait partout, et souvent il l'entraînait dans les cours, où on l'apercevait de loin, entre les arbres, qui lui passait le bras sous la taille et continuait à marcher à demi penché sur elle, en lui chiffonnant avec sa tête la guimpe[4] de son corsage.

Deux jours après la noce, les époux s'en allèrent : Charles, à cause de ses malades, ne pouvait s'absenter plus longtemps. Le père Rouault les fit reconduire dans sa carriole et les accompagna lui-même jusqu'à Vassonville.

4. Sert de plastron au dos d'une robe décolletée.

Là, il embrassa sa fille une dernière fois, mit pied à terre et reprit sa route. Lorsqu'il eut fait cent pas environ, il s'arrêta, et, comme il vit la carriole s'éloignant, dont les roues tournaient dans la poussière, il poussa un gros soupir.

M. et madame Charles arrivèrent à Tostes, vers six heures. Les voisins se mirent aux fenêtres pour voir la nouvelle femme de leur médecin.

La vieille bonne se présenta, lui fit ses salutations, s'excusa de ce que le dîner n'était pas prêt, et engagea Madame, en attendant, à prendre connaissance de sa maison.

5

La façade de briques était juste à l'alignement de la rue, ou de la route plutôt. À droite était la salle, c'est-à-dire l'appartement où l'on mangeait et où l'on se tenait. Un papier jaune-serin tremblait tout entier sur sa toile mal tendue ; des rideaux de calicot[1] blanc, bordés d'un galon rouge, s'entre-croisaient le long des fenêtres, et sur l'étroit chambranle de la cheminée resplendissait une pendule à tête d'Hippocrate, entre deux flambeaux d'argent plaqué, sous des globes de forme ovale. De l'autre côté du corridor était le cabinet de Charles, petite pièce de six pas de large environ, avec une table, trois chaises et un fauteuil de bureau. Les tomes du *Dictionnaire des sciences médicales*, non coupés, mais dont la brochure avait souffert dans toutes les ventes successives par où ils avaient passé, garnissaient presque à eux seuls les six rayons d'une bibliothèque en bois de sapin. Venait ensuite, s'ouvrant immédiatement sur la cour, où se trouvait l'écurie, une grande pièce délabrée qui avait un four, et qui servait maintenant de bûcher, de cellier, de garde-magasin, pleine de vieilles ferrailles, de

1. Toile de coton grossière.

tonneaux vides, d'instruments de culture hors de service, avec quantité d'autres choses poussiéreuses dont il était impossible de deviner l'usage.

Le jardin, plus long que large, allait, entre deux murs de bauge[2] couverts d'abricots en espalier, jusqu'à une haie d'épines qui le séparait des champs. Il y avait au milieu un cadran solaire en ardoise, quatre plates-bandes garnies d'églantiers maigres entouraient symétriquement le carré plus utile des végétations sérieuses. Tout au fond, sous les sapinettes, un curé de plâtre lisait son bréviaire.

Emma monta dans les chambres. La première n'était point meublée ; mais la seconde, qui était la chambre conjugale, avait un lit d'acajou dans une alcôve à draperie rouge. Une boîte en coquillages décorait la commode ; et, sur le secrétaire, près de la fenêtre, il y avait, dans une carafe, un bouquet de fleurs d'oranger, noué par des rubans de satin blanc. C'était un bouquet de mariée, le bouquet de l'autre ! Elle le regarda. Charles s'en aperçut, il le prit et l'alla porter au grenier, tandis qu'assise dans un fauteuil (on disposait ses affaires autour d'elle), Emma songeait à son bouquet de mariage, qui était emballé dans un carton, et se demandait, en rêvant, ce qu'on en ferait, si par hasard elle venait à mourir.

Elle s'occupa, les premiers jours, à méditer des changements dans sa maison. Elle retira les globes des flambeaux, fit coller des papiers neufs, repeindre l'escalier et faire des bancs dans le jardin, tout autour du cadran solaire ; elle demanda même comment s'y prendre pour avoir un bassin à jet d'eau avec des poissons. Enfin son mari, sachant qu'elle

2. Mortier fait de terre et de paille.

aimait à se promener en voiture, trouva un *boc* d'occasion, qui, ayant une fois des lanternes neuves et des garde-crotte en cuir piqué, ressembla presque à un tilbury[3].

Il était donc heureux et sans souci de rien au monde. Un repas en tête-à-tête, une promenade le soir sur la grande route, un geste de sa main sur ses bandeaux, la vue de son chapeau de paille accroché à l'espagnolette d'une fenêtre, et bien d'autres choses encore où Charles n'avait jamais soupçonné de plaisir, composaient maintenant la continuité de son bonheur. Au lit, le matin, et côte à côte sur l'oreiller, il regardait la lumière du soleil passer parmi le duvet de ses joues blondes. Vus de si près, ses yeux lui paraissaient agrandis, surtout quand elle ouvrait plusieurs fois de suite ses paupières en s'éveillant ; noirs à l'ombre et bleu foncé au grand jour, ils avaient comme des couches de couleurs successives, et qui plus épaisses dans le fond, allaient en s'éclaircissant vers la surface de l'émail. Il se levait. Elle se mettait à la fenêtre pour le voir partir ; et elle restait accoudée sur le bord, entre deux pots de géraniums, vêtue de son peignoir, qui était lâche autour d'elle. Charles, dans la rue, bouclait ses éperons sur la borne ; et elle continuait à lui parler d'en haut, tout en arrachant avec sa bouche quelque bribe de fleur ou de verdure qu'elle soufflait vers lui. Charles, à cheval, lui envoyait un baiser ; elle répondait par un signe, elle refermait la fenêtre, il partait. Et alors, sur la grande route qui étendait sans en finir son long ruban de poussière, par les chemins creux où les arbres se courbaient en berceaux, dans les sentiers dont les blés lui montaient jusqu'aux genoux, avec le soleil sur ses épaules

3. Voiture à cheval à deux places.

et l'air du matin à ses narines, le cœur plein des félicités de la nuit, l'esprit tranquille, la chair contente, il s'en allait ruminant son bonheur.

Jusqu'à présent, qu'avait-il eu de bon dans l'existence ? Était-ce son temps de collège ? Était-ce plus tard, lorsqu'il étudiait la médecine ? Ensuite il avait vécu pendant quatorze mois avec la veuve, dont les pieds, dans le lit, étaient froids comme des glaçons. Mais, à présent, il possédait pour la vie cette jolie femme qu'il adorait. L'univers, pour lui, n'excédait pas le tour soyeux de son jupon ; et il se reprochait de ne pas l'aimer, il avait envie de la revoir ; il s'en revenait vite, montait l'escalier, le cœur battant. Emma, dans sa chambre, était à faire sa toilette ; il arrivait à pas muets, il la baisait dans le dos, elle poussait un cri.

Il ne pouvait se retenir de toucher continuellement à son peigne, à ses bagues, à son fichu ; quelquefois, il lui donnait sur les joues de gros baisers à pleine bouche, ou c'étaient de petits baisers à la file tout le long de son bras nu, depuis le bout des doigts jusqu'à l'épaule ; et elle le repoussait, à demi souriante et ennuyée, comme on fait à un enfant qui se pend après vous.

Avant qu'elle se mariât, elle avait cru avoir de l'amour ; mais le bonheur qui aurait dû résulter de cet amour n'étant pas venu, il fallait qu'elle se fût trompée, songeait-elle. Et Emma cherchait à savoir ce que l'on entendait au juste dans la vie par les mots de *félicité*, de *passion* et d'*ivresse*, qui lui avaient paru si beaux dans les livres.

6

Elle avait lu *Paul et Virginie*[1] et elle avait rêvé la maisonnette de bambous, le nègre Domingo, le chien Fidèle, mais surtout l'amitié douce de quelque bon petit frère, qui va chercher pour vous des fruits rouges dans des grands arbres plus hauts que des clochers, ou qui court pieds nus sur le sable, vous apportant un nid d'oiseau.

Lorsqu'elle eut treize ans, son père l'amena lui-même à la ville, pour la mettre au couvent.

Loin de s'ennuyer au couvent les premiers temps, elle se plut dans la société des bonnes sœurs. Elle jouait fort peu durant les récréations, comprenait bien le catéchisme, et c'est elle qui répondait toujours à M. le vicaire dans les questions difficiles. Vivant donc sans jamais sortir de la tiède atmosphère des classes et parmi ces femmes au teint blanc portant des chapelets à croix de cuivre, elle s'assoupit doucement à la langueur mystique qui s'exhale des parfums de l'autel, de la fraîcheur des bénitiers et du rayonnement des cierges. Au lieu de suivre la messe, elle regardait dans son livre les vignettes pieuses bordées d'azur, et elle aimait

1. Roman du XVIIIe siècle, de Bernardin de Saint-Pierre.

la brebis malade, le sacré cœur percé de flèches aiguës, ou le pauvre Jésus, qui tombe en marchant sous sa croix. Elle essaya, par mortification, de rester tout un jour sans manger. Elle cherchait dans sa tête quelque vœu à accomplir.

Quand elle allait à confesse, elle inventait de petits péchés afin de rester là plus longtemps, à genoux dans l'ombre, les mains jointes, le visage à la grille sous le chuchotement du prêtre.

Le soir, avant la prière, on faisait dans l'étude une lecture religieuse. Comme elle écouta, les premières fois, la lamentation sonore des mélancolies romantiques se répétant à tous les échos de la terre et de l'éternité ! Elle n'aimait la mer qu'à cause de ses tempêtes, et la verdure seulement lorsqu'elle était clairsemée parmi les ruines. Il fallait qu'elle pût retirer des choses une sorte de profit personnel ; et elle rejetait comme inutile tout ce qui ne contribuait pas à la consommation immédiate de son cœur, – étant de tempérament plus sentimentale qu'artiste, cherchant des émotions et non des paysages.

Il y avait au couvent une vieille fille qui venait tous les mois, pendant huit jours, travailler à la lingerie. Souvent les pensionnaires s'échappaient de l'étude pour l'aller voir. Elle savait par cœur des chansons galantes du siècle passé, qu'elle chantait à demi-voix, tout en poussant son aiguille. Elle contait des histoires, vous apprenait des nouvelles, faisait en ville vos commissions, et prêtait aux grandes, en cachette, quelque roman, qu'elle avait toujours dans les poches de son tablier, et dont la bonne demoiselle elle-même avalait de longs chapitres, dans les intervalles de sa besogne. Ce n'étaient qu'amours, amants, amantes, dames persécutées s'évanouissant dans des pavillons solitaires, postillons qu'on tue à tous les relais, forêts sombres, troubles du cœur, serments, sanglots, larmes et baisers, rossignols dans les bosquets, *messieurs* braves comme des lions, doux comme des agneaux, vertueux comme on ne l'est pas, toujours bien mis, et qui pleurent comme des urnes. Pendant six mois, à quinze ans, Emma se graissa donc les mains à cette poussière des vieux cabinets de lecture. Avec Walter Scott[2], plus tard, elle s'éprit de choses historiques, rêva bahuts, salle des gardes et ménestrels. Elle aurait voulu vivre dans quelque vieux manoir, comme ces châtelaines au long corsage, qui, sous le trèfle des ogives, passaient leurs jours, le coude sur la pierre et le menton dans la main, à regarder venir du fond de la campagne un cavalier à plume blanche qui galope sur un cheval noir.

À la classe de musique, dans les romances qu'elle chantait, il n'était question que de petits anges aux ailes d'or, de madones, de lagunes, de gondoliers, pacifiques compositions qui lui laissaient entrevoir, à travers la niaiserie du style et les imprudences de la note, l'attirante fantasmagorie des réalités sentimentales.

Quand sa mère mourut, elle pleura beaucoup les premiers jours. Elle se fit faire un tableau funèbre avec les cheveux de la défunte, et, dans une lettre qu'elle envoyait aux Bertaux, toute pleine de réflexions tristes sur la vie, elle demandait qu'on l'ensevelît plus tard dans le même tombeau. Le bonhomme la crut malade et vint la voir.

Les bonnes religieuses, qui avaient si bien présumé de sa vocation, s'aperçurent avec de grands étonnements que mademoiselle Rouault semblait échapper à leur soin. Quand

2. Auteur du XVIIIe siècle, d'*Ivanhoé* et de *Quentin Durward*.

son père la retira de pension, on ne fut point fâché de la voir partir.

Emma, rentrée chez elle, se plut d'abord au commandement des domestiques, prit ensuite la campagne en dégoût et regretta son couvent. Quand Charles vint aux Bertaux pour la première fois, elle se considérait comme fort désillusionnée, n'ayant plus rien à apprendre, ne devant plus rien sentir.

Mais l'anxiété d'un état nouveau, ou peut-être l'irritation causée par la présence de cet homme, avait suffi à lui faire croire qu'elle possédait enfin cette passion merveilleuse qui jusqu'alors s'était tenue comme un grand oiseau au plumage rose planant dans la splendeur des ciels poétiques ; – et elle ne pouvait s'imaginer à présent que ce calme où elle vivait fût le bonheur qu'elle avait rêvé.

7

La conversation de Charles était plate comme un trottoir de rue, et les idées de tout le monde y défilaient dans leur costume ordinaire, sans exciter d'émotion, de rire ou de rêverie. Il n'avait jamais été curieux, disait-il, pendant qu'il habitait Rouen, d'aller voir au théâtre les acteurs de Paris. Il ne savait ni nager, ni faire des armes, ni tirer le pistolet, et il ne put, un jour, lui expliquer un terme d'équitation qu'elle avait rencontré dans un roman.

Un homme, au contraire, ne devait-il pas tout connaître, exceller en des activités multiples, vous initier aux énergies de la passion, aux raffinements de la vie, à tous les mystères ? Mais il n'enseignait rien, celui-là, ne savait rien, ne souhaitait rien. Il la croyait heureuse ; et elle lui en voulait de ce calme si bien assis, de cette pesanteur sereine, du bonheur même qu'elle lui donnait.

Elle dessinait quelquefois ; et c'était pour Charles un grand amusement que de rester, là, tout debout, à la regarder penchée sur son carton. Quant au piano, plus les doigts y couraient vite, plus il s'émerveillait. Elle frappait sur les touches avec aplomb, et parcourait du haut en bas tout le clavier sans s'interrompre. Ainsi secoué par elle,

44

le vieil instrument, dont les cordes frisaient, s'entendait jusqu'au bout du village si la fenêtre était ouverte.

Emma, d'autre part, savait conduire sa maison. Elle envoyait aux malades le compte des visites, dans des lettres bien tournées qui ne sentaient pas la facture. Quand ils avaient, le dimanche, quelque voisin à dîner, elle trouvait moyen d'offrir un plat coquet, s'entendait à poser sur des feuilles de vigne les pyramides de reines-claudes, servait renversés les pots de confitures dans une assiette, et même elle parlait d'acheter des rince-bouche pour le dessert. Il rejaillissait de tout cela beaucoup de considération sur Bovary.

Charles finissait par s'estimer davantage de ce qu'il possédait une pareille femme. Il montrait avec orgueil, dans la salle, deux petits croquis d'elle, à la mine de plomb, qu'il avait fait encadrer de cadres très larges et suspendus contre le panier de la muraille à de longs cordons verts.

Il rentrait tard, à dix heures, minuit quelquefois. Alors il demandait à manger, et, comme la bonne était couchée, c'était Emma qui le servait. Il retirait sa redingote pour dîner plus à son aise. Il disait les uns après les autres tous les gens qu'il avait rencontrés, les villages où il avait été, les ordonnances qu'il avait écrites, et satisfait de lui-même, il mangeait le reste du miroton, épluchait son fromage, croquait une pomme, vidait sa carafe, puis s'allait mettre au lit, se couchait sur le dos et ronflait.

Comme il avait eu longtemps l'habitude du bonnet de coton, son foulard ne lui tenait pas aux oreilles ; aussi ses cheveux, le matin, étaient rabattus pêle-mêle sur sa figure. Il portait toujours de fortes bottes, qui avaient au cou-de-pied deux plis épais obliquant vers les chevilles, tandis que le reste de l'empeigne se continuait en ligne droite, tendu comme par un pied de bois. Il disait que *c'était bien assez bon pour la campagne.*

Sa mère l'approuvait en cette économie ; car elle le venait voir comme autrefois, lorsqu'il y avait eu chez elle quelque bourrasque un peu violente ; et cependant madame Bovary mère semblait prévenue contre sa bru. Elle lui trouvait *un genre trop relevé pour leur position de fortune ;* le bois, le sucre et la chandelle *filaient comme dans une grande maison*, et la quantité de braise qui se brûlait à la cuisine aurait suffi pour vingt-cinq plats ! Elle rangeait son linge dans les armoires et lui apprenait à surveiller le boucher quand il apportait la viande. Emma recevait ces leçons ; madame Bovary les prodiguait ; et les mots de *ma fille* et de *ma mère* s'échangeaient tout le long du jour, accompagnés d'un petit frémissement des lèvres, chacune lançant des paroles douces d'une voix tremblante de colère.

Du temps de madame Dubuc, la vieille femme se sentait encore la préférée ; mais, à présent, l'amour de Charles pour Emma lui semblait une désertion de sa tendresse, un envahissement sur ce qui lui appartenait. Elle lui rappelait, en manière de souvenirs, ses peines et ses sacrifices, et, les comparant aux négligences d'Emma, concluait qu'il n'était point raisonnable de l'adorer d'une façon si exclusive.

Charles ne savait que répondre ; il respectait sa mère, et il aimait infiniment sa femme ; il considérait le jugement de l'une comme infaillible, et cependant il trouvait l'autre irréprochable. Quand madame Bovary était partie, il essayait de hasarder timidement, et dans les mêmes termes, une ou deux des plus anodines observations qu'il avait entendu faire à sa maman ; Emma, lui prouvant d'un mot qu'il se trompait, le renvoyait à ses malades.

Un garde-chasse, guéri par Monsieur, d'une fluxion de poitrine, avait donné à Madame une petite levrette d'Italie ; elle la prenait pour se promener.

Elle allait jusqu'à la hêtrée de Banneville, près du pavillon abandonné qui fait l'angle du mur, du côté des champs.

Elle commençait par regarder tout alentour, pour voir si rien n'avait changé depuis la dernière fois qu'elle était venue. Elle retrouvait aux mêmes places les digitales et les ravenelles, les bouquets d'orties entourant les gros cailloux, et les plaques de lichen le long des trois fenêtres. Sa pensée, sans but d'abord, vagabondait au hasard, comme sa levrette, qui faisait des cercles dans la campagne, jappait après les papillons jaunes, donnait la chasse aux musaraignes, ou mordillait les coquelicots sur le bord d'une pièce de blé. Puis ses idées peu à peu se fixaient, et, assise sur le gazon, qu'elle fouillait à petits coups avec le bout de son ombrelle, Emma se répétait :

— Pourquoi, mon Dieu ! me suis-je mariée ?

Elle se demandait s'il n'y aurait pas eu moyen, par d'autres combinaisons du hasard, de rencontrer un autre homme ; et elle cherchait à imaginer quels eussent été ces événements non survenus, cette vie différente, ce mari qu'elle ne connaissait pas. Tous, en effet, ne ressemblaient pas à celui-là. Il aurait pu être beau, spirituel, distingué, attirant, tels qu'ils étaient sans doute, ceux qu'avaient épousés ses anciennes camarades du couvent. Que faisaient-elles maintenant ? À la ville, avec le bruit des rues, le bourdonnement des théâtres et les clartés du bal, elles avaient des existences où le cœur se dilate, où les sens s'épanouissent. Mais elle, sa vie était froide comme un grenier dont la lucarne est au nord, et l'ennui, araignée silencieuse, filait sa toile dans l'ombre à tous les coins de son cœur.

Elle appelait Djali, la prenait entre ses genoux, passait ses doigts sur sa longue tête fine.

Puis, considérant la mine mélancolique du svelte animal qui bâillait avec lenteur, elle s'attendrissait, et, le comparant à elle-même, lui parlait tout haut, comme à quelqu'un d'affligé que l'on console.

Mais, vers la fin de septembre, quelque chose d'extraordinaire tomba dans sa vie : elle fut invitée à la Vaubyessard, chez le marquis d'Andervilliers.

Secrétaire d'État sous la Restauration, le Marquis, cherchant à rentrer dans la vie politique, préparait de longue main sa candidature à la Chambre des députés. Il avait eu, lors des grandes chaleurs, un abcès dans la bouche, dont Charles l'avait soulagé comme par miracle, en y donnant à point un coup de lancette. L'homme d'affaires, envoyé à Tostes pour payer l'opération, conta, le soir, qu'il avait vu dans le jardinet du médecin des cerises superbes. Or, les cerisiers poussaient mal à la Vaubyessard, M. le Marquis demanda quelques boutures à Bovary, se fit un devoir de l'en remercier lui-même, aperçut Emma, trouva qu'elle avait une jolie taille et qu'elle ne saluait point en paysanne ; si bien qu'on ne crut pas au château outrepasser les bornes de la condescendance, ni d'autre part commettre une maladresse, en invitant le jeune ménage.

Un mercredi, à trois heures, M. et madame Bovary, montés dans leur *boc*, partirent pour la Vaubyessard.

Ils arrivèrent à la nuit tombante, comme on commençait à allumer des lampions dans le parc, afin d'éclairer les voitures.

8

Le château, de construction moderne, avec deux ailes avançant et trois perrons, se déployait au bas d'une immense pelouse où paissaient quelques vaches, entre des bouquets de grands arbres espacés. Une rivière passait sous un pont ; à travers la brume, on distinguait des bâtiments à toit de chaume, éparpillés dans la prairie, que bordaient en pente douce deux coteaux couverts de bois, et par derrière, dans les massifs, se tenaient, sur deux lignes parallèles, les remises et les écuries, restes conservés de l'ancien château démoli.

Le *boc* de Charles s'arrêta devant le perron du milieu ; des domestiques parurent ; le Marquis s'avança, et, offrant son bras à la femme du médecin, l'introduisit dans le vestibule.

Il était pavé de dalles en marbre, très haut, et le bruit des pas, avec celui des voix, y retentissait comme dans une église. En face montait un escalier droit, et à gauche une galerie donnant sur le jardin conduisait à la salle de billard dont on entendait, dès la porte, caramboler les boules d'ivoire. Comme elle la traversait pour aller au salon, Emma vit autour du jeu des hommes à figure grave.

Sur la boiserie sombre du lambris, de grands cadres dorés portaient, au bas de leur bordure, des noms écrits en lettres noires.

Le Marquis ouvrit la porte du salon ; une des dames se leva (la Marquise elle-même), vint à la rencontre d'Emma et la fit asseoir près d'elle, sur une causeuse, où elle se mit à lui parler amicalement, comme si elle la connaissait depuis longtemps. C'était une femme de la quarantaine environ, à belles épaules, à nez busqué, à la voix traînante, et portant, ce soir-là, sur ses cheveux châtains, un simple fichu de guipure[1] qui retombait par derrière, en triangle.

À sept heures, on servit le dîner. Les hommes, plus nombreux, s'assirent à la première table, dans le vestibule, et les dames à la seconde, dans la salle à manger, avec le Marquis et la Marquise.

Emma se sentit, en entrant, enveloppée par un air chaud, mélange du parfum des fleurs et du beau linge, du fumet des viandes et de l'odeur des truffes. Les bougies des candélabres allongeaient des flammes sur les cloches d'argent ; les cristaux à facettes, couverts d'une buée mate, se renvoyaient des rayons pâles ; des bouquets étaient en ligne sur toute la longueur de la table, et, dans les assiettes à large bordure, les serviettes, arrangées en manière de bonnet d'évêque, tenaient entre le bâillement de leurs deux plis chacune un petit pain de forme ovale. Les pattes rouges des homards dépassaient les plats ; de gros fruits dans des corbeilles à jour s'étageaient sur la mousse ; les cailles avaient leurs plumes, des fumées montaient ; et, en bas de soie, en culotte courte, en cravate blanche, en jabot, grave

1. Dentelle.

comme un juge, le maître d'hôtel, passant entre les épaules des convives les plats tout découpés, faisait d'un coup de sa cuiller sauter pour vous le morceau qu'on choisissait.

On versa du vin de Champagne à la glace. Emma frissonna de toute sa peau en sentant ce froid dans sa bouche. Elle n'avait jamais vu de grenades ni mangé d'ananas.

Les dames, ensuite, montèrent dans leurs chambres s'apprêter pour le bal.

Emma fit sa toilette avec la conscience méticuleuse d'une actrice à son début. Elle disposa ses cheveux d'après les recommandations du coiffeur, et elle entra dans sa robe de barège[2], étalée sur le lit. Le pantalon de Charles le serrait au ventre.

— Les sous-pieds[3] vont me gêner pour danser, dit-il.

— Danser ? reprit Emma.

— Oui !

— Mais tu as perdu la tête ! On se moquerait de toi, reste à ta place. D'ailleurs, c'est plus convenable pour un médecin, ajouta-t-elle.

Charles se tut. Il marchait de long en large, attendant qu'Emma fût habillée.

Il la voyait par-derrière, dans la glace, entre deux flambeaux. Ses yeux noirs semblaient plus noirs. Ses bandeaux, doucement bombés vers les oreilles, luisaient d'un éclat bleu ; une rose à son chignon tremblait sur une tige mobile, avec des gouttes d'eau factices au bout de ses feuilles. Elle avait une robe de safran pâle, relevée par trois bouquets de roses pompon mêlées de verdure.

2. Tissu en laine.
3. Bandes sous les pieds qui permettent de maintenir le pantalon droit.

Charles vint l'embrasser sur l'épaule.

— Laisse-moi ! dit-elle, tu me chiffonnes.

On entendit une ritournelle de violon et les sons d'un cor. Elle descendit l'escalier, se retenant de courir.

Les quadrilles étaient commencés. Il arrivait du monde. On se poussait. Elle se plaça près de la porte, sur une banquette.

Le cœur d'Emma lui battit un peu lorsque, son cavalier la tenant par le bout des doigts, elle vint se mettre en ligne et attendit le coup d'archet pour partir. Mais bientôt l'émotion disparut ; et, se balançant au rythme de l'orchestre, elle glissait en avant, avec des mouvements légers du cou. Un sourire lui montait aux lèvres à certaines délicatesses du violon, qui jouait seul, quelquefois, quand les autres instruments se taisaient ; on entendait le bruit clair des louis d'or qui se versaient à côté, sur le tapis des tables ; puis tout reprenait à la fois, le cornet à pistons lançait un éclat sonore, les pieds retombaient en mesure, les jupes se bouffaient et frôlaient, les mains se donnaient, se quittaient ; les mêmes yeux, s'abaissant devant vous, revenaient se fixer sur les vôtres.

L'air du bal était lourd ; les lampes pâlissaient. On refluait dans la salle de billard. Un domestique monta sur une chaise et cassa deux vitres ; au bruit des éclats de verre, madame Bovary tourna la tête et aperçut dans le jardin, contre les carreaux, des faces de paysans qui regardaient. Alors le souvenir des Bertaux lui arriva. Elle revit la ferme, la mare bourbeuse, son père en blouse sous les pommiers, et elle se revit elle-même, comme autrefois, écrémant avec son doigt les terrines de lait dans la laiterie. Mais, aux fulgurations de l'heure présente, sa vie passée, si nette jusqu'alors, s'évanouissait tout entière, et elle doutait presque de l'avoir vécue. Elle était là ; puis autour du bal, il n'y avait plus que de l'ombre, étalée sur tout le reste.

Après le souper, les voitures, les unes après les autres, commencèrent à s'en aller. Les banquettes s'éclaircirent ; quelques joueurs restaient encore ; Charles dormait à demi, le dos appuyé contre une porte.

À trois heures du matin, le cotillon commença. Emma ne savait pas valser. Il n'y avait plus que les hôtes du château, une douzaine de personnes à peu près.

Cependant, un des valseurs, qu'on appelait familièrement *vicomte*, et dont le gilet très ouvert semblait moulé sur la poitrine, vint une seconde fois encore inviter madame Bovary, l'assurant qu'il la guiderait et qu'elle s'en tirerait bien.

Ils commencèrent lentement, puis allèrent plus vite. Ils tournaient : tout tournait autour d'eux, les lampes, les meubles, les lambris, et le parquet, comme un disque sur un pivot. En passant auprès des portes, la robe d'Emma, par le bas, s'ériflait[4] au pantalon ; leurs jambes entraient l'une dans l'autre ; il baissait ses regards vers elle, elle levait les siens vers lui ; une torpeur la prenait, elle s'arrêta. Ils repartirent ; et, d'un mouvement plus rapide, le vicomte, l'entraînant, disparut avec elle jusqu'au bout de la galerie, où, haletante, elle faillit tomber, et, un instant, s'appuya la tête sur sa poitrine. Et puis, tournant toujours, mais plus doucement, il la reconduisit à sa place ; elle se renversa contre la muraille et mit la main devant ses yeux.

4. Pour « s'éraflait ».

53

Quand elle les rouvrit, au milieu du salon, une dame assise sur un tabouret avait devant elle trois valseurs agenouillés. Elle choisit le Vicomte, et le violon recommença.

On les regardait. Ils passaient et revenaient, elle immobile du corps et le menton baissé, et lui toujours dans sa même pose, la taille cambrée, le coude arrondi, la bouche en avant. Elle savait valser, celle-là ! Ils continuèrent longtemps et fatiguèrent tous les autres.

On causa quelques minutes encore, et, après les adieux ou plutôt le bonjour, les hôtes du château s'allèrent coucher.

Charles se traînait à la rampe, les genoux *lui rentraient dans le corps*. Il avait passé cinq heures de suite, tout debout devant les tables, à regarder jouer au whist sans y rien comprendre. Aussi poussa-t-il un grand soupir de satisfaction lorsqu'il eut retiré ses bottes.

Emma mit un châle sur ses épaules, ouvrit la fenêtre et s'accouda.

La nuit était noire. Quelques gouttes de pluie tombaient. Elle aspira le vent humide qui lui rafraîchissait les paupières. La musique du bal bourdonnait encore à ses oreilles, et elle faisait des efforts pour se tenir éveillée, afin de prolonger l'illusion de cette vie luxueuse qu'il lui faudrait tout à l'heure abandonner.

Le petit jour parut. Elle regarda les fenêtres du château, longuement, tâchant de deviner quelles étaient les chambres de tous ceux qu'elle avait remarqués la veille. Elle aurait voulu savoir leurs existences, y pénétrer, s'y confondre.

Mais elle grelottait de froid. Elle se déshabilla et se blottit entre les draps, contre Charles qui dormait.

Il y eut beaucoup de monde au déjeuner. Le repas dura dix minutes ; et on s'alla promener dans la serre chaude, où des plantes bizarres, hérissées de poils, s'étageaient en pyramides sous des vases suspendus. Le Marquis, pour amuser la jeune femme, la mena voir les écuries.

Charles, cependant, alla prier un domestique d'atteler son *boc*. On l'amena devant le perron, et, tous les paquets y étant fourrés, les époux Bovary firent leurs politesses au Marquis et à la Marquise, et repartirent pour Tostes.

Emma, silencieuse, regardait tourner les roues. Charles, posé sur le bord extrême de la banquette, conduisait les deux bras écartés.

Quand ils arrivèrent chez eux, le dîner n'était point prêt. Madame s'emporta. Nastasie répondit insolemment.

— Partez ! dit Emma. C'est se moquer, je vous chasse.

Il y avait pour dîner de la soupe à l'oignon, avec un morceau de veau à l'oseille. Charles, assis devant Emma, dit en se frottant les mains d'un air heureux :

— Cela fait plaisir de se retrouver chez soi !

On entendait Nastasie qui pleurait. Il aimait un peu cette pauvre fille. Elle lui avait, autrefois, tenu société pendant bien des soirs, dans les désœuvrements de son veuvage. C'était sa première pratique[5], sa plus ancienne connaissance du pays.

— Est-ce que tu l'as renvoyée pour tout de bon ? dit-il enfin.

— Oui. Qui m'en empêche ? répondit-elle.

La journée fut longue, le lendemain ! Comme le bal déjà lui semblait loin ! Son voyage à la Vaubyessard avait fait

5. Patiente.

un trou dans sa vie, à la manière de ces grandes crevasses qu'un orage, en une seule nuit, creuse quelquefois dans les montagnes. Elle se résigna pourtant ; elle serra pieusement dans la commode sa belle toilette et jusqu'à ses souliers de satin, dont la semelle s'était jaunie à la cire glissante du parquet. Son cœur était comme eux : au frottement de la richesse, il s'était placé dessus quelque chose qui ne s'effacerait pas.

Ce fut donc une occupation pour Emma que le souvenir de ce bal. Toutes les fois que revenait le mercredi, elle se disait en s'éveillant : « Ah ! il y a huit jours… il y a quinze jours…, il y a trois semaines, j'y étais ! » Et peu à peu, les physionomies se confondirent dans sa mémoire, elle oublia l'air des contredanses, elle ne vit plus si nettement les livrées et les appartements ; quelques détails s'en allèrent, mais le regret lui resta.

9

Pour remplacer Nastasie (qui enfin partit de Tostes, en versant des ruisseaux de larmes), Emma prit à son service une jeune fille de quatorze ans, orpheline et de physionomie douce. Elle lui interdit les bonnets de coton, lui apprit qu'il fallait vous parler à la troisième personne, apporter un verre d'eau dans une assiette, frapper aux portes avant d'entrer, et à repasser, à empeser, à l'habiller, voulut en faire sa femme de chambre. La nouvelle bonne obéissait sans murmure pour n'être point renvoyée ; et comme Madame, d'habitude, laissait sa clef au buffet, Félicité, chaque soir prenait une petite provision de sucre qu'elle mangeait toute seule, dans son lit, après avoir fait sa prière.

L'après-midi, quelquefois, elle allait causer en face avec les postillons. Madame se tenait en haut, dans son appartement.

Elle portait une robe de chambre tout ouverte, qui laissait voir, entre les revers à châle du corsage, une chemisette plissée avec trois boutons d'or. Sa ceinture était une cordelière à gros glands, et ses petites pantoufles de couleur grenat avaient une touffe de rubans larges, qui s'étalait sur le cou-de-pied. Elle s'était acheté un buvard, une papeterie, un porte-plume et des enveloppes, quoiqu'elle n'eût personne à qui écrire ; elle se regardait dans la glace, prenait un livre, puis, rêvant entre les lignes, le laissait tomber sur ses genoux. Elle avait envie de faire des voyages ou de retourner vivre à son couvent. Elle souhaitait à la fois mourir et habiter Paris.

Charles à la neige, à la pluie, chevauchait par les chemins de traverse. Il entrait son bras dans des lits humides, recevait au visage le jet tiède des saignées, écoutait des râles, examinait des cuvettes, retroussait bien du linge sale ; mais il trouvait, tous les soirs, un feu flambant, la table servie, et une femme en toilette fine, charmante et sentant frais.

Il se portait bien, il avait bonne mine ; sa réputation était établie tout à fait. Les campagnards le chérissaient parce qu'il n'était pas fier. Il caressait les enfants, n'entrait jamais au cabaret, et, d'ailleurs, inspirait de la confiance par sa moralité. Craignant beaucoup de tuer son monde, Charles n'ordonnait guère que des potions calmantes, un bain de pieds ou des sangsues. Ce n'est pas que la chirurgie lui fît peur ; il vous saignait les gens largement, comme des chevaux, et il avait pour l'extraction des dents une *poigne d'enfer*.

Enfin, *pour se tenir au courant*, il prit un abonnement à *la Ruche médicale*, journal nouveau dont il avait reçu le prospectus. Il en lisait un peu après son dîner ; mais la chaleur de l'appartement, jointe à la digestion, faisait qu'au bout de cinq minutes il s'endormait. Elle aurait voulu que ce nom de Bovary, qui était le sien, fût illustre, le voir étalé chez les libraires, répété dans les journaux, connu par toute la France. Mais Charles n'avait point d'ambition !

Il prenait, avec l'âge, des allures épaisses ; il coupait, au dessert, le bouchon des bouteilles vides ; il se passait, après manger, la langue sur les dents ; il faisait, en avalant sa soupe, un gloussement à chaque gorgée, et, comme il commençait d'engraisser, ses yeux, déjà petits, semblaient remontés vers les tempes par la bouffissure de ses pommettes.

Emma, quelquefois, lui rentrait dans son gilet la bordure rouge de ses tricots, rajustait sa cravate, ou jetait à l'écart les gants déteints qu'il se disposait à passer ; et ce n'était pas, comme il croyait, pour lui ; c'était pour elle-même, par expansion d'égoïsme, agacement nerveux. Quelquefois aussi, elle lui parlait des choses qu'elle avait lues, comme d'un passage de roman, d'une pièce nouvelle, ou de l'anecdote du *grand monde* que l'on racontait dans le feuilleton ; car, enfin, Charles était quelqu'un, une oreille toujours ouverte, une approbation toujours prête. Elle faisait bien des confidences à sa levrette ! Elle en eût fait aux bûches de la cheminée et au balancier de la pendule.

Au fond de son âme, cependant, elle attendait un événement. Elle ne savait pas quel serait ce hasard, le vent qui le pousserait jusqu'à elle, vers quel rivage il la mènerait. Mais chaque matin, à son réveil, elle l'espérait pour la journée, et elle écoutait tous les bruits, se levait en sursaut, s'étonnait qu'il ne vînt pas ; puis, au coucher du soleil, toujours plus triste, désirait être au lendemain.

Le printemps reparut. Elle eut des étouffements aux premières chaleurs, quand les poiriers fleurirent.

Dès le commencement de juillet, elle compta sur ses doigts combien de semaines lui restaient pour arriver au mois d'octobre, pensant que le marquis d'Andervilliers, peut-être, donnerait encore un bal à la Vaubyessard. Mais tout septembre s'écoula sans lettres ni visites.

Après l'ennui de cette déception, son cœur de nouveau resta vide, et alors la série des mêmes journées recommença.

Elles allaient donc maintenant se suivre ainsi à la file, toujours pareilles, innombrables, et n'apportant rien ! L'avenir était un corridor tout noir, et qui avait au fond sa porte bien fermée.

Elle abandonna la musique. Pourquoi jouer ? qui l'entendrait ? Elle laissa dans l'armoire ses cartons à dessin et la tapisserie. À quoi bon ? à quoi bon ? La couture l'irritait.

— J'ai tout lu, se disait-elle.

Comme elle était triste le dimanche, quand on sonnait les vêpres ! Elle écoutait, dans un hébétement attentif, tinter un à un les coups fêlés de la cloche.

Cependant on sortait de l'église. Les femmes en sabots cirés, les paysans en blouse neuve, les petits enfants qui sautillaient nu-tête devant eux, tout rentrait chez soi.

L'hiver fut froid. Les carreaux, chaque matin, étaient chargés de givre, et la lumière, blanchâtre à travers eux, comme par des verres dépolis, quelquefois ne variait pas de la journée. Dès quatre heures du soir, il fallait allumer la lampe.

Les jours qu'il faisait beau, elle descendait dans le jardin. La rosée avait laissé sur les choux des guipures d'argent avec de longs fils clairs qui s'étendaient de l'un à l'autre. On n'entendait pas d'oiseaux, tout semblait dormir, l'espalier couvert de paille et la vigne comme un grand serpent malade sous le chaperon du mur, où l'on voyait, en s'approchant, se traîner des cloportes à pattes nombreuses.

Puis elle remontait, fermait la porte, étalait les charbons, et, défaillant à la chaleur du foyer, sentait l'ennui plus lourd qui retombait sur elle. Elle serait bien descendue causer avec la bonne, mais une pudeur la retenait.

Tous les jours, à la même heure, le maître d'école, en bonnet de soie noire, ouvrait les auvents de sa maison, et le garde-champêtre passait, portant son sabre sur sa blouse. Soir et matin, les chevaux de la poste, trois par trois, traversaient la rue pour aller boire à la mare. De temps à autre, la porte d'un cabaret faisait tinter sa sonnette, et, quand il y avait du vent, l'on entendait grincer sur leurs deux tringles les petites cuvettes en cuivre du perruquier, qui servaient d'enseigne à sa boutique. Lui aussi, le perruquier, il se lamentait de sa vocation arrêtée, de son avenir perdu, et, rêvant quelque boutique dans une grande ville, comme à Rouen, par exemple, sur le port, près du théâtre, il restait toute la journée à se promener en long, depuis la mairie jusqu'à l'église, sombre, et attendant la clientèle. Lorsque madame Bovary levait les yeux, elle le voyait toujours là, comme une sentinelle en faction.

Mais c'était surtout aux heures des repas qu'elle n'en pouvait plus, dans cette petite salle au rez-de-chaussée, avec le poêle qui fumait, la porte qui criait, les murs qui suintaient, les pavés humides ; toute l'amertume de l'existence lui semblait servie sur son assiette. Charles était long à manger ; elle grignotait quelques noisettes, ou bien, appuyée du coude, s'amusait, avec la pointe de son couteau, à faire des raies sur la toile cirée.

Elle laissait maintenant tout aller dans son ménage, et madame Bovary mère, lorsqu'elle vint passer à Tostes une partie du carême, s'étonna fort de ce changement. Elle, en effet, si soigneuse autrefois et délicate, elle restait à présent des journées entières sans s'habiller, portait des bas de coton gris, s'éclairait à la chandelle. Elle répétait qu'il fallait économiser, puisqu'ils n'étaient pas riches, ajoutant qu'elle était très contente, très heureuse, que Tostes lui plaisait beaucoup, et autres discours nouveaux qui fermaient la bouche à la belle-mère.

Emma devenait difficile, capricieuse. Elle se commandait des plats pour elle, n'y touchait point, un jour ne buvait que du lait pur, et, le lendemain, des tasses de thé à la douzaine. Souvent elle s'obstinait à ne pas sortir, puis elle suffoquait, ouvrait les fenêtres, s'habillait en robe légère. Lorsqu'elle avait bien rudoyé sa servante, elle lui faisait des cadeaux ou l'envoyait se promener chez les voisines, de même qu'elle jetait parfois aux pauvres toutes les pièces blanches de sa bourse, quoiqu'elle ne fût guère tendre cependant, ni facilement accessible à l'émotion d'autrui.

Vers la fin de février, le père Rouault, en souvenir de sa guérison, apporta lui-même à son gendre une dinde superbe, et il resta trois jours à Tostes. Charles étant à ses malades, Emma lui tint compagnie. Il fuma dans la chambre, cracha sur les chenets, causa culture, veaux, vaches, volailles et conseil municipal ; si bien qu'elle referma la porte, quand il fut parti, avec un sentiment de satisfaction qui la surprit elle-même. D'ailleurs, elle ne cachait plus son mépris pour rien, ni pour personne ; et elle se mettait quelquefois à exprimer des opinions singulières, blâmant ce que l'on approuvait, et approuvant des choses perverses ou immorales : ce qui faisait ouvrir de grands yeux à son mari.

Est-ce que cette misère durerait toujours ? est-ce qu'elle n'en sortirait pas ? Elle valait bien cependant toutes celles qui vivaient heureuses ! Elle avait vu des duchesses à la Vaubyessard qui avaient la taille plus lourde et les façons plus communes, et elle exécrait l'injustice de Dieu ; elle s'appuyait la tête aux murs pour pleurer ; elle enviait les existences tumultueuses, les nuits masquées, les insolents plaisirs avec tous les éperduments qu'elle ne connaissait pas et qu'ils devaient donner.

Elle pâlissait et avait des battements de cœur. Charles lui administra de la valériane et des bains de camphre. Tout ce que l'on essayait semblait l'irriter davantage.

En de certains jours, elle bavardait avec une abondance fébrile ; à ces exaltations succédaient tout à coup des torpeurs où elle restait sans parler, sans bouger. Ce qui la ranimait alors, c'était de se répandre sur les bras un flacon d'eau de Cologne.

Comme elle se plaignait de Tostes continuellement, Charles imagina que la cause de sa maladie était sans doute dans quelque influence locale, et, s'arrêtant à cette idée, il songea sérieusement à aller s'établir ailleurs.

Dès lors, elle but du vinaigre pour se faire maigrir, contracta une petite toux sèche et perdit complètement l'appétit.

Il en coûtait à Charles d'abandonner Tostes après quatre ans de séjour et au moment *où il commençait à s'y poser*. S'il le fallait, cependant ! Il la conduisit à Rouen voir son ancien maître. C'était une maladie nerveuse : on devait la changer d'air.

Après s'être tourné de côté et d'autre, Charles apprit qu'il y avait dans l'arrondissement de Neufchâtel, un fort bourg nommé Yonville-l'Abbaye, dont le médecin, qui était un réfugié polonais, venait de décamper la semaine précédente. Alors il écrivit au pharmacien de l'endroit pour savoir quel était le chiffre de la population, la distance où se trouvait le confrère le plus voisin, combien par année gagnait son prédécesseur, etc. ; et, les réponses ayant été satisfaisantes, il se résolut à déménager vers le printemps, si la santé d'Emma ne s'améliorait pas.

Un jour qu'en prévision de son départ elle faisait des rangements dans un tiroir, elle se piqua les doigts à quelque chose. C'était un fil de fer de son bouquet de mariage. Les boutons d'oranger étaient jaunes de poussière, et les rubans de satin, à liséré d'argent, s'effiloquaient par le bord. Elle le jeta dans le feu. Il s'enflamma plus vite qu'une paille sèche. Puis ce fut comme un buisson rouge sur les cendres, et qui se rongeait lentement Elle le regarda brûler.

Quand on partit de Tostes, au mois de mars, madame Bovary était enceinte.

DEUXIÈME PARTIE

1

Yonville-l'Abbaye est un bourg à huit lieues de Rouen, entre la route d'Abbeville et celle de Beauvais.

On quitte la grande route à la Boissière et l'on continue à plat jusqu'au haut de la côte des Leux, d'où l'on découvre la vallée. La rivière qui la traverse en fait comme deux régions de physionomie distincte : tout ce qui est à gauche est en herbage, tout ce qui est à droite est en labour. L'eau qui court au bord de l'herbe sépare d'une raie blanche la couleur des prés et celle des sillons, et la campagne ainsi ressemble à un grand manteau déplié qui a un collet de velours vert, bordé d'un galon d'argent.

Au bout de l'horizon, lorsqu'on arrive, on a devant soi les chênes de la forêt d'Argueil, avec les escarpements de la côte Saint-Jean.

On est ici sur les confins de la Normandie, de la Picardie et de l'Île-de-France. La culture y est coûteuse, parce qu'il faut beaucoup de fumier pour engraisser ces terres friables pleines de sable et de cailloux.

Au bas de la côte, après le pont, commence une chaussée plantée de jeunes trembles, qui vous mène en droite ligne jusqu'aux premières maisons du pays. Elles sont encloses de haies, au milieu de cours pleines de bâtiments. Les toits de chaume descendent jusqu'au tiers à peu près des fenêtres basses. Cependant les cours se font plus étroites, les habitations se rapprochent, les haies disparaissent ; il y a la forge d'un maréchal et ensuite un charron avec deux ou trois charrettes neuves, en dehors, qui empiètent sur la route. Puis apparaît une maison blanche ; c'est la maison du notaire, et la plus belle du pays.

L'église est de l'autre côté de la rue, vingt pas plus loin, à l'entrée de la place. Le petit cimetière qui l'entoure, clos d'un mur à hauteur d'appui, est si bien rempli de tombeaux, que les vieilles pierres à ras du sol font un dallage continu, où l'herbe a dessiné de soi-même des carrés verts réguliers. L'église a été rebâtie à neuf dans les dernières années du règne de Charles X[1]. La voûte en bois commence à se pourrir par le haut.

Les halles, c'est-à-dire un toit de tuiles supporté par une vingtaine de poteaux, occupent à elles seules la moitié environ de la grande place d'Yonville. La mairie est une manière de temple grec qui fait l'angle, à côté de la maison du pharmacien.

Mais ce qui attire le plus les yeux, c'est, en face de l'auberge du *Lion d'or*, la pharmacie de M. Homais ! Le soir, principalement, quand son quinquet est allumé et que les bocaux rouges et verts qui embellissent sa devanture allongent au loin, sur le sol, leurs deux clartés de couleur ; alors, à travers elles, s'entrevoit l'ombre du pharmacien, accoudé sur son pupitre. Sa maison, du haut en bas, est placardée d'inscriptions. Et l'enseigne, qui tient toute la

1. Vers 1830.

largeur de la boutique, porte en lettres d'or : *Homais, pharmacien.* Puis, au fond de la boutique, derrière les grandes balances scellées sur le comptoir, le mot *laboratoire* se déroule au-dessus d'une porte vitrée qui, à moitié de sa hauteur, répète encore une fois *Homais*, en lettres d'or, sur un fond noir.

Il n'y a plus ensuite rien à voir dans Yonville. La rue (la seule), bordée de quelques boutiques, s'arrête court au tournant de la route.

Le soir que les époux Bovary devaient arriver à Yonville, madame veuve Lefrançois, la maîtresse de cette auberge, était si fort affairée, qu'elle suait à grosses gouttes en remuant ses casseroles. C'était le lendemain jour de marché dans le bourg. Il fallait d'avance tailler les viandes, vider les poulets, faire de la soupe et du café. Elle avait, de plus, le repas de ses pensionnaires, celui du médecin, de sa femme et de leur bonne ; le billard[2] retentissait d'éclats de rire ; trois meuniers, dans la petite salle, appelaient pour qu'on leur apportât de l'eau-de-vie ; le bois flambait, la braise craquait, et, sur la longue table de la cuisine, parmi les quartiers de mouton cru, s'élevaient des piles d'assiettes qui tremblaient aux secousses du billot où l'on hachait des épinards. On entendait, dans la basse-cour, crier les volailles que la servante poursuivait pour leur couper le cou.

Un homme en pantoufles de peau verte, quelque peu marqué de petite vérole et coiffé d'un bonnet de velours à gland d'or, se chauffait le dos contre la cheminée. Sa figure n'exprimait rien que la satisfaction de soi-même, et il avait l'air aussi calme dans la vie que le chardonneret

2. La salle de billard.

69

suspendu au-dessus de sa tête, dans une cage d'osier : c'était le pharmacien.

— Artémise ! criait la maîtresse d'auberge, casse de la bourrée[3], emplis les carafes, apporte de l'eau-de-vie, dépêche-toi ! Au moins, si je savais quel dessert offrir à la société que vous attendez ! Bonté divine ! les commis du déménagement recommencent leur tintamarre dans le billard ! Et leur charrette qui est restée sous la grande porte ! *L'Hirondelle* est capable de la défoncer en arrivant ! Appelle Polyte pour qu'il la remise !… Dire que, depuis le matin, monsieur Homais, ils ont peut-être fait quinze parties et bu huit pots de cidre !… Mais ils vont me déchirer le tapis, continuait-elle en les regardant de loin, son écumoire à la main.

— Le mal ne serait pas grand, répondit M. Homais, vous en achèteriez un autre.

— Un autre billard ! exclama la veuve.

— Puisque celui-là ne tient plus, madame Lefrançois ; je vous le répète, vous vous faites tort ! vous vous faites grand tort !

— Changer mon billard, continuait-elle en se parlant à elle-même, lui qui m'est si commode pour ranger ma lessive, et sur lequel, dans le temps de la chasse, j'ai mis coucher jusqu'à six voyageurs !… Mais ce lambin d'Hivert qui n'arrive pas !

— L'attendez-vous pour le dîner de vos messieurs ? demanda le pharmacien.

— L'attendre ? Et M. Binet donc ! À six heures battant vous allez le voir entrer, car son pareil n'existe pas sur la

3. Petit bois.

terre pour l'exactitude. Il lui faut toujours sa place dans la petite salle ! On le tuerait plutôt que de le faire dîner ailleurs ! et dégoûté qu'il est ! et si difficile pour le cidre ! Ce n'est pas comme M. Léon ; lui, il arrive quelquefois à sept heures, sept heures et demie même ; il ne regarde seulement pas à ce qu'il mange. Quel bon jeune homme ! Jamais un mot plus haut que l'autre.

Six heures sonnèrent. Binet entra.

Il était vêtu d'une redingote bleue, tombant droit d'elle-même tout autour de son corps maigre, et sa casquette de cuir, à pattes nouées par des cordons sur le sommet de sa tête, laissait voir, sous la visière relevée, un front chauve. Il portait un gilet de drap noir, un pantalon gris, et, en toute saison, des bottes bien cirées qui avaient deux renflements parallèles, à cause de la saillie de ses orteils. Pas un poil ne dépassait la ligne de son collier blond, qui encadrait comme la bordure d'une plate-bande sa longue figure terne, dont les yeux étaient petits et le nez busqué. Fort à tous les jeux de cartes, bon chasseur et possédant une belle écriture, il avait chez lui un tour, où il s'amusait à tourner des ronds de serviette dont il encombrait sa maison, avec la jalousie d'un artiste, et l'égoïsme d'un bourgeois.

Il se dirigea vers la petite salle ; mais il fallut d'abord en faire sortir les trois meuniers ; et, pendant tout le temps que l'on fut à mettre son couvert, Binet resta silencieux à sa place, auprès du poêle ; puis il ferma la porte et retira sa casquette, comme d'usage.

— Ce ne sont pas les civilités qui lui useront la langue ! dit le pharmacien, dès qu'il fut seul avec l'hôtesse.

— Jamais il ne cause davantage, répondit-elle.

— Oui, fit le pharmacien, pas d'imagination, pas de saillies, rien de ce qui constitue l'homme de société !

Et il reprit :

— Ah ! qu'un négociant qui a des relations considérables, qu'un jurisconsulte, un médecin, un pharmacien soient tellement absorbés, qu'ils en deviennent fantasques et bourrus même, je le comprends ; on en cite des traits dans les histoires ! Mais, au moins, c'est qu'ils pensent à quelque chose. Moi, par exemple, combien de fois m'est-il arrivé de chercher ma plume sur mon bureau pour écrire une étiquette, et de trouver, en définitive, que je l'avais placée à mon oreille !

Cependant, madame Lefrançois alla sur le seuil regarder si *l'Hirondelle* n'arrivait pas. Elle tressaillit. Un homme vêtu de noir entra tout à coup dans la cuisine. On distinguait, aux dernières lueurs du crépuscule, qu'il avait une figure rubiconde et le corps athlétique.

— Qu'y a-t-il pour votre service, monsieur le curé ? demanda la maîtresse d'auberge. Voulez-vous prendre quelque chose ? un doigt de cassis, un verre de vin ?

L'ecclésiastique refusa fort civilement. Il venait chercher son parapluie, qu'il avait oublié l'autre jour au couvent d'Ernemont, et, après avoir prié madame Lefrançois de le lui faire remettre au presbytère dans la soirée, il sortit pour se rendre à l'église, où sonnait l'*Angélus*.

Quand le pharmacien n'entendit plus sur la place le bruit de ses souliers, il trouva fort inconvenante sa conduite de tout à l'heure. Ce refus d'accepter un rafraîchissement lui semblait une hypocrisie des plus odieuses.

L'hôtesse prit la défense de son curé :

— D'ailleurs, il en plierait quatre comme vous sur son genou. Il a, l'année dernière, aidé nos gens à rentrer la paille ; il en portait jusqu'à six bottes à la fois, tant il est fort !

— Bravo ! dit le pharmacien. Envoyez donc vos filles en confesse à des gaillards d'un tempérament pareil ! Moi, si j'étais le gouvernement, je voudrais qu'on saignât les prêtres une fois par mois.

— Taisez-vous donc, monsieur Homais ! vous êtes un impie ! vous n'avez pas de religion !

Le pharmacien répondit :

— J'ai une religion, ma religion, et même j'en ai plus qu'eux tous, avec leurs momeries et leurs jongleries ! J'adore Dieu, au contraire ! Je crois en l'Être suprême, à un Créateur, quel qu'il soit, peu m'importe, qui nous a placés ici-bas pour y remplir nos devoirs de citoyen et de père de famille ; mais je n'ai pas besoin d'aller, dans une église, baiser des plats d'argent et engraisser de ma poche un tas de farceurs qui se nourrissent mieux que nous ! Car on peut l'honorer aussi bien dans un bois, dans un champ, ou même en contemplant la voûte éthérée, comme les anciens.

Il se tut, cherchant des yeux un public autour de lui, car, dans son effervescence, le pharmacien un moment s'était cru en plein conseil municipal. Mais la maîtresse d'auberge ne l'écoutait plus ; elle tendait son oreille à un roulement éloigné. On distingua le bruit d'une voiture mêlé à un claquement de fers lâches qui battaient la terre, et l'*Hirondelle* enfin s'arrêta devant la porte.

C'était un coffre jaune porté par deux grandes roues qui, montant jusqu'à la hauteur de la bâche, empêchaient les voyageurs de voir la route et leur salissaient les épaules. Elle était attelée de trois chevaux, dont le premier en arbalète, et, lorsqu'on descendait les côtes, elle touchait du fond en cahotant.

Quelques bourgeois d'Yonville arrivèrent sur la place ; ils parlaient tous à la fois ; Hivert ne savait auquel répondre. C'était lui qui faisait à la ville les commissions du pays. Il allait dans les boutiques, rapportait des rouleaux de cuir au cordonnier, de la ferraille au maréchal, un baril de harengs pour sa maîtresse, des bonnets de chez la modiste, des toupets[4] de chez le coiffeur ; et, le long de la route, en s'en revenant, il distribuait ses paquets, qu'il jetait par-dessus les clôtures des cours, debout sur son siège, et criant à pleine poitrine, pendant que ses chevaux allaient tout seuls.

Un accident l'avait retardé : la levrette de madame Bovary s'était enfuie à travers champs. On l'avait sifflée un grand quart d'heure. Hivert même était retourné d'une demi-lieue en arrière, croyant l'apercevoir à chaque minute ; mais il avait fallu continuer la route. Emma avait pleuré, s'était emportée ; elle avait accusé Charles de ce malheur. M. Lheureux, marchand d'étoffes, qui se trouvait avec elle dans la voiture, avait essayé de la consoler par quantité d'exemples de chiens perdus, reconnaissant leur maître au bout de longues années.

4. Cheveux postiches.

2

Emma descendit la première, puis Félicité, M. Lheureux, une nourrice, et l'on fut obligé de réveiller Charles dans son coin, où il s'était endormi complètement dès que la nuit était venue.

Homais se présenta ; il offrit ses hommages à Madame, ses civilités à Monsieur, dit qu'il était charmé d'avoir pu leur rendre quelque service, et ajouta d'un air cordial qu'il avait osé s'inviter lui-même, sa femme d'ailleurs étant absente.

Madame Bovary, quand elle fut dans la cuisine, s'approcha de la cheminée. Du bout de ses deux doigts, elle prit sa robe à la hauteur du genou, et, l'ayant ainsi remontée jusqu'aux chevilles, elle tendit à la flamme, par-dessus le gigot qui tournait, son pied chaussé d'une bottine noire. Le feu l'éclairait en entier. Une grande couleur rouge passait sur elle, selon le souffle du vent qui venait par la porte entrouverte.

De l'autre côté de la cheminée, un jeune homme à chevelure blonde la regardait silencieusement.

Comme il s'ennuyait beaucoup à Yonville, où il était clerc chez maître Guillaumin, souvent M. Léon Dupuis (c'était lui, le second habitué du *Lion d'or*) reculait l'instant de son repas, espérant qu'il viendrait quelque voyageur à l'auberge avec qui causer dans la soirée. Ce fut donc avec joie qu'il accepta la proposition de l'hôtesse de dîner en la compagnie des nouveaux venus, et l'on passa dans la grande salle, où madame Lefrançois, par pompe, avait fait dresser les quatre couverts.

Homais demanda la permission de garder son bonnet, de peur des coryzas.

Puis, se tournant vers sa voisine :

— Madame, sans doute, est un peu lasse ? on est si épouvantablement cahoté dans notre *Hirondelle* !

— Il est vrai, répondit Emma ; mais le dérangement m'amuse toujours ; j'aime à changer de place.

— C'est une chose si maussade, soupira le clerc, que de vivre cloué aux mêmes endroits !

— Si vous étiez comme moi, dit Charles, sans cesse obligé d'être à cheval...

— Mais, reprit Léon s'adressant à madame Bovary, rien n'est plus agréable, il me semble ; quand on le peut, ajouta-t-il.

— Du reste, disait l'apothicaire, l'exercice de la médecine n'est pas fort pénible en nos contrées ; car l'état de nos routes permet l'usage du cabriolet, et, généralement, l'on paye assez bien, les cultivateurs étant aisés. Nous avons, sous le rapport médical, à part les cas ordinaires d'entérite, bronchite, affections bilieuses, etc., de temps à autre quelques fièvres intermittentes à la moisson, mais, en somme, peu de choses graves, rien de spécial à noter. Ah ! vous trouverez bien des préjugés à combattre, monsieur Bovary ; bien des entêtements de la routine, où se heurteront quotidiennement tous les efforts de votre science ; car on a recours encore aux neuvaines, aux reliques, au curé, plutôt que de venir naturellement chez le médecin ou chez le pharmacien. Le climat, pourtant, n'est point, à vrai dire, mauvais, et même nous comptons dans la commune quelques nonagénaires. Le thermomètre descend en hiver jusqu'à quatre degrés, et, dans la forte saison, touche vingt-cinq, trente centigrades tout au plus, et, en effet, nous sommes abrités des vents du nord par la forêt d'Argueil d'une part, des vents d'ouest par la côte Saint-Jean de l'autre ; et cette chaleur se trouve justement tempérée du côté où elle vient, ou plutôt d'où elle viendrait, c'est-à-dire du côté sud, par les vents de sud-est, lesquels, s'étant rafraîchis d'eux-mêmes en passant sur la Seine, nous arrivent quelquefois tout d'un coup, comme des brises de Russie !

— Avez-vous du moins quelques promenades dans les environs ? continuait madame Bovary parlant au jeune homme.

— Oh ! fort peu, répondit-il. Il y a un endroit que l'on nomme la Pâture, sur le haut de la côte, à la lisière de la forêt. Quelquefois, le dimanche, je vais là, et j'y reste avec un livre, à regarder le soleil couchant.

— Je ne trouve rien d'admirable comme les soleils couchants, reprit-elle, mais au bord de la mer, surtout.

— Oh ! j'adore la mer, dit M. Léon.

— Et puis ne vous semble-t-il pas, répliqua madame Bovary, que l'esprit vogue plus librement sur cette étendue sans limites, dont la contemplation vous élève l'âme et donne des idées d'infini, d'idéal ?

— Il en est de même des paysages de montagnes, reprit Léon. J'ai un cousin qui a voyagé en Suisse l'année dernière, et qui me disait qu'on ne peut se figurer la poésie des lacs, le charme des cascades, l'effet gigantesque des glaciers. On voit des pins d'une grandeur incroyable, en travers des torrents, des cabanes suspendues sur des précipices, et, à mille pieds sous vous, des vallées entières, quand les nuages s'entrouvrent. Ces spectacles doivent enthousiasmer, disposer à la prière, à l'extase ! Aussi je ne m'étonne plus de ce musicien célèbre qui, pour exciter mieux son imagination, avait coutume d'aller jouer du piano devant quelque site imposant.

— Vous faites de la musique ? demanda-t-elle.

— Non, mais je l'aime beaucoup, répondit-il.

— Ah ! ne l'écoutez pas, madame Bovary, interrompit Homais en se penchant sur son assiette, c'est modestie pure. – Comment, mon cher ! Eh ! l'autre jour dans votre chambre, vous chantiez à ravir. Je vous entendais du laboratoire.

Léon, en effet, logeait chez le pharmacien, où il avait une petite pièce au second étage, sur la place. Il rougit à ce compliment de son propriétaire, qui déjà s'était tourné vers le médecin et lui énumérait les uns après les autres les principaux habitants d'Yonville.

Emma reprit :

— Et quelle musique préférez-vous ?

— Oh ! la musique allemande, celle qui porte à rêver.

— Connaissez-vous les Italiens[1] ?

— Pas encore ; mais je les verrai l'année prochaine, quand j'irai habiter Paris, pour finir mon droit.

— C'est comme j'avais l'honneur, dit le pharmacien, de l'exprimer à M. votre époux, à propos de ce pauvre Yanoda qui s'est enfui ; vous vous trouverez, grâce aux folies qu'il a faites, jouir d'une des maisons les plus confortables d'Yonville. Ce qu'elle a principalement de commode pour un médecin, c'est une porte sur *l'Allée*, qui permet d'entrer et de sortir sans être vu. D'ailleurs, elle est fournie de tout ce qui est agréable à un ménage : buanderie, cuisine avec office, salon de famille, fruitier, etc. C'était un gaillard qui

1. Chanteurs du théâtre italien.

78

n'y regardait pas ! il s'était fait construire, au bout du jardin, à côté de l'eau, une tonnelle tout exprès pour boire de la bière en été, et si Madame aime le jardinage, elle pourra…

— Ma femme ne s'en occupe guère, dit Charles ; elle aime mieux, quoiqu'on lui recommande l'exercice, toujours rester dans sa chambre, à lire.

— C'est comme moi, répliqua Léon ; quelle meilleure chose, en effet, que d'être le soir au coin du feu avec un livre, pendant que le vent bat les carreaux, que la lampe brûle ?…

— N'est-ce pas ? dit-elle, en fixant sur lui ses grands yeux noirs tout ouverts.

— On ne songe à rien, continuait-il, les heures passent. On se promène immobile dans des pays que l'on croit voir, et votre pensée, s'enlaçant à la fiction, se joue dans les détails ou poursuit le contour des aventures. Elle se mêle aux personnages ; il semble que c'est vous qui palpitez sous leurs costumes.

— C'est vrai ! c'est vrai ! disait-elle.

— Vous est-il arrivé parfois, reprit Léon, de rencontrer dans un livre une idée vague que l'on a eue, quelque image obscurcie qui revient de loin, et comme l'exposition entière de votre sentiment le plus délié ?

— J'ai éprouvé cela, répondit-elle.

— C'est pourquoi, dit-il, j'aime surtout les poètes. Je trouve les vers plus tendres que la prose, et qu'ils font bien mieux pleurer.

— Cependant ils fatiguent à la longue, reprit Emma ; et maintenant, au contraire, j'adore les histoires qui se suivent tout d'une haleine, où l'on a peur. Je déteste les héros communs et les sentiments tempérés, comme il y en a dans la nature.

— En effet, observa le clerc, ces ouvrages ne touchant pas le cœur, s'écartent, il me semble, du vrai but de l'Art. Quant à moi, vivant ici, loin du monde, c'est ma seule distraction ; mais Yonville offre si peu de ressources !

— Comme Tostes, sans doute, reprit Emma ; aussi j'étais toujours abonnée à un cabinet de lecture.

— Si Madame veut me faire l'honneur d'en user, dit le pharmacien, qui venait d'entendre ces derniers mots, j'ai moi-même à sa disposition une bibliothèque composée des meilleurs auteurs : Voltaire, Rousseau, Walter Scott, etc., et je reçois, de plus, différentes feuilles périodiques, parmi lesquelles *le Fanal de Rouen*, quotidiennement, ayant l'avantage d'en être le correspondant pour les circonscriptions de Buchy, Forges, Neufchâtel, Yonville et les alentours !

Depuis deux heures et demie, on était à table ; car la servante Artémise apportait les assiettes les unes après les autres, oubliait tout, n'entendait à rien et sans cesse laissait entrebâillée la porte du billard.

Sans qu'il s'en aperçût, tout en causant, Léon avait posé son pied sur un des barreaux de la chaise où madame Bovary était assise. Elle portait une petite cravate de soie bleue ; et, selon les mouvements de tête qu'elle faisait, le bas de son visage s'enfonçait dans le linge ou en sortait avec douceur. C'est ainsi, l'un près de l'autre, pendant que Charles et le pharmacien devisaient, qu'ils entrèrent dans une de ces vagues conversations où le hasard des phrases vous ramène toujours au centre fixe d'une sympathie commune.

Quand le café fut servi, Félicité s'en alla préparer la chambre dans la nouvelle maison, et les convives bientôt levèrent le siège. Madame Lefrançois dormait auprès des cendres, tandis que le garçon d'écurie, une lanterne à la main, attendait M. et madame Bovary pour les conduire chez eux. Sa chevelure rouge était entremêlée de brins de paille, et il boitait de la jambe gauche. Lorsqu'il eut pris de son autre main le parapluie de M. le curé, l'on se mit en marche.

Le bourg était endormi. Les piliers des halles allongeaient de grandes ombres. La terre était toute grise, comme par une nuit d'été.

Mais, la maison du médecin se trouvant à cinquante pas de l'auberge, il fallut presque aussitôt se souhaiter le bonsoir, et la compagnie se dispersa.

Emma, dès le vestibule, sentit tomber sur ses épaules, comme un linge humide, le froid du plâtre. Les murs étaient neufs, et les marches de bois craquèrent. Dans la chambre, au premier, un jour blanchâtre passait par les fenêtres sans rideaux. On entrevoyait des cimes d'arbres, et plus loin la prairie, à demi noyée dans le brouillard, qui fumait au clair de la lune, selon le cours de la rivière. Au milieu de l'appartement, pêle-mêle, il y avait des tiroirs de commode, des bouteilles, des tringles, des bâtons dorés avec des matelas sur des chaises et des cuvettes sur le parquet, – les deux hommes qui avaient apporté les meubles ayant tout laissé là, négligemment.

C'était la quatrième fois qu'elle couchait dans un endroit inconnu. La première avait été le jour de son entrée au couvent, la seconde celle de son arrivée à Tostes, la troisième à la Vaubyessard, la quatrième était celle-ci ; et chacune s'était trouvée faire dans sa vie comme l'inauguration d'une phase nouvelle. Elle ne croyait pas que les choses pussent se représenter les mêmes à des places différentes, et, puisque la portion vécue avait été mauvaise, sans doute ce qui restait à consommer serait meilleur.

3

Le lendemain, à son réveil, elle aperçut le clerc sur la place. Elle était en peignoir. Il leva la tête et la salua. Elle fit une inclination rapide et referma la fenêtre.

Léon attendit pendant tout le jour que six heures du soir fussent arrivées ; mais, en entrant à l'auberge, il ne trouva personne que M. Binet, attablé.

Ce dîner de la veille était pour lui un événement considérable ; jamais, jusqu'alors, il n'avait causé pendant deux heures de suite avec une *dame*. Comment donc avoir pu lui exposer, et en un tel langage, quantité de choses qu'il n'aurait pas si bien dites auparavant ? il était timide d'habitude et gardait cette réserve qui participe à la fois de la pudeur et de la dissimulation. On trouvait à Yonville qu'il avait des manières *comme il faut*. M. Homais le considérait pour son instruction ; madame Homais l'affectionnait pour sa complaisance, car souvent il accompagnait au jardin les petits Homais, marmots toujours barbouillés, fort mal élevés et quelque peu lymphatiques, comme leur mère. Ils avaient pour les soigner, outre la bonne, Justin, l'élève en pharmacie, un arrière-cousin de M. Homais que l'on avait pris dans la maison par charité, et qui servait en même temps de domestique.

82

L'apothicaire se montra le meilleur des voisins. Il renseigna madame Bovary sur les fournisseurs, fit venir son marchand de cidre tout exprès, goûta la boisson lui-même, et veilla dans la cave à ce que la futaille fût bien placée ; il indiqua encore la façon de s'y prendre pour avoir une provision de beurre à bon marché, et conclut un arrangement avec Lestiboudois, le sacristain, qui, outre ses fonctions sacerdotales et mortuaires, soignait les principaux jardins d'Yonville à l'heure ou à l'année, selon le goût des personnes.

Le besoin de s'occuper d'autrui ne poussait pas seul le pharmacien à tant de cordialité obséquieuse, et il y avait là-dessous un plan.

Il avait enfreint la loi du 19 ventôse an XI, article 1er, qui défend à tout individu non porteur de diplôme l'exercice de la médecine ; si bien que, sur des dénonciations ténébreuses, Homais avait été mandé à Rouen, près M. le procureur du roi, en son cabinet particulier. Le magistrat l'avait reçu debout, dans sa robe, hermine à l'épaule et toque en tête. C'était le matin, avant l'audience. On entendait dans le corridor passer les fortes bottes des gendarmes, et comme un bruit lointain de grosses serrures qui se fermaient. Les oreilles du pharmacien lui tintèrent à croire qu'il allait tomber d'un coup de sang ; il entrevit sa famille en pleurs, la pharmacie vendue, tous les bocaux disséminés ; et il fut obligé d'entrer dans un café prendre un verre de rhum avec de l'eau de Seltz, pour se remettre les esprits.

Peu à peu, le souvenir de cette admonition[1] s'affaiblit, et il continuait, comme autrefois, à donner des consultations anodines dans son arrière-boutique. Mais le maire lui en

1. Avertissement.

voulait, des confrères étaient jaloux, il fallait tout craindre ; en s'attachant M. Bovary par des politesses, c'était gagner sa gratitude, et empêcher qu'il parlât plus tard, s'il s'apercevait de quelque chose. Aussi tous les matins, Homais lui apportait *le journal*, et souvent, dans l'après-midi, quittait un instant la pharmacie pour aller chez l'officier de santé faire la conversation.

Charles était triste : la clientèle n'arrivait pas. Il demeurait assis pendant de longues heures, sans parler, allait dormir dans son cabinet ou regardait coudre sa femme. Pour se distraire, il s'employa chez lui comme homme de peine. Mais les affaires d'argent le préoccupaient. Il en avait tant dépensé pour les réparations de Tostes, pour les toilettes de Madame et pour le déménagement, que toute la dot, plus de trois mille écus, s'était écoulée en deux ans.

Un souci meilleur vint le distraire, à savoir la grossesse de sa femme. À mesure que le terme en approchait, il la chérissait davantage. Quand il voyait de loin sa démarche paresseuse et sa taille tourner mollement sur ses hanches sans corset, alors son bonheur ne se tenait plus ; il se levait, il l'embrassait, l'appelait petite maman, voulait la faire danser, et débitait, moitié riant, moitié pleurant, toutes sortes de plaisanteries caressantes qui lui venaient à l'esprit. L'idée d'avoir engendré le délectait. Rien ne lui manquait à présent.

Emma d'abord sentit un grand étonnement, puis eut envie d'être délivrée, pour savoir quelle chose c'était que d'être mère. Mais, ne pouvant faire les dépenses qu'elle voulait, avoir un berceau en nacelle avec des rideaux de soie rose et des béguins[2] brodés, elle renonça au trousseau

2. Coiffes.

dans un accès d'amertume, et le commanda d'un seul coup à une ouvrière du village, sans rien choisir ni discuter. Elle ne s'amusa donc pas à ces préparatifs où la tendresse des mères se met en appétit, et son affection, dès l'origine, en fut peut-être atténuée de quelque chose.

Cependant, comme Charles, à tous les repas, parlait du marmot, bientôt elle y songea d'une façon plus continue.

Elle souhaitait un fils ; il serait fort et brun, elle l'appellerait Georges ; et cette idée d'avoir pour enfant un mâle était comme la revanche en espoir de toutes ses impuissances passées. Un homme, au moins, est libre ; il peut parcourir les passions et les pays, traverser les obstacles, mordre aux bonheurs les plus lointains. Mais une femme est empêchée continuellement.

Elle accoucha un dimanche, vers six heures, au soleil levant.

— C'est une fille ! dit Charles.

Elle tourna la tête et s'évanouit.

Presque aussitôt, madame Homais accourut et l'embrassa, ainsi que la mère Lefrançois, du *Lion d'or*. Le pharmacien, en homme discret, lui adressa seulement quelques félicitations provisoires, par la porte entrebâillée. Il voulut voir l'enfant, et le trouva bien conformé.

Pendant sa convalescence, elle s'occupa beaucoup à chercher un nom pour sa fille. D'abord, elle passa en revue tous ceux qui avaient des terminaisons italiennes, tels que Clara, Louisa, Amanda, Atala ; elle aimait assez Galsuinde, plus encore Yseult ou Léocadie. Charles désirait qu'on appelât l'enfant comme sa mère ; Emma s'y opposait. On parcourut le calendrier d'un bout à l'autre, et l'on consulta les étrangers.

— M. Léon, disait le pharmacien, avec qui j'en causais l'autre jour, s'étonne que vous ne choisissiez point Madeleine, qui est excessivement à la mode maintenant.

Mais la mère Bovary se récria bien fort sur ce nom de pécheresse. M. Homais, quant à lui, avait en prédilection tous ceux qui rappelaient un grand homme, un fait illustre ou une conception généreuse, et c'est dans ce système-là qu'il avait baptisé ses quatre enfants. Ainsi, Napoléon représentait la gloire et Franklin la liberté ; Irma, peut-être, était une concession au romantisme ; mais Athalie, un hommage au plus immortel chef-d'œuvre de la scène française.

Enfin, Emma se souvint qu'au château de la Vaubyessard elle avait entendu la marquise appeler Berthe une jeune femme ; dès lors ce nom-là fut choisi, et, comme le père Rouault ne pouvait venir, on pria M. Homais d'être parrain. Le soir de la cérémonie, il y eut un grand dîner ; le curé s'y trouvait ; on s'échauffa. M. Léon chanta une barcarolle, et madame Bovary mère, qui était la marraine, une romance du temps de l'Empire ; enfin M. Bovary père exigea que l'on descendît l'enfant, et se mit à le baptiser avec un verre de champagne qu'il lui versait de haut sur la tête.

M. Bovary père resta encore un mois à Yonville, dont il éblouit les habitants par un superbe bonnet de police à galons d'argent, qu'il portait le matin, pour fumer sa pipe sur la place. Ayant aussi l'habitude de boire beaucoup d'eau-de-vie, souvent il envoyait la servante au *Lion d'or* lui en acheter une bouteille, que l'on inscrivait au compte de son fils ; et il usa, pour parfumer ses foulards, toute la provision d'eau de Cologne qu'avait sa bru.

Celle-ci ne se déplaisait point dans sa compagnie. Il avait couru le monde : il parlait de Berlin, de Vienne, de

Strasbourg, de son temps d'officier, des maîtresses qu'il avait eues, des grands déjeuners qu'il avait faits ; puis il se montrait aimable, et parfois même, soit dans l'escalier ou au jardin, il lui saisissait la taille en s'écriant :

— Charles, prends garde à toi !

Alors la mère Bovary s'effraya pour le bonheur de son fils, et, craignant que son époux, à la longue, n'eût une influence immorale sur les idées de la jeune femme, elle se hâta de presser le départ. Peut-être avait-elle des inquiétudes plus sérieuses. M. Bovary était homme à ne rien respecter.

Un jour, Emma fut prise tout à coup du besoin de voir sa petite fille, qui avait été mise en nourrice chez la femme du menuisier ; et elle s'achemina vers la demeure de Rollet, qui se trouvait à l'extrémité du village, au bas de la côte, entre la grande route et les prairies.

Il était midi ; les maisons avaient leurs volets fermés. Un vent lourd soufflait. Emma se sentait faible en marchant ; elle hésita si elle ne s'en retournerait pas chez elle, ou entrerait quelque part pour s'asseoir.

À ce moment, M. Léon sortit d'une porte voisine avec une liasse de papiers sous son bras. Il vint la saluer et se mit à l'ombre devant la boutique de Lheureux, sous la tente grise qui avançait.

Madame Bovary dit qu'elle allait voir son enfant, mais qu'elle commençait à être lasse.

— Si..., reprit Léon, n'osant poursuivre.

— Avez-vous affaire quelque part ? demanda-t-elle.

Et, sur la réponse du clerc, elle le pria de l'accompagner. Dès le soir, cela fut connu dans Yonville, et madame Tuvache, la femme du maire, déclara devant sa servante que *madame Bovary se compromettait*. Tous les deux, côte à côte, ils marchaient doucement, elle s'appuyant sur lui et lui retenant son pas qu'il mesurait sur les siens ; devant eux, un essaim de mouches voltigeait, en bourdonnant dans l'air chaud.

Ils reconnurent la maison à un vieux noyer qui l'ombrageait. Basse et couverte de tuiles brunes, elle avait en dehors, sous la lucarne de son grenier, un chapelet d'oignons suspendu. De l'eau sale coulait en s'éparpillant sur l'herbe, et il y avait tout autour plusieurs guenilles indistinctes, des bas de tricot, une camisole[3] d'indienne rouge, et un grand drap de toile épaisse étalé en long sur la haie. Au bruit de la barrière, la nourrice parut, tenant sur son bras un enfant qui tétait. Elle tirait de l'autre main un pauvre marmot chétif, le fils d'un bonnetier de Rouen, que ses parents trop occupés de leur négoce laissaient à la campagne.

— Entrez, dit-elle ; votre petite est là qui dort.

La chambre, au rez-de-chaussée, la seule du logis, avait au fond contre la muraille un large lit sans rideaux.

L'enfant d'Emma dormait à terre, dans un berceau d'osier. Elle la prit avec la couverture qui l'enveloppait, et se mit à chanter doucement en se dandinant.

Léon se promenait dans la chambre ; il lui semblait étrange de voir cette belle dame, tout au milieu de cette misère. Madame Bovary devint rouge ; il se détourna, croyant que ses yeux peut-être avaient eu quelque impertinence. Puis elle recoucha la petite, qui venait de vomir sur sa collerette. La nourrice aussitôt vint l'essuyer, protestant qu'il n'y paraîtrait pas.

— Elle m'en fait bien d'autres, disait-elle, et je ne suis occupée qu'à la rincer continuellement ! Si vous aviez donc

3. Chemise.

88

la complaisance de commander à Camus l'épicier, qu'il me laisse prendre un peu de savon lorsqu'il m'en faut ? ce serait même plus commode pour vous, que je ne dérangerais pas.

— C'est bien, c'est bien ! dit Emma. Au revoir, mère Rollet !

Et elle sortit, en essuyant ses pieds sur le seuil.

La bonne femme l'accompagna jusqu'au bout de la cour, tout en parlant du mal qu'elle avait à se relever la nuit.

— J'en suis si rompue quelquefois, que je m'endors sur ma chaise ; aussi, vous devriez pour le moins me donner une petite livre de café moulu qui me ferait un mois et que je prendrai le matin avec du lait.

Après avoir subi ses remerciements, madame Bovary s'en alla ; et elle était quelque peu avancée dans le sentier, lorsqu'à un bruit de sabots elle tourna la tête : c'était la nourrice !

— Qu'y a-t-il ?

Alors la paysanne, la tirant à l'écart, derrière un orme, se mit à lui parler de son mari, qui, avec son métier et six francs par an que le capitaine...

— Achevez plus vite, dit Emma.

— Eh bien, reprit la nourrice poussant des soupirs entre chaque mot, j'ai peur qu'il ne se fasse une tristesse de me voir prendre du café toute seule ; vous savez, les hommes...

— Puisque vous en aurez, répétait Emma, je vous en donnerai !... Vous m'ennuyez !

— Hélas ! ma pauvre chère dame, c'est qu'il a, par suite de ses blessures, des crampes terribles à la poitrine. Il dit même que le cidre l'affaiblit.

— Mais dépêchez-vous, mère Rollet !

— Donc, reprit celle-ci faisant une révérence, si ce n'était pas trop vous demander..., – elle salua encore une fois, – quand vous voudrez, – et son regard suppliait, – un cruchon d'eau-de-vie, dit-elle enfin, et j'en frotterai les pieds de votre petite, qui les a tendres comme la langue.

Débarrassée de la nourrice, Emma reprit le bras de M. Léon. Elle marcha rapidement pendant quelque temps ; puis elle se ralentit, et son regard qu'elle promenait devant elle rencontra l'épaule du jeune homme, dont la redingote avait un collet de velours noir. Ses cheveux châtains tombaient dessus, plats et bien peignés. Elle remarqua ses ongles, qui étaient plus longs qu'on ne les portait à Yonville. C'était une des grandes occupations du clerc que de les entretenir ; et il gardait, à cet usage, un canif tout particulier dans son écritoire.

Ils s'en revinrent à Yonville en suivant le bord de l'eau. C'était l'heure du dîner dans les fermes, et la jeune femme et son compagnon n'entendaient en marchant que la cadence de leurs pas sur la terre du sentier, les paroles qu'ils se disaient, et le frôlement de la robe d'Emma qui bruissait tout autour d'elle.

Ils causaient d'une troupe de danseurs espagnols, que l'on attendait bientôt sur le théâtre de Rouen.

— Vous irez ? demanda-t-elle.

— Si je le peux, répondit-il.

N'avaient-ils rien autre chose à se dire ? Leurs yeux pourtant étaient pleins d'une causerie plus sérieuse ; et, tandis qu'ils s'efforçaient à trouver des phrases banales, ils sentaient une même langueur les envahir tous les deux ; c'était comme un murmure de l'âme, profond, continu, qui dominait celui des voix. Surpris d'étonnement à cette suavité nouvelle, ils ne songeaient pas à s'en raconter la sensation ou à en découvrir la cause. Les bonheurs futurs, comme les rivages des tropiques, projettent sur l'immensité qui les précède leurs mollesses natales, une brise parfumée, et l'on s'assoupit dans cet enivrement sans même s'inquiéter de l'horizon que l'on n'aperçoit pas.

Quand ils furent arrivés devant son jardin, madame Bovary poussa la petite barrière, monta les marches en courant et disparut.

Léon rentra à son étude. Le patron était absent ; il jeta un coup d'œil sur les dossiers, puis se tailla une plume, prit enfin son chapeau et s'en alla.

Il alla sur la Pâture, au haut de la côte d'Argueil, à l'entrée de la forêt ; il se coucha par terre sous les sapins, et regarda le ciel à travers ses doigts.

— Comme je m'ennuie ! se disait-il, comme je m'ennuie !

Il se trouvait à plaindre de vivre dans ce village, avec Homais pour ami et M. Guillaumin pour maître.

Et ensuite, qu'y avait-il ? Binet, quelques marchands, deux ou trois cabaretiers, le curé, et enfin M. Tuvache, le maire, avec ses deux fils, gens cossus, bourrus, obtus, cultivant leurs terres eux-mêmes, faisant des ripailles en famille, dévots d'ailleurs, et d'une société tout à fait insupportable.

Mais, sur le fond commun de tous ces visages humains, la figure d'Emma se détachait isolée et plus lointaine cependant ; car il sentait entre elle et lui comme de vagues abîmes.

Au commencement, il était venu chez elle plusieurs fois dans la compagnie du pharmacien. Charles n'avait point paru extrêmement curieux de le recevoir ; et Léon ne savait comment s'y prendre entre la peur d'être indiscret et le désir d'une intimité qu'il estimait presque impossible.

4

Dès les premiers froids, Emma quitta sa chambre pour habiter la salle. Assise dans son fauteuil, près de la fenêtre, elle voyait passer les gens du village sur le trottoir.

Léon, deux fois par jour, allait de son étude au *Lion d'or*. Emma, de loin, l'entendait venir ; elle se penchait en écoutant ; et le jeune homme glissait derrière le rideau, toujours vêtu de même façon et sans détourner la tête. Mais au crépuscule, lorsque, le menton dans sa main gauche, elle avait abandonné sur ses genoux sa tapisserie commencée, souvent elle tressaillait à l'apparition de cette ombre glissant tout à coup. Elle se levait et commandait qu'on mît le couvert.

M. Homais arrivait pendant le dîner. Il entrait à pas muets pour ne déranger personne et toujours en répétant la même phrase : « Bonsoir la compagnie ! » Puis, quand il s'était posé à sa place, contre la table, entre les deux époux, il demandait au médecin des nouvelles de ses malades, et celui-ci le consultait sur la probabilité des honoraires. Ensuite, on causait de ce qu'il y avait *dans le journal*. Mais, le sujet se tarissant, il ne tardait pas à lancer quelques observations sur les mets qu'il voyait.

À huit heures, Justin venait le chercher pour fermer la pharmacie. Alors M. Homais le regardait d'un œil narquois, surtout si Félicité se trouvait là, s'étant aperçu que son élève affectionnait la maison du médecin.

— Mon gaillard, disait-il, commence à avoir des idées, et je crois, diable m'emporte, qu'il est amoureux de votre bonne !

Il ne venait pas grand monde à ces soirées du pharmacien, sa médisance et ses opinions politiques ayant écarté de lui successivement différentes personnes respectables. Le clerc ne manquait pas de s'y trouver. Dès qu'il entendait la sonnette, il courait au-devant de madame Bovary. On faisait d'abord quelques parties de trente-et-un ; ensuite M. Homais jouait à l'écarté avec Emma, Léon, derrière elle, lui donnait des avis. Debout et les mains sur le dossier de sa chaise, il regardait les dents de son peigne qui mordaient son chignon. De ses cheveux retroussés, il descendait une couleur brune sur son dos, et qui, s'apâlissant graduellement, peu à peu se perdait dans l'ombre. Lorsque la partie de cartes était finie, l'apothicaire et le médecin jouaient aux dominos, et Emma, changeant de place, s'accoudait sur la table, à feuilleter *l'Illustration*. Elle avait apporté son journal de modes. Léon se mettait près d'elle ; ils regardaient ensemble les gravures et s'attendaient au bas des pages. Souvent elle le priait de lui lire des vers ; Léon les déclamait d'une voix traînante et qu'il faisait expirer soigneusement aux passages d'amour. Mais le bruit des dominos le contrariait ; M. Homais y était fort, il battait Charles à plein double-six. Puis, ils s'allongeaient tous deux devant le foyer et ne tardaient pas à s'endormir. Le feu se mourait dans les cendres ; la théière était vide ; Léon lisait encore. Emma l'écoutait. Léon s'arrêtait, désignant d'un geste son auditoire endormi ; alors ils se parlaient à voix basse, et la conversation qu'ils avaient leur semblait plus douce, parce qu'elle n'était pas entendue.

Ainsi s'établit entre eux une sorte d'association, un commerce continuel de livres et de romances ; M. Bovary, peu jaloux, ne s'en étonnait pas.

Il reçut pour sa fête une belle tête phrénologique[1], toute marquetée de chiffres jusqu'au thorax et peinte en bleu. C'était une attention du clerc. Il en avait bien d'autres, jusqu'à lui faire, à Rouen, ses commissions.

Un soir, en rentrant Léon trouva dans sa chambre un tapis de velours et de laine avec des feuillages sur fond pâle, il appela madame Homais, M. Homais, Justin, les enfants, la cuisinière, il en parla à son patron ; tout le monde désira connaître ce tapis ; pourquoi la femme du médecin faisait-elle au clerc des *générosités ?* Cela parut drôle, et l'on pensa définitivement qu'elle devait être *sa bonne amie.*

Il le donnait à croire, tant il vous entretenait sans cesse de ses charmes et de son esprit, si bien que Binet lui répondit une fois fort brutalement :

— Que m'importe, à moi, puisque je ne suis pas de sa société !

Il se torturait à découvrir par quel moyen lui *faire sa déclaration ;* et, toujours hésitant entre la crainte de lui déplaire et la honte d'être si pusillanime, il en pleurait de découragement et de désirs. Puis il prenait des décisions énergiques ; il écrivait des lettres qu'il déchirait, s'ajournait à des époques qu'il reculait. Souvent il se mettait en

1. Relative au crâne.

94

marche, dans le projet de tout oser ; mais cette résolution l'abandonnait bien vite en la présence d'Emma, et, quand Charles, survenant, l'invitait à monter dans son *boc* pour aller voir ensemble quelque malade aux environs, il acceptait aussitôt, saluait Madame et s'en allait. Son mari, n'était-ce pas quelque chose d'elle ?

Quant à Emma, elle ne s'interrogea point pour savoir si elle l'aimait. L'amour, croyait-elle, devait arriver tout à coup, avec de grands éclats et des fulgurations, – ouragan des cieux qui tombe sur la vie, la bouleverse, arrache les volontés comme des feuilles et emporte à l'abîme le cœur entier. Elle ne savait pas que, sur la terrasse des maisons, la pluie fait des lacs quand les gouttières sont bouchées, et elle fût ainsi demeurée en sa sécurité, lorsqu'elle découvrit subitement une lézarde dans le mur.

5

Ce fut un dimanche de février, une après-midi qu'il neigeait.

Ils étaient tous, M. et madame Bovary, Homais et M. Léon, partis voir, à une demi-lieue d'Yonville, dans la vallée, une filature de lin que l'on établissait. L'apothicaire avait emmené avec lui Napoléon et Athalie, pour leur faire faire de l'exercice, et Justin les accompagnait, portant des parapluies sur son épaule.

Rien pourtant n'était moins curieux que cette curiosité. Un grand espace de terrain vide, où se trouvaient pêle-mêle, entre des tas de sable et de cailloux, quelques roues d'engrenage déjà rouillées, entourait un long bâtiment quadrangulaire que perçaient quantité de petites fenêtres. Il n'était pas achevé d'être bâti, et l'on voyait le ciel à travers les lambourdes de la toiture.

Homais parlait. Il expliquait à *la compagnie* l'importance future de cet établissement.

Emma regardait le disque du soleil irradiant au loin, dans la brume, sa pâleur éblouissante ; mais elle tourna la tête : Charles était là. Il avait sa casquette enfoncée sur ses sourcils, et ses deux grosses lèvres tremblotaient, ce qui ajoutait à son visage quelque chose de stupide ; son dos même, son dos tranquille était irritant à voir, et elle y trouvait étalée sur la redingote toute la platitude du personnage.

Pendant qu'elle le considérait, goûtant ainsi dans son irritation une sorte de volupté dépravée, Léon s'avança d'un pas. Le froid qui le pâlissait semblait déposer sur sa figure une langueur plus douce ; entre sa cravate et son cou, le col de la chemise, un peu lâche, laissait voir la peau ; un bout d'oreille dépassait sous une mèche de cheveux, et son grand œil bleu, levé vers les nuages, parut à Emma plus limpide et plus beau que ces lacs des montagnes où le ciel se mire.

— Malheureux ! s'écria tout à coup l'apothicaire.

Et il courut à son fils, qui venait de se précipiter dans un tas de chaux pour peindre ses souliers en blanc. Aux reproches dont on l'accablait, Napoléon se prit à pousser des hurlements, tandis que Justin lui essuyait ses chaussures avec un torchis de paille. Mais il eût fallu un couteau ; Charles offrit le sien.

— Ah ! se dit-elle, il porte un couteau dans sa poche, comme un paysan !

Le givre tombait, et l'on s'en retourna vers Yonville.

Madame Bovary, le soir, n'alla pas chez ses voisins, et, quand Charles fut parti, lorsqu'elle se sentit seule, le parallèle recommença dans la netteté d'une sensation presque immédiate. Regardant de son lit le feu clair qui brûlait, elle voyait encore, comme là-bas, Léon debout, faisant plier d'une main sa badine et tenant de l'autre Athalie, qui suçait tranquillement un morceau de glace. Elle le trouvait charmant ; elle ne pouvait s'en détacher ; elle se rappela ses autres attitudes en d'autres jours, des phrases qu'il avait dites, le son de sa voix, toute sa personne ; et elle répétait, en avançant ses lèvres comme pour un baiser :

— Oui, charmant ! charmant !... N'aime-t-il pas ? se demanda-t-elle. Qui donc ?... mais c'est moi !

Toutes les preuves à la fois s'en étalèrent, son cœur bondit. Elle se tourna sur le dos en s'étirant les bras.

Alors commença l'éternelle lamentation : « Oh ! Si le ciel l'avait voulu ! Pourquoi n'est-ce pas ? Qui empêchait donc ?... »

Quand Charles, à minuit, rentra, elle eut l'air de s'éveiller, et, comme il fit du bruit en se déshabillant, elle se plaignit de la migraine ; puis demanda nonchalamment ce qui s'était passé dans la soirée.

— M. Léon, dit-il, est remonté de bonne heure.

Elle ne put s'empêcher de sourire, et elle s'endormit l'âme remplie d'un enchantement nouveau.

Le lendemain, à la nuit tombante, elle reçut la visite du sieur Lheureux, marchand de nouveautés. C'était un homme habile que ce boutiquier.

On ignorait ce qu'il avait été jadis. Ce qu'il y a de sûr, c'est qu'il faisait, de tête, des calculs compliqués, à effrayer Binet lui-même. Poli jusqu'à l'obséquiosité, il se tenait toujours les reins à demi courbés, dans la position de quelqu'un qui salue ou qui invite.

Après avoir laissé à la porte son chapeau garni d'un crêpe, il posa sur la table un carton vert, et commença par se plaindre à Madame, avec force civilités, d'être resté jusqu'à ce jour sans obtenir sa confiance. Elle n'avait pourtant qu'à commander, et il se chargerait de lui fournir ce qu'elle voudrait, tant en mercerie que lingerie, bonneterie ou nouveautés ; car il allait à la ville quatre fois par mois, régulièrement. Il était en relation avec les plus fortes maisons. Aujourd'hui donc, il venait montrer à Madame, en passant, différents articles qu'il se trouvait avoir, grâce à une occasion des plus rares. Et il retira de la boîte une demi-douzaine de cols brodés.

Madame Bovary les examina.

— Je n'ai besoin de rien, dit-elle.

Alors M. Lheureux exhiba délicatement trois écharpes algériennes, plusieurs paquets d'aiguilles anglaises, une paire de pantoufles en paille, et, enfin, quatre coquetiers en coco, ciselés à jour par des forçats. Puis, les deux mains sur la table, le cou tendu, la taille penchée, il suivait, bouche béante, le regard d'Emma, qui se promenait indécis parmi ces marchandises.

— Combien coûtent-elles ?

— Une misère, répondit-il, une misère ; mais rien ne presse ; quand vous voudrez.

Elle réfléchit quelques instants, et finit encore par remercier M. Lheureux, qui répliqua sans s'émouvoir :

— Eh bien, nous nous entendrons plus tard ; avec les dames je me suis toujours arrangé, si ce n'est avec la mienne, cependant !

Emma sourit.

— C'était pour vous dire, reprit-il d'un air bonhomme après sa plaisanterie, que ce n'est pas l'argent qui m'inquiète... Je vous en donnerais, s'il le fallait.

Elle eut un geste de surprise.

— Enfin, au revoir, madame Bovary ; à votre disposition ; serviteur très humble !

Et il referma la porte doucement.

Emma se fit servir à dîner dans sa chambre, au coin du feu, sur un plateau ; elle fut longue à manger ; tout lui sembla bon.

— Comme j'ai été sage ! se disait-elle en songeant aux écharpes.

Elle entendit des pas dans l'escalier : c'était Léon. Elle se leva, et prit sur la commode, parmi des torchons à ourler, le premier de la pile. Elle semblait fort occupée quand il parut.

La conversation fut languissante, madame Bovary l'abandonnant à chaque minute, tandis qu'il demeurait lui-même comme tout embarrassé. Assis sur une chaise basse, près de la cheminée, il faisait tourner dans ses doigts l'étui d'ivoire ; elle poussait son aiguille, ou, de temps à autre, avec son ongle, fronçait les plis de la toile. Elle ne parlait pas ; il se taisait, captivé par son silence, comme il l'eût été par ses paroles.

— Pauvre garçon ! pensait-elle.

— En quoi lui déplais-je ? se demandait-il.

Léon, cependant, finit par dire qu'il devait, un de ces jours, aller à Rouen, pour une affaire de son étude.

— Votre abonnement de musique est terminé, dois-je le reprendre ?

— Non, répondit-elle.

— Pourquoi ?

— Parce que...

Et, pinçant ses lèvres, elle tira lentement une longue aiguillée de fil gris.

Cet ouvrage irritait Léon. Les doigts d'Emma semblaient s'y écorcher par le bout ; il lui vint en tête une phrase galante, mais qu'il ne risqua pas.

— Vous l'abandonnez donc ? reprit-il.

— Quoi ? dit-elle vivement ; la musique ? Ah ! Mon Dieu, oui ! n'ai-je pas ma maison à tenir, mon mari à soigner, mille choses enfin, bien des devoirs qui passent auparavant !

Elle regarda la pendule. Charles était en retard. Alors elle fit la soucieuse. Deux ou trois fois même elle répéta :

— Il est si bon !

Le clerc affectionnait M. Bovary. Mais cette tendresse à son endroit l'étonna d'une façon désagréable ; néanmoins il continua son éloge, qu'il entendait faire à chacun, disait-il, et surtout au pharmacien.

— Ah ! c'est un brave homme, reprit Emma.

— Certes, reprit le clerc.

Et il se mit à parler de madame Homais, dont la tenue fort négligée leur apprêtait à rire ordinairement.

— Qu'est-ce que cela fait ? interrompit Emma. Une bonne mère de famille ne s'inquiète pas de sa toilette.

Puis elle retomba dans son silence.

Il en fut de même les jours suivants ; ses discours, ses manières, tout changea. On la vit prendre à cœur son ménage, retourner à l'église régulièrement et tenir sa servante avec plus de sévérité.

Elle retira Berthe de nourrice. Félicité l'amenait quand il venait des visites, et madame Bovary la déshabillait afin de faire voir ses membres. Elle déclarait adorer les enfants ; c'était sa consolation, sa joie, sa folie.

Quand Charles rentrait, il trouvait auprès des cendres ses pantoufles à chauffer. Ses gilets maintenant ne manquaient plus de doublure, ni ses chemises de boutons, et même il y avait plaisir à considérer dans l'armoire tous les bonnets de coton rangés par piles égales. Elle ne rechignait plus, comme autrefois, à faire des tours dans le jardin ; ce qu'il proposait était toujours consenti – et lorsque Léon le voyait au coin du feu, après le dîner, les deux mains sur son ventre, les deux pieds sur les chenets, la joue rougie par la digestion, les yeux humides de bonheur, avec l'enfant qui se traînait sur le tapis, et cette femme à taille mince qui par-dessus le dossier du fauteuil venait le baiser au front :

— Quelle folie, se disait-il, et comment arriver jusqu'à elle ?

Elle lui parut donc si vertueuse et inaccessible, que toute espérance, même la plus vague, l'abandonna.

Mais, par ce renoncement, il la plaçait en des conditions extraordinaires. Elle se dégagea, pour lui, des qualités charnelles dont il n'avait rien à obtenir ; et elle alla, dans son cœur, montant toujours et s'en détachant, à la manière magnifique d'une apothéose qui s'envole.

Emma maigrit, ses joues pâlirent, sa figure s'allongea. Avec ses bandeaux noirs, ses grands yeux, son nez droit, sa démarche d'oiseau, et toujours silencieuse, maintenant, ne semblait-elle pas traverser l'existence en y touchant à peine, et porter au front la vague empreinte de quelque prédestination sublime ? Elle était si triste et si calme, si douce à la fois et si réservée, que l'on se sentait près d'elle pris par un charme glacial. Les autres même n'échappaient point à cette séduction. Le pharmacien disait :

— C'est une femme de grands moyens et qui ne serait pas déplacée dans une sous-préfecture.

Les bourgeoises admiraient son économie, les clients sa politesse, les pauvres sa charité.

Mais elle était pleine de convoitises, de rage, de haine. Cette robe aux plis droits cachait un cœur bouleversé, et ces lèvres si pudiques n'en racontaient pas la tourmente. Elle était amoureuse de Léon, et elle recherchait la solitude, afin de pouvoir plus à l'aise se délecter en son image. La vue de sa personne troublait la volupté de cette méditation. Emma palpitait au bruit de ses pas ; puis, en sa présence, l'émotion tombait, et il ne lui restait ensuite qu'un immense étonnement qui se finissait en tristesse.

Léon ne savait pas, lorsqu'il sortait de chez elle désespéré, qu'elle se levait derrière lui afin de le voir dans la rue. Elle s'inquiétait de ses démarches ; elle épiait son visage ; elle inventa toute une histoire pour trouver prétexte à visiter sa chambre. Mais plus Emma s'apercevait de son amour, plus elle le refoulait, afin qu'il ne parût pas, et pour le diminuer. Elle aurait voulu que Léon s'en doutât ; et elle imaginait des hasards, des catastrophes qui l'eussent facilité. Ce qui la retenait, sans doute, c'était la paresse ou l'épouvante, et la pudeur aussi. Elle songeait qu'elle l'avait repoussé trop loin, qu'il n'était plus temps, que tout était perdu. Puis l'orgueil, la joie de se dire : « Je suis vertueuse », et de se regarder dans la glace en prenant des poses résignées, la consolait un peu du sacrifice qu'elle croyait faire.

Alors, les appétits de la chair, les convoitises d'argent et les mélancolies de la passion, tout se confondit dans une même souffrance ; – et, au lieu d'en détourner sa pensée, elle l'y attachait davantage, s'excitant à la douleur et en cherchant partout les occasions. Elle s'irritait d'un plat mal servi ou d'une porte entrebâillée, gémissait du velours qu'elle n'avait pas, du bonheur qui lui manquait, de ses rêves trop hauts, de sa maison trop étroite.

Ce qui l'exaspérait, c'est que Charles n'avait pas l'air de se douter de son supplice. La conviction où il était de la rendre heureuse lui semblait une insulte imbécile. N'était-il pas, lui, l'obstacle à toute félicité, la cause de toute misère ?

Donc, elle reporta sur lui seul la haine nombreuse qui résultait de ses ennuis, et chaque effort pour l'amoindrir ne servait qu'à l'augmenter ; car cette peine inutile s'ajoutait aux autres motifs de désespoir et contribuait encore plus à l'écartement. Elle aurait voulu que Charles la battît, pour pouvoir plus justement le détester, s'en venger. Elle s'étonnait parfois des conjectures atroces qui lui arrivaient à la pensée ; et il fallait continuer à sourire, s'entendre répéter qu'elle était heureuse, faire semblant de l'être, le laisser croire !

Elle avait des dégoûts, cependant, de cette hypocrisie. Des tentations la prenaient de s'enfuir avec Léon, quelque part, bien loin, pour essayer une destinée nouvelle ; mais aussitôt il s'ouvrait dans son âme un gouffre vague, plein d'obscurité.

— D'ailleurs, il ne m'aime plus, pensait-elle ; que devenir ? quel secours attendre, quelle consolation, quel allégement ?

Elle restait brisée, haletante, inerte, sanglotant à voix basse et avec des larmes qui coulaient.

— Pourquoi ne point le dire à Monsieur ? lui demandait la domestique, lorsqu'elle entrait pendant ces crises.

— Ce sont les nerfs, répondait Emma ; ne lui en parle pas, tu l'affligerais.

6

Un soir que la fenêtre était ouverte, et que, assise au bord, elle venait de regarder Lestiboudois, le bedeau, qui taillait le buis, elle entendit tout à coup sonner l'*Angélus*.

On était au commencement d'avril, quand les primevères sont écloses. Au loin, des bestiaux marchaient ; on n'entendait ni leurs pas, ni leurs mugissements ; et la cloche, sonnant toujours, continuait dans les airs sa lamentation pacifique.

À ce tintement répété, la pensée de la jeune femme s'égarait dans ses vieux souvenirs de jeunesse et de pension. Elle se rappela les grands chandeliers, qui dépassaient sur l'autel les vases pleins de fleurs et le tabernacle à colonnettes. Alors un attendrissement la saisit ; elle se sentit molle et tout abandonnée, comme un duvet d'oiseau qui tournoie dans la tempête ; et ce fut sans en avoir conscience qu'elle s'achemina vers l'église, disposée à n'importe quelle dévotion, pourvu qu'elle y absorbât son âme et que l'existence entière y disparût.

Elle rencontra, sur la place, Lestiboudois, qui s'en revenait ; car, pour ne pas rogner la journée, il préférait interrompre sa besogne puis la reprendre, si bien qu'il tintait l'*Angélus* selon sa commodité. D'ailleurs, la sonnerie, faite plus tôt, avertissait les gamins de l'heure du catéchisme.

Déjà quelques-uns, qui se trouvaient arrivés, jouaient aux billes sur les dalles du cimetière. D'autres, à califourchon sur le mur, agitaient leurs jambes, en fauchant avec leurs sabots les grandes orties poussées entre la petite enceinte et les dernières tombes. C'était la seule place qui fût verte ; tout le reste n'était que pierres, et couvert continuellement d'une poudre fine, malgré le balai de la sacristie.

— Où est le curé ? demanda madame Bovary à un jeune garçon.

— Il va venir, répondit-il.

En effet, la porte du presbytère grinça, l'abbé Bournisien parut ; les enfants, pêle-mêle, s'enfuirent dans l'église.

— Ces polissons-là ! murmura l'ecclésiastique, toujours les mêmes !

Et, ramassant un catéchisme en lambeaux qu'il venait de heurter avec son pied :

— Ça ne respecte rien !

Mais, dès qu'il aperçut madame Bovary :

— Excusez-moi, dit-il, je ne vous remettais pas.

Il fourra le catéchisme dans sa poche et s'arrêta, continuant à balancer entre deux doigts la lourde clef de la sacristie.

La lueur du soleil couchant qui frappait en plein son visage pâlissait le lasting[1] de sa soutane, luisante sous les coudes, effiloquée[2] par le bas. Des taches de graisse et de tabac suivaient sur sa poitrine large la ligne des petits boutons, et elles devenaient plus nombreuses en s'écartant de son rabat, où reposaient les plis abondants de sa peau rouge ; elle était semée de macules jaunes qui disparaissaient

---

1. Sorte d'étoffe.
2. Pour « effilochée ».

dans les poils rudes de sa barbe grisonnante. Il venait de dîner et respirait bruyamment.

— Comment vous portez-vous ? ajouta-t-il.

— Mal, répondit Emma ; je souffre.

— Eh bien, moi aussi, reprit l'ecclésiastique. Ces premières chaleurs, n'est-ce pas, vous amollissent étonnamment ? Enfin, que voulez-vous ! nous sommes nés pour souffrir, comme dit saint Paul. Mais, M. Bovary, qu'est-ce qu'il en pense ?

— Lui ! fit-elle avec un geste de dédain.

— Quoi ! répliqua le bonhomme tout étonné, il ne vous ordonne pas quelque chose ?

— Ah ! dit Emma, ce ne sont pas les remèdes de la terre qu'il me faudrait.

Mais le curé, de temps à autre, regardait dans l'église, où tous les gamins agenouillés se poussaient de l'épaule, et tombaient comme des capucins de cartes.

— Je voudrais savoir…, reprit-elle.

— Attends, attends, Riboudet, cria l'ecclésiastique d'une voix colère, je m'en vas aller te chauffer les oreilles, mauvais galopin !

Puis, se tournant vers Emma :

— C'est le fils de Boudet le charpentier ; ses parents sont à leur aise et lui laissent faire ses fantaisies. Pourtant il apprendrait vite, s'il le voulait, car il est plein d'esprit. Et moi quelquefois, par plaisanterie, je l'appelle donc Riboudet (comme la côte que l'on prend pour aller à Maromme), et je dis même : mon Riboudet. Ah ! ah ! Mont-Riboudet ! L'autre jour, j'ai rapporté ce mot-là à Monseigneur, qui en a ri… il a daigné en rire. – Et M. Bovary, comment va-t-il ?

Elle semblait ne pas entendre. Il continua :

— Toujours fort occupé, sans doute ? car nous sommes certainement, lui et moi, les deux personnes de la paroisse qui avons le plus à faire. Mais lui, il est le médecin des corps, ajouta-t-il avec un rire épais, et moi, je le suis des âmes !

Elle fixa sur le prêtre des yeux suppliants :

— Oui…, dit-elle, vous soulagez toutes les misères.

— Ah ! ne m'en parlez pas, madame Bovary ! Mais, pardon ! Longuemarre et Boudet ! Sac à papier ! voulez-vous bien finir !

Et, d'un bond, il s'élança dans l'église.

Les gamins, alors, se pressaient autour du grand pupitre, grimpaient sur le tabouret du chantre, ouvraient le missel ; et d'autres, à pas de loup, allaient se hasarder bientôt jusque dans le confessionnal. Mais le curé, soudain, distribua sur tous une grêle de soufflets. Les prenant par le collet de la veste, il les enlevait de terre et les reposait à deux genoux sur les pavés du chœur, fortement, comme s'il eût voulu les y planter.

— Allez, dit-il quand il fut revenu près d'Emma, les cultivateurs sont bien à plaindre !

— Il y en a d'autres, répondit-elle.

— Assurément ! les ouvriers des villes, par exemple.

— Ce ne sont pas eux…

— Pardonnez-moi ! j'ai connu là de pauvres mères de famille, des femmes vertueuses, je vous assure, de véritables saintes, qui manquaient même de pain.

— Mais celles, reprit Emma (et les coins de sa bouche se tordaient en parlant), celles, monsieur le curé, qui ont du pain, et qui n'ont pas…

— De feu l'hiver, dit le prêtre.

— Mon Dieu ! mon Dieu ! soupirait-elle.

— Vous vous trouvez gênée ? fit-il, en s'avançant d'un air inquiet ; c'est la digestion, sans doute ? Il faut rentrer chez vous, madame Bovary, boire un peu de thé ; ça vous fortifiera, ou bien un verre d'eau fraîche avec de la cassonade.

— Pourquoi ?

Et elle avait l'air de quelqu'un qui se réveille d'un songe.

— C'est que vous passiez la main sur votre front. J'ai cru qu'un étourdissement vous prenait.

Puis, se ravisant :

— Mais vous me demandiez quelque chose ? Qu'est-ce donc ? Je ne sais plus.

— Moi ? Rien…, rien…, répétait Emma.

Et son regard, qu'elle promenait autour d'elle, s'abaissa lentement sur le vieillard à soutane. Ils se considéraient tous les deux, face à face, sans parler.

— Alors, madame Bovary, dit-il enfin, faites excuse, mais le devoir avant tout, vous savez ; il faut que j'expédie mes garnements. Voilà les premières communions qui vont venir. Bonne santé, madame ; mes respects à monsieur votre mari !

Et il entra dans l'église, en faisant dès la porte une génuflexion.

Puis elle tourna sur ses talons, tout d'un bloc comme une statue sur un pivot, et prit le chemin de sa maison.

Elle monta les marches de son escalier en se tenant à la rampe, et, quand elle fut dans sa chambre, se laissa tomber dans un fauteuil.

La cheminée était éteinte, la pendule battait toujours, et Emma vaguement s'ébahissait à ce calme des choses, tandis qu'il y avait en elle-même tant de bouleversements. Mais, entre la fenêtre et la table à ouvrage, la petite Berthe était là, qui chancelait sur ses bottines de tricot, et essayait de se rapprocher de sa mère, pour lui saisir, par le bout, les rubans de son tablier.

— Laisse-moi ! dit celle-ci en l'écartant avec la main.

La petite fille bientôt revint plus près encore contre ses genoux ; et, s'y appuyant des bras, elle levait vers elle son gros œil bleu, pendant qu'un filet de salive pure découlait de sa lèvre sur la soie du tablier.

— Laisse-moi ! répéta la jeune femme tout irritée.

Sa figure épouvanta l'enfant, qui se mit à crier.

— Eh ! laisse-moi donc ! fit-elle en la repoussant du coude.

Berthe alla tomber au pied de la commode, contre la patère de cuivre ; elle s'y coupa la joue, le sang sortit. Madame Bovary se précipita pour la relever, cassa le cordon de la sonnette, appela la servante de toutes ses forces, et elle allait commencer à se maudire, lorsque Charles parut. C'était l'heure du dîner, il rentrait.

— Regarde donc, cher ami, lui dit Emma d'une voix tranquille : voilà la petite qui, en jouant, vient de se blesser par terre.

Charles la rassura, le cas n'était point grave, et il alla chercher du diachylum[3].

Madame Bovary ne descendit pas dans la salle ; elle voulut demeurer seule à garder son enfant. Alors, en la contemplant dormir, ce qu'elle conservait d'inquiétude se dissipa par degrés, et elle se parut à elle-même bien sotte et bien bonne de s'être troublée tout à l'heure pour si peu de chose. Berthe, en effet, ne sanglotait plus. Sa respiration, maintenant, soulevait insensiblement la couverture de coton. De grosses larmes s'arrêtaient au coin de ses

3. Sorte de sparadrap.

paupières à demi closes, qui laissaient voir entre les cils deux prunelles pâles, enfoncées ; le sparadrap, collé sur sa joue, en tirait obliquement la peau tendue.

« C'est une chose étrange, pensait Emma, comme cette enfant est laide ! »

Quand Charles, à onze heures du soir, revint de la pharmacie (où il avait été remettre, après le dîner, ce qui lui restait du diachylum), il trouva sa femme debout auprès du berceau.

— Puisque je t'assure que ce ne sera rien, dit-il en la baisant au front ; ne te tourmente pas, pauvre chérie, tu te rendras malade !

Il était resté longtemps chez l'apothicaire. Bien qu'il ne s'y fût pas montré fort ému, M. Homais, néanmoins, s'était efforcé de le raffermir, de lui *remonter le moral*.

Charles, cependant, avait essayé plusieurs fois d'interrompre la conversation.

— J'aurais à vous entretenir, avait-il soufflé bas à l'oreille du clerc, qui se mit à marcher devant lui dans l'escalier.

— Se douterait-il de quelque chose ? se demandait Léon. Il avait des battements de cœur et se perdait en conjectures.

Enfin Charles, ayant fermé la porte, le pria de voir lui-même à Rouen quels pouvaient être les prix d'un beau daguerréotype[4] ; c'était une surprise sentimentale qu'il réservait à sa femme, une attention fine, son portrait en habit noir. Mais il voulait auparavant *savoir à quoi s'en tenir* ; ces démarches ne devaient pas embarrasser M. Léon, puisqu'il allait à la ville toutes les semaines, à peu près.

4. Photographie.

Dans quel but ? Homais soupçonnait là-dessous quelque *histoire de jeune homme*, une intrigue. Mais il se trompait ; Léon ne poursuivait aucune amourette. Plus que jamais il était triste, et madame Lefrançois s'en apercevait bien à la quantité de nourriture qu'il laissait maintenant sur son assiette. Pour en savoir plus long, elle interrogea le percepteur ; Binet répliqua, d'un ton rogue, qu'il n'était *point payé par la police*.

Léon était las d'aimer sans résultat ; puis il commençait à sentir cet accablement que vous cause la répétition de la même vie, lorsque aucun intérêt ne la dirige et qu'aucune espérance ne la soutient. Il était si ennuyé d'Yonville et des Yonvillais, que la vue de certaines gens, de certaines maisons l'irritait à n'y pouvoir tenir ; et le pharmacien, tout bonhomme qu'il était, lui devenait complètement insupportable. Cependant, la perspective d'une situation nouvelle l'effrayait autant qu'elle le séduisait.

Cette appréhension se tourna vite en impatience, et Paris alors agita pour lui, dans le lointain, la fanfare de ses bals masqués avec le rire de ses grisettes. Puisqu'il devait y terminer son droit, pourquoi ne partait-il pas ? qui l'empêchait ? Et il se mit à faire des préparatifs intérieurs ; il arrangea d'avance ses occupations. Il se meubla, dans sa tête, un appartement. Il y mènerait une vie d'artiste ! Il y prendrait des leçons de guitare ! Il aurait une robe de chambre, un béret basque, des pantoufles de velours bleu ! Et même il admirait déjà sur sa cheminée deux fleurets en sautoir, avec une tête de mort et la guitare au-dessus.

La chose difficile était le consentement de sa mère ; rien pourtant ne paraissait plus raisonnable. Son patron même l'engageait à visiter une autre étude, où il pût se développer davantage. Prenant donc un parti moyen, Léon chercha quelque place de second clerc à Rouen, n'en trouva pas, et écrivit enfin à sa mère une longue lettre détaillée, où il exposait les raisons d'aller habiter Paris immédiatement. Elle y consentit.

Il ne se hâta point. Chaque jour, durant tout un mois, Hivert transporta pour lui d'Yonville à Rouen, de Rouen à Yonville, des coffres, des valises, des paquets ; et, quand Léon eut remonté sa garde-robe, fait rembourrer ses trois fauteuils, acheté une provision de foulards, pris en un mot plus de dispositions que pour un voyage autour du monde, il s'ajourna de semaine en semaine, jusqu'à ce qu'il reçût une seconde lettre maternelle où on le pressait de partir, puisqu'il désirait, avant les vacances, passer son examen.

Lorsque le moment fut venu des embrassades, madame Homais pleura ; Justin sanglotait ; Homais, en homme fort, dissimula son émotion ; il voulut lui-même porter le paletot de son ami jusqu'à la grille du notaire, qui emmenait Léon à Rouen dans sa voiture. Ce dernier avait juste le temps de faire ses adieux à M. Boyary.

Quand il fut au haut de l'escalier, il s'arrêta, tant il se sentait hors d'haleine. À son entrée, madame Bovary se leva vivement.

— C'est encore moi ! dit Léon.

— J'en étais sûre !

Elle se mordit les lèvres, et un flot de sang lui courut sous la peau, qui se colora tout en rose, depuis la racine des cheveux jusqu'au bord de sa collerette. Elle restait debout, s'appuyant de l'épaule contre la boiserie.

— Monsieur n'est donc pas là ? reprit-il.

— Il est absent.

Elle répéta :

— Il est absent.

Alors il y eut un silence. Ils se regardèrent ; et leurs pensées, confondues dans la même angoisse, s'étreignaient étroitement, comme deux poitrines palpitantes.

— Je voudrais bien embrasser Berthe, dit Léon.

Emma descendit quelques marches, et elle appela Félicité.

Il jeta vite autour de lui un large coup d'œil qui s'étala sur les murs, les étagères, la cheminée, comme pour pénétrer tout, emporter tout.

Mais elle rentra, et la servante amena Berthe, qui secouait au bout d'une ficelle un moulin à vent la tête en bas.

Léon la baisa sur le cou à plusieurs reprises.

— Adieu, pauvre enfant ! adieu, chère petite, adieu !

Et il la remit à sa mère.

— Emmenez-la, dit celle-ci.

Ils restèrent seuls.

Madame Bovary, le dos tourné, avait la figure posée contre un carreau ; Léon tenait sa casquette à la main et la battait doucement le long de sa cuisse.

— Il va pleuvoir, dit Emma.

— J'ai un manteau, répondit-il.

— Ah !

Elle se détourna, le menton baissé et le front en avant. La lumière y glissait comme sur un marbre, jusqu'à la courbe des sourcils, sans que l'on pût savoir ce qu'Emma regardait à l'horizon ni ce qu'elle pensait au fond d'elle-même.

— Allons, adieu ! soupira-t-il.

Elle releva sa tête d'un mouvement brusque :

— Oui, adieu…, partez !

Ils s'avancèrent l'un vers l'autre ; il tendit la main, elle hésita.

— À l'anglaise donc, fit-elle abandonnant la sienne tout en s'efforçant de rire.

Léon la sentit entre ses doigts, et la substance même de tout son être lui semblait descendre dans cette paume humide.

Puis il ouvrit la main ; leurs yeux se rencontrèrent encore, et il disparut.

Quand il fut sous les halles, il s'arrêta, et il se cacha derrière un pilier, afin de contempler une dernière fois cette maison blanche avec ses quatre jalousies vertes. Il crut voir une ombre derrière la fenêtre, dans la chambre ; mais le rideau, se décrochant de la patère comme si personne n'y touchait, remua lentement ses longs plis obliques, qui d'un seul bond s'étalèrent tous, et il resta droit, plus immobile qu'un mur de plâtre. Léon se mit à courir.

Il aperçut de loin, sur la route, le cabriolet de son patron. Homais et M. Guillaumin causaient ensemble. On l'attendait.

— Embrassez-moi, dit l'apothicaire les larmes aux yeux. Voilà votre paletot, mon bon ami ; prenez garde au froid ! Soignez-vous ! ménagez-vous !

— Allons, Léon, en voiture ! dit le notaire.

Homais se pencha sur le garde-crotte, et d'une voix entrecoupée par les sanglots, laissa tomber ces deux mots tristes :

— Bon voyage !

— Bonsoir, répondit M. Guillaumin. Lâchez tout !

Ils partirent, et Homais s'en retourna.

Madame Bovary avait ouvert sa fenêtre sur le jardin, et elle regardait les nuages.

— Ah ! qu'il doit être loin déjà ! pensa-t-elle.

M. Homais, comme de coutume, vint à six heures et demie, pendant le dîner.

— Eh bien, dit-il en s'asseyant, nous avons donc tantôt embarqué notre jeune homme ?

— Il paraît ! répondit le médecin.

Puis, se tournant sur sa chaise :

— Et quoi de neuf chez vous ?

— Pas grand-chose. Ma femme, seulement, a été, cette après-midi, un peu émue. Vous savez, les femmes, un rien les trouble ! la mienne surtout ! Et l'on aurait tort de se révolter là contre, puisque leur organisation nerveuse est beaucoup plus malléable que la nôtre.

— Ce pauvre Léon ! disait Charles, comment va-t-il vivre à Paris ?... S'y accoutumera-t-il ?

Madame Bovary soupira.

— Allons donc ! dit le pharmacien en claquant de la langue, les parties fines chez le traiteur ! les bals masqués ! le champagne ! tout cela va rouler, je vous assure.

— Mais, dit le médecin ; j'ai peur pour lui que... là-bas...

— Vous avez raison, interrompit l'apothicaire, c'est le revers de la médaille ! et l'on y est obligé continuellement d'avoir la main posée sur son gousset[5].

— C'est vrai, répondit Charles ; mais je pensais surtout aux maladies, à la fièvre typhoïde, par exemple, qui attaque les étudiants de la province.

5. Bourse ou petite poche pour mettre de l'argent, des objets, une montre, qu'il faut protéger du vol.

Emma tressaillit.

— À cause du changement de régime, continua le pharmacien. Et puis, l'eau de Paris, voyez-vous ! les mets de restaurateurs, toutes ces nourritures épicées finissent par vous échauffer le sang et ne valent pas, quoi qu'on en dise, un bon pot-au-feu.

Et il continua donc à exposer ses opinions générales et ses sympathies personnelles, jusqu'au moment où Justin vint le chercher pour un lait de poule qu'il fallait faire.

— Pas un instant de répit ! s'écria-t-il, toujours à la chaîne ! Je ne peux sortir une minute !

Puis, quand il fut sur la porte :

— À propos, dit-il, savez-vous la nouvelle ?

— Quoi donc ?

— C'est qu'il est fort probable, reprit Homais en dressant ses sourcils et en prenant une figure des plus sérieuses, que les comices agricoles de la Seine-Inférieure[6] se tiendront cette année à Yonville-l'Abbaye. Le bruit, du moins, en circule. Ce matin, le journal en touchait quelque chose. Ce serait pour notre arrondissement de la dernière importance ! Mais nous en causerons plus tard. J'y vois, je vous remercie ; Justin a la lanterne.

6. La Seine-Maritime.

7

Le lendemain fut, pour Emma, une journée funèbre. Tout lui parut enveloppé par une atmosphère noire qui flottait confusément sur l'extérieur des choses, et le chagrin s'engouffrait dans son âme avec des hurlements doux, comme fait le vent d'hiver dans les châteaux abandonnés.

Comme au retour de la Vaubyessard, elle avait une mélancolie morne, un désespoir engourdi. Léon réapparaissait plus grand, plus beau, plus suave, plus vague ; quoiqu'il fût séparé d'elle, il ne l'avait pas quittée, il était là, et les murailles de la maison semblaient garder son ombre. Elle ne pouvait détacher sa vue de ce tapis où il avait marché, de ces meubles vides où il s'était assis. Quels bons soleils ils avaient eus ! quelles bonnes après-midi, seuls, à l'ombre, dans le fond du jardin ! Ah ! il était parti, le seul charme de sa vie, le seul espoir possible d'une félicité ! Comment n'avait-elle pas saisi ce bonheur-là, quand il se présentait ! Pourquoi ne l'avoir pas retenu à deux mains, à deux genoux, quand il voulait s'enfuir ? Et elle se maudit de n'avoir pas aimé Léon ; elle eut soif de ses lèvres. L'envie la prit de courir le rejoindre, de se jeter dans ses bras, de lui dire : « C'est moi, je suis à toi ! » Mais Emma s'embarrassait d'avance aux difficultés de l'entreprise, et ses désirs, s'augmentant d'un regret, n'en devenaient que plus actifs.

Dès lors, ce souvenir de Léon fut comme le centre de son ennui ; il y pétillait plus fort que, dans une steppe de Russie, un feu de voyageurs abandonné sur la neige.

Cependant les flammes s'apaisèrent, soit que la provision d'elle-même s'épuisât, ou que l'entassement fût trop considérable. L'amour, peu à peu, s'éteignit par l'absence, le regret s'étouffa sous l'habitude ; et cette lueur d'incendie qui empourprait son ciel pâle se couvrit de plus d'ombre et s'effaça par degrés.

Alors les mauvais jours de Tostes recommencèrent. Elle s'estimait à présent beaucoup plus malheureuse ; car elle avait l'expérience du chagrin, avec la certitude qu'il ne finirait pas.

Une femme qui s'était imposé de si grands sacrifices pouvait bien se passer des fantaisies. Elle s'acheta un prie-Dieu gothique, et elle dépensa en un mois pour quatorze francs de citrons à se nettoyer les ongles ; elle écrivit à Rouen, afin d'avoir une robe en cachemire bleu ; elle choisit chez Lheureux la plus belle de ses écharpes ; elle se la nouait à la taille par-dessus sa robe de chambre ; et, les volets fermés, avec un livre à la main, elle restait étendue sur un canapé dans cet accoutrement.

Elle voulut apprendre l'italien : elle acheta des dictionnaires, une grammaire, une provision de papier blanc. Elle essaya des lectures sérieuses, de l'histoire et de la philosophie. La nuit, quelquefois, Charles se réveillait en sursaut, croyant qu'on venait le chercher pour un malade :

— J'y vais, balbutiait-il.

Et c'était le bruit d'une allumette qu'Emma frottait afin de rallumer la lampe. Mais il en était de ses lectures comme de ses tapisseries, qui, toutes commencées, encombraient son armoire ; elle les prenait, les quittait, passait à d'autres.

Malgré ses airs évaporés (c'était le mot des bourgeoises d'Yonville), Emma pourtant ne paraissait pas joyeuse. Elle était pâle partout, blanche comme du linge. Pour s'être découvert trois cheveux gris sur les tempes, elle parla beaucoup de sa vieillesse.

Souvent des défaillances la prenaient. Un jour même, elle eut un crachement de sang, et, comme Charles s'empressait, laissant apercevoir son inquiétude :

— Ah bah ! répondit-elle, qu'est-ce que cela fait ?

Charles s'alla réfugier dans son cabinet ; et il pleura, les deux coudes sur la table, assis dans son fauteuil de bureau, sous la tête phrénologique.

Alors il écrivit à sa mère pour la prier de venir, et ils eurent ensemble de longues conférences au sujet d'Emma.

À quoi se résoudre ? que faire, puisqu'elle se refusait à tout traitement ?

— Sais-tu ce qu'il faudrait à ta femme ? reprenait la mère Bovary. Ce seraient des occupations forcées, des ouvrages manuels ! Si elle était comme tant d'autres, contrainte à gagner son pain, elle n'aurait pas ces vapeurs-là, qui lui viennent d'un tas d'idées qu'elle se fourre dans la tête, et du désœuvrement où elle vit.

— Pourtant elle s'occupe, disait Charles.

— Ah ! elle s'occupe ! À quoi donc ? À lire des romans, de mauvais livres, des ouvrages qui sont contre la religion et dans lesquels on se moque des prêtres par des discours tirés de Voltaire. Mais tout cela va loin, mon pauvre enfant, et quelqu'un qui n'a pas de religion finit toujours par tourner mal.

Donc, il fut résolu que l'on empêcherait Emma de lire des romans. L'entreprise ne semblait point facile. La bonne dame s'en chargea : elle devait, quand elle passerait par Rouen, aller en personne chez le loueur de livres et lui représenter qu'Emma cessait ses abonnements.

Les adieux de la belle-mère et de la bru furent secs. Pendant les trois semaines qu'elles étaient restées ensemble, elles n'avaient pas échangé quatre paroles, à part les informations et compliments quand elles se rencontraient à table, et le soir avant de se mettre au lit.

Madame Bovary mère partit un mercredi, qui était jour de marché à Yonville.

La Place, dès le matin, était encombrée par une file de charrettes qui s'étendaient le long des maisons depuis l'église jusqu'à l'auberge. De l'autre côté, il y avait des baraques de toile où l'on vendait des cotonnades, des couvertures et des bas de laine. De la grosse quincaillerie s'étalait par terre, entre les pyramides d'œufs et les bannettes de fromages ; près des machines à blé, des poules qui gloussaient dans des cages plates passaient leurs cous par les barreaux. La foule, s'encombrant au même endroit sans en vouloir bouger, menaçait quelquefois de rompre la devanture de la pharmacie. Les mercredis, elle ne désemplissait pas et l'on s'y poussait, moins pour acheter des médicaments que pour prendre des consultations, tant était fameuse la réputation du sieur Homais dans les villages circonvoisins. Son robuste aplomb avait fasciné les campagnards. Ils le regardaient comme un plus grand médecin que tous les médecins.

Emma était accoudée à sa fenêtre (elle s'y mettait souvent : la fenêtre, en province, remplace les théâtres et la promenade), et elle s'amusait à considérer la cohue des rustres[1], lorsqu'elle aperçut un monsieur vêtu d'une redingote de velours vert. Il était ganté de gants jaunes, quoiqu'il fût chaussé de fortes guêtres ; et il se dirigeait vers la maison du médecin, suivi d'un paysan marchant la tête basse d'un air tout réfléchi.

— Puis-je voir Monsieur ? demanda-t-il à Justin, qui causait sur le seuil avec Félicité.

Et, le prenant pour le domestique de la maison :

— Dites-lui que M. Rodolphe Boulanger, de la Huchette, est là.

La Huchette était un domaine près d'Yonville, dont il venait d'acquérir le château, avec deux fermes qu'il cultivait lui-même, sans trop se gêner cependant. Il vivait en garçon[2], et passait pour avoir au *moins quinze mille livres de rentes !*

Charles entra dans la salle. M. Boulanger lui présenta son homme, qui voulait être saigné parce qu'il éprouvait *des fourmis le long du corps.*

— Ça me purgera, objectait-il à tous les raisonnements.

Bovary commanda donc d'apporter une bande et une cuvette, et pria Justin de la soutenir. Puis, s'adressant au villageois déjà blême :

— N'ayez point peur, mon brave.

— Non, non, répondit l'autre, marchez toujours !

Et, d'un air fanfaron, il tendit son gros bras. Sous la piqûre de la lancette, le sang jaillit et alla s'éclabousser contre la glace.

— Approche le vase ! s'exclama Charles.

1. Gens de la campagne.
2. En célibataire.

— *Guête*[3] ! disait le paysan, on jurerait une petite fontaine qui coule ! Comme j'ai le sang rouge ! ce doit être bon signe, n'est-ce pas ?

— Quelquefois, reprit l'officier de santé, l'on n'éprouve rien au commencement, puis la syncope se déclare, et plus particulièrement chez les gens bien constitués, comme celui-ci.

Le campagnard, à ces mots, lâcha l'étui qu'il tournait entre ses doigts. Une saccade de ses épaules fit craquer le dossier de la chaise. Son chapeau tomba.

— Je m'en doutais, dit Bovary en appliquant son doigt sur la veine.

La cuvette commençait à trembler aux mains de Justin ; ses genoux chancelèrent, il devint pâle.

— Ma femme ! ma femme ! appela Charles.

D'un bond, elle descendit l'escalier.

— Du vinaigre ! cria-t-il. Ah ! mon Dieu, deux à la fois !

Et, dans son émotion, il avait peine à poser la compresse.

— Ce n'est rien, disait tout tranquillement M. Boulanger, tandis qu'il prenait Justin entre ses bras.

Et il l'assit sur la table, lui appuyant le dos contre la muraille.

Madame Bovary se mit à lui retirer sa cravate. Il y avait un nœud aux cordons de la chemise ; elle resta quelques minutes à remuer ses doigts légers dans le cou du jeune garçon ; ensuite elle versa du vinaigre sur son mouchoir de batiste ; elle lui en mouillait les tempes à petits coups et elle soufflait dessus, délicatement.

Le charretier se réveilla ; mais la syncope de Justin durait encore.

3. « Regarde ».

123

Madame Bovary prit la cuvette. Pour la mettre sous la table, dans le mouvement qu'elle fit en s'inclinant, sa robe (c'était une robe d'été à quatre volants, de couleur jaune, longue de taille, large de jupe), sa robe s'évasa autour d'elle sur les carreaux de la salle ; – et, comme Emma, baissée, chancelait un peu en écartant les bras, le gonflement de l'étoffe se crevait de place en place, selon les inflexions de son corsage. Ensuite elle alla prendre une carafe d'eau, et elle faisait fondre des morceaux de sucre lorsque le pharmacien arriva. La servante l'avait été chercher ; en apercevant son élève les yeux ouverts, il reprit haleine. Puis, tournant autour de lui, il le regardait de haut en bas.

— Sot ! disait-il : petit sot, vraiment ! sot en trois lettres !

Justin ne répondit pas. L'apothicaire continuait :

— Qui t'a prié de venir ? Tu importunes toujours monsieur et madame ! Il y a maintenant vingt personnes à la maison. J'ai tout quitté à cause de l'intérêt que je te porte. Allons, va-t'en ! cours ! attends-moi, et surveille les bocaux !

Quand Justin, qui se rhabillait, fut parti, l'on causa quelque peu des évanouissements. Madame Bovary n'en avait jamais eu.

— C'est extraordinaire pour une dame ! dit M. Boulanger.

— Moi, dit l'apothicaire, la vue du sang des autres ne me fait rien du tout ; mais l'idée seulement du mien qui coule suffirait à me causer des défaillances, si j'y réfléchissais trop.

Cependant M. Boulanger congédia son domestique, en l'engageant à se tranquilliser l'esprit, puisque sa fantaisie était passée.

— Elle m'a procuré l'avantage de votre connaissance, ajouta-t-il.

Et il regardait Emma durant cette phrase.

Puis il déposa trois francs sur le coin de la table, salua négligemment et s'en alla.

Il fut bientôt de l'autre côté de la rivière (c'était son chemin pour s'en retourner à la Huchette) ; et Emma l'aperçut dans la prairie, qui marchait sous les peupliers, se ralentissant de temps à autre, comme quelqu'un qui réfléchit.

— Elle est fort gentille ! se disait-il ; elle est fort gentille, cette femme du médecin ! De belles dents, les yeux noirs, le pied coquet, et de la tournure comme une Parisienne. D'où diable sort-elle ? Où donc l'a-t-il trouvée, ce gros garçon-là ?

M. Rodolphe Boulanger avait trente-quatre ans ; il était de tempérament brutal et d'intelligence perspicace, ayant d'ailleurs beaucoup fréquenté les femmes, et s'y connaissant bien. Celle-là lui avait paru jolie ; il y rêvait donc, et à son mari.

— Je le crois très bête. Elle en est fatiguée sans doute. Il porte des ongles sales et une barbe de trois jours. Tandis qu'il trottine à ses malades, elle reste à ravauder des chaussettes. Et on s'ennuie ! on voudrait habiter la ville, danser la polka tous les soirs ! Pauvre petite femme ! Ça bâille après l'amour, comme une carpe après l'eau sur une table de cuisine. Avec trois mots de galanterie, cela vous adorerait, j'en suis sûr ! ce serait tendre ! charmant !... Oui, mais comment s'en débarrasser ensuite ?

Alors les encombrements du plaisir, entrevus en perspective, le firent, par contraste, songer à sa maîtresse. C'était une comédienne de Rouen, qu'il entretenait ; et, quand il se fut arrêté sur cette image, dont il avait, en souvenir même, des rassasiements :

— Ah ! madame Bovary, pensa-t-il, est bien plus jolie qu'elle, plus fraîche surtout. Virginie, décidément, commence à devenir trop grosse.

La campagne était déserte, et Rodolphe n'entendait autour de lui que le battement régulier des herbes qui fouettaient sa chaussure, avec le cri des grillons tapis au loin sous les avoines ; il revoyait Emma dans la salle, habillée comme il l'avait vue, et il la déshabillait.

— Oh ! je l'aurai ! s'écria-t-il en écrasant, d'un coup de bâton, une motte de terre devant lui.

Et aussitôt il examina la partie politique de l'entreprise. Il se demandait :

— Où se rencontrer ? par quel moyen ? On aura continuellement le marmot sur les épaules, et la bonne, les voisins, le mari, toute sorte de tracasseries considérables. Ah bah ! dit-il, on y perd trop de temps !

Puis il recommença :

— C'est qu'elle a des yeux qui vous entrent au cœur comme des vrilles. Et ce teint pâle !… Moi, qui adore les femmes pâles !

Au haut de la côte d'Argueil, sa résolution était prise.

— Il n'y a plus qu'à chercher les occasions. Eh bien, j'y passerai quelquefois, je leur enverrai du gibier, de la volaille ; je me ferai saigner, s'il le faut ; nous deviendrons amis, je les inviterai chez moi… Ah ! parbleu ! ajouta-t-il, voilà les comices bientôt ; elle y sera, je la verrai. Nous commencerons, et hardiment, car c'est le plus sûr.

8

Ils arrivèrent, en effet, ces fameux Comices ! Dès le matin de la solennité, tous les habitants, sur leurs portes, s'entretenaient des préparatifs ; on avait enguirlandé de lierres le fronton de la mairie ; une tente dans un pré était dressée pour le festin, et, au milieu de la Place, devant l'église, une espèce de bombarde[1] devait signaler l'arrivée de M. le préfet et le nom des cultivateurs lauréats. La garde nationale de Buchy (il n'y en avait point à Yonville) était venue s'adjoindre au corps des pompiers, dont Binet était le capitaine. Jamais il n'y avait eu pareil déploiement de pompe ! Plusieurs bourgeois, dès la veille, avaient lavé leurs maisons ; des drapeaux tricolores pendaient aux fenêtres entrouvertes.

La foule arrivait dans la grande rue par les deux bouts du village. Il s'en dégorgeait des ruelles, des allées, des maisons, et l'on entendait de temps à autre retomber le marteau des portes, derrière les bourgeoises en gants de fil, qui sortaient pour aller voir la fête.

Mais la jubilation qui épanouissait tous les visages paraissait assombrir madame Lefrançois, l'aubergiste. Debout

1. Sorte de canon.

127

sur les marches de sa cuisine, elle murmurait dans son menton :

— Quelle bêtise ! quelle bêtise avec leur baraque de toile ! Croient-ils que le préfet sera bien aise de dîner là-bas, sous une tente, comme un saltimbanque ? Ils appellent ces embarras-là, faire le bien du pays ! Ce n'était pas la peine, alors, d'aller chercher un gargotier à Neufchâtel ! Et pour qui ? pour des vachers ! des va-nu-pieds !…

L'apothicaire passa. Il portait un habit noir, un pantalon de nankin, des souliers de castor, et par extraordinaire un chapeau, – un chapeau bas de forme.

— Serviteur ! dit-il ; excusez-moi, je suis pressé.

Et comme la grosse veuve lui demanda où il allait :

— Cela vous semble drôle, n'est-ce pas ? moi qui reste toujours plus confiné dans mon laboratoire que le rat du bonhomme dans son fromage.

— Quel fromage ? fit l'aubergiste.

— Non, rien ! ce n'est rien ! reprit Homais. Je voulais vous exprimer seulement, madame Lefrançois, que je demeure d'habitude tout reclus chez moi. Aujourd'hui cependant, vu la circonstance, il faut bien que…

— Ah ! vous allez là-bas ? dit-elle avec un air de dédain.

— Oui, j'y vais, répliqua l'apothicaire étonné ; ne fais-je point partie de la commission consultative ?

La mère Lefrançois le considéra quelques minutes, et finit par répondre en souriant :

— C'est autre chose ! Mais qu'est-ce que la culture vous regarde ? vous vous y entendez donc ?

— Certainement, je m'y entends, puisque je suis pharmacien, c'est-à-dire chimiste ! et la chimie, madame Lefrançois, ayant pour objet la connaissance de l'action réciproque et moléculaire de tous les corps de la nature, il s'ensuit que l'agriculture se trouve comprise dans son domaine !

L'aubergiste ne répondit rien. Homais continua :

— Croyez-vous qu'il faille, pour être agronome, avoir soi-même labouré la terre ou engraissé des volailles ? Mais il faut connaître plutôt la constitution des substances dont il s'agit, les gisements géologiques, les actions atmosphériques, la qualité des terrains, des minéraux, des eaux, la densité des différents corps et leur capillarité ! que sais-je ? Et il faut posséder à fond tous ses principes d'hygiène, pour diriger, critiquer la construction des bâtiments, le régime des animaux, l'alimentation des domestiques ! Bref, il faut se tenir au courant de la science par les brochures et papiers publics, être toujours en haleine, afin d'indiquer les améliorations…

Mais l'apothicaire s'arrêta, tant madame Lefrançois paraissait préoccupée.

— Voyez-les donc ! disait-elle, on n'y comprend rien ! une gargote semblable !

Et, avec des haussements d'épaules qui tiraient sur sa poitrine les mailles de son tricot, elle montrait des deux mains le cabaret de son rival, d'où sortaient alors des chansons.

— Du reste, il n'en a pas pour longtemps, ajouta-t-elle ; avant huit jours, tout est fini.

Homais se recula de stupéfaction. Elle descendit ses trois marches, et, lui parlant à l'oreille :

— Comment ! vous ne savez pas cela ? On va le saisir cette semaine. C'est Lheureux qui le fait vendre. Il l'a assassiné de billets[2].

2. Reconnaissances de dettes.

129

— Quelle épouvantable catastrophe ! s'écria l'apothicaire.

L'hôtesse donc se mit à lui raconter cette histoire, qu'elle savait par Théodore, le domestique de M. Guillaumin, et, bien qu'elle exécrât Tellier, elle blâmait Lheureux. C'était un enjôleur, un rampant.

— Ah ! tenez, dit-elle, le voilà sous les halles ; il salue madame Bovary, qui a un chapeau vert. Elle est même au bras de M. Boulanger.

— Madame Bovary ! fit Homais. Je m'empresse d'aller lui offrir mes hommages.

Et, sans écouter la mère Lefrançois, qui le rappelait pour lui en conter plus long, le pharmacien s'éloigna d'un pas rapide, sourire aux lèvres et jarret tendu.

Rodolphe, l'ayant aperçu de loin, avait pris un train rapide ; mais madame Bovary s'essouffla ; il se ralentit donc et lui dit en souriant, d'un ton brutal :

— C'est pour éviter ce gros homme : vous savez, l'apothicaire.

Elle lui donna un coup de coude.

— Qu'est-ce que cela signifie ? se demanda-t-il.

Et il la considéra du coin de l'œil, tout en continuant à marcher.

Son profil était si calme, que l'on n'y devinait rien. Ses yeux aux longs cils courbes regardaient devant elle, et, quoique bien ouverts, ils semblaient un peu bridés par les pommettes, à cause du sang, qui battait doucement sous sa peau fine. Une couleur rose traversait la cloison de son nez. Elle inclinait la tête sur l'épaule, et l'on voyait entre ses lèvres le bout nacré de ses dents blanches.

— Se moque-t-elle de moi ? songeait Rodolphe.

Ce geste d'Emma pourtant n'avait été qu'un avertissement ; car M. Lheureux les accompagnait, et il leur parlait de temps à autre, comme pour entrer en conversation.

Et madame Bovary, non plus que Rodolphe, ne lui répondait guère.

Quand ils furent devant la maison du maréchal, au lieu de suivre la route jusqu'à la barrière, Rodolphe, brusquement, prit un sentier, entraînant madame Bovary ; il cria :

— Bonsoir, M. Lheureux ! au plaisir !

— Comme vous l'avez congédié ! dit-elle en riant.

— Pourquoi, reprit-il, se laisser envahir par les autres ? et, puisque, aujourd'hui, j'ai le bonheur d'être avec vous… Emma rougit. Il n'acheva point sa phrase. Alors il parla du beau temps et du plaisir de marcher sur l'herbe. Quelques marguerites étaient repoussées.

— Voici de gentilles pâquerettes, dit-il, et de quoi fournir bien des oracles à toutes les amoureuses du pays.

Il ajouta :

— Si j'en cueillais. Qu'en pensez-vous ?

— Est-ce que vous êtes amoureux ? fit-elle en toussant un peu.

— Eh ! eh ! qui sait ? répondit Rodolphe.

Le pré commençait à se remplir, et les ménagères vous heurtaient avec leurs grands parapluies, leurs paniers et leurs bambins. Souvent il fallait se déranger devant une longue file de campagnardes, servantes en bas bleus, à souliers plats, à bagues d'argent, et qui sentaient le lait, quand on passait près d'elles. Mais c'était le moment de l'examen, et les cultivateurs, les uns après les autres, entraient dans une manière d'hippodrome que formait une longue corde portée sur des bâtons.

Les bêtes étaient là, le nez tourné vers la ficelle, et alignant confusément leurs croupes inégales. Des porcs assoupis enfonçaient en terre leur groin ; des veaux beuglaient ; des brebis bêlaient ; les vaches, un jarret replié, étalaient leur ventre sur le gazon, et, ruminant lentement, clignaient leurs paupières lourdes, sous les moucherons qui bourdonnaient autour d'elles. Des charretiers, les bras nus, retenaient par le licou des étalons cabrés, qui hennissaient à pleins naseaux du côté des juments. Elles restaient paisibles, allongeant la tête et la crinière pendante, tandis que leurs poulains se reposaient à leur ombre, ou venaient les téter quelquefois. À l'écart, cent pas plus loin, il y avait un grand taureau noir muselé, portant un cercle de fer à la narine, et qui ne bougeait pas plus qu'une bête de bronze. Un enfant en haillons le tenait par une corde.

Cependant, entre les deux rangées, des messieurs avançaient d'un pas lourd, examinant chaque animal, puis se consultaient à voix basse. L'un d'eux, qui semblait plus considérable, prenait, tout en marchant, quelques notes sur un album. C'était le président du jury : M. Derozerays de la Panville. Sitôt qu'il reconnut Rodolphe, il s'avança vivement, et lui dit en souriant d'un air aimable :

— Comment, monsieur Boulanger, vous nous abandonnez ?

Rodolphe protesta qu'il allait venir. Mais quand le président eut disparu :

— Ma foi, non, reprit-il, je n'irai pas ; votre compagnie vaut bien la sienne.

Et, tout en se moquant des comices, Rodolphe, pour circuler plus à l'aise, montrait au gendarme sa pancarte bleue, et même il s'arrêtait parfois devant quelque beau *sujet*, que madame Bovary n'admirait guère. Il s'en aperçut, et alors se mit à faire des plaisanteries sur les dames d'Yonville, à propos de leur toilette ; puis il s'excusa lui-même du négligé de la sienne. Ainsi sa chemise de batiste à manchettes plissées bouffait au hasard du vent, dans l'ouverture de son gilet, qui était de coutil gris, et son pantalon à larges raies découvrait aux chevilles ses bottines de nankin, claquées de cuir verni. Elles étaient si vernies, que l'herbe s'y reflétait. Il foulait avec elles les crottins de cheval, une main dans la poche de sa veste et son chapeau de paille mis de côté.

— D'ailleurs, ajouta-t-il, quand on habite la campagne…

— Tout est peine perdue, dit Emma.

Alors ils parlèrent de la médiocrité provinciale, des existences qu'elle étouffait, des illusions qui s'y perdaient.

— Aussi, disait Rodolphe, je m'enfonce dans une tristesse…

— Vous ! fit-elle avec étonnement. Mais je vous croyais très gai ?

— Ah ! oui, d'apparence, parce qu'au milieu du monde je sais mettre sur mon visage un masque railleur ; et cependant que de fois, à la vue d'un cimetière, au clair de lune, je me suis demandé si je ne ferais pas mieux d'aller rejoindre ceux qui sont à dormir…

— Oh ! Et vos amis ? dit-elle. Vous n'y pensez pas.

— Mes amis ? lesquels donc ? en ai-je ? Qui s'inquiète de moi ?

Et il accompagna ces derniers mots d'une sorte de sifflement entre ses lèvres.

Mais ils furent obligés de s'écarter l'un de l'autre, à cause d'un grand échafaudage de chaises qu'un homme portait derrière eux. C'était Lestiboudois, le fossoyeur, qui charriait dans la multitude les chaises de l'église.

Madame Bovary reprit le bras de Rodolphe ; il continua comme se parlant à lui-même :

— Oui ! tant de choses m'ont manqué ! toujours seul ! Ah ! Si j'avais eu un but dans la vie, si j'eusse rencontré une affection, si j'avais trouvé quelqu'un… Oh ! comme j'aurais dépensé toute l'énergie dont je suis capable, j'aurais surmonté tout, brisé tout !

— Il me semble pourtant, dit Emma, que vous n'êtes guère à plaindre.

— Ah ! vous trouvez ? fit Rodolphe.

— Car enfin…, reprit-elle, vous êtes libre.

Elle hésita :

— Riche.

— Ne vous moquez pas de moi, répondit-il.

Et elle jurait qu'elle ne se moquait pas, quand un coup de canon retentit ; aussitôt, on se poussa, pêle-mêle, vers le village.

C'était une fausse alerte. M. le préfet n'arrivait pas ; et les membres du jury se trouvaient fort embarrassés, ne sachant s'il fallait commencer la séance ou bien attendre encore.

Enfin, au fond de la Place, parut un grand landau de louage, traîné par deux chevaux maigres, que fouettait à tour de bras un cocher en chapeau blanc. Binet n'eut que le temps de crier : « Aux armes ! » et le colonel de l'imiter. On courut vers les faisceaux. On se précipita.

Alors on vit descendre du carrosse un monsieur vêtu d'un habit court à broderie d'argent, chauve sur le front, portant toupet à l'occiput, ayant le teint blafard et l'apparence des plus bénignes. Ses deux yeux, fort gros et couverts de paupières épaisses, se fermaient à demi pour considérer la multitude, en même temps qu'il levait son nez pointu et faisait sourire sa bouche rentrée. Il reconnut le maire à son écharpe, et lui exposa que M. le préfet n'avait pu venir. Il était, lui, un conseiller de préfecture ; puis il ajouta quelques excuses. Tuvache y répondit par des civilités, l'autre s'avoua confus.

Hippolyte, le garçon de l'auberge, vint prendre par la bride les chevaux du cocher, et tout en boitant de son pied bot, il les conduisit sous le porche du *Lion d'or*, où beaucoup de paysans s'amassèrent à regarder la voiture. Le tambour battit, l'obusier[3] tonna, et les messieurs à la file montèrent s'asseoir sur l'estrade, dans les fauteuils qu'avait prêtés madame Tuvache.

Les dames de la société se tenaient derrière, sous le vestibule, entre les colonnes, tandis que le commun de la foule était en face, debout, ou bien assis sur des chaises.

Cependant Rodolphe, avec madame Bovary, était monté au premier étage de la mairie, dans la *salle des délibérations*, et, comme elle était vide, il avait déclaré que l'on y serait bien pour jouir du spectacle plus à son aise. Il prit trois tabourets autour de la table ovale, sous le buste du monarque, et, les ayant approchés de l'une des fenêtres, ils s'assirent l'un près de l'autre.

Il y eut une agitation sur l'estrade, de longs chuchotements, des pourparlers. Enfin, M. le Conseiller se leva. On savait maintenant qu'il s'appelait Lieuvain, et l'on se répétait son nom de l'un à l'autre, dans la foule. Quand il

3. Sorte de canon.

135

eut donc collationné quelques feuilles et appliqué dessus son œil pour y mieux voir, il commença :

« Messieurs

« Qu'il me soit permis d'abord de rendre justice à l'administration supérieure, au gouvernement, au monarque, messieurs, à notre souverain, à ce roi bien-aimé qui dirige à la fois d'une main si ferme et si sage le char de l'État parmi les périls incessants d'une mer orageuse, sachant d'ailleurs faire respecter la paix comme la guerre, l'industrie, le commerce, l'agriculture et les beaux-arts. »

— Je devrais, dit Rodolphe, me reculer un peu.
— Pourquoi ? dit Emma.
— C'est qu'on pourrait, reprit Rodolphe, m'apercevoir d'en bas ; puis j'en aurais pour quinze jours à donner des excuses, et, avec ma mauvaise réputation…
— Oh ! vous vous calomniez, dit Emma.
— Non, non, elle est exécrable, je vous jure.

« Messieurs, poursuivait le Conseiller, si je reporte mes yeux sur la situation actuelle de notre belle patrie : qu'y vois-je ? Partout fleurissent le commerce et les arts ; nos grands centres manufacturiers ont repris leur activité ; la religion, plus affermie, sourit à tous les cœurs ; nos ports sont pleins, la confiance renaît, et enfin la France respire !… »

— Du reste, ajouta Rodolphe, peut-être, au point de vue du monde, a-t-on raison ?
— Comment cela ? fit-elle.

136

— Eh quoi ! dit-il, ne savez-vous pas qu'il y a des âmes sans cesse tourmentées ? Il leur faut tour à tour le rêve et l'action, les passions les plus pures, les jouissances les plus furieuses, et l'on se jette ainsi dans toutes sortes de fantaisies, de folies.

Alors elle le regarda comme on contemple un voyageur qui a passé par des pays extraordinaires, et elle reprit :

— Nous n'avons pas même cette distraction, nous autres pauvres femmes !

— Triste distraction, car on n'y trouve pas le bonheur.

— Mais le trouve-t-on jamais ? demanda-t-elle.

— Oui, il se rencontre un jour, répondit-il.

— Il se rencontre un jour, répéta Rodolphe, un jour, tout à coup, et quand on en désespérait. Alors des horizons s'entrouvrent, c'est comme une voix qui crie : « Le voilà ! » Vous sentez le besoin de faire à cette personne la confidence de votre vie, de lui donner tout, de lui sacrifier tout ! On ne s'explique pas, on se devine. On s'est entrevu dans ses rêves. (Et il la regardait.) Enfin, il est là, ce trésor que l'on a tant cherché, là, devant vous ; il brille, il étincelle. Cependant on en doute encore, on n'ose y croire ; on en reste ébloui ; comme si l'on sortait des ténèbres à la lumière.

Et, en achevant ces mots, Rodolphe ajouta la pantomime à sa phrase. Il se passa la main sur le visage, tel qu'un homme pris d'étourdissement ; puis il la laissa retomber sur celle d'Emma. Elle retira la sienne. Mais le Conseiller lisait toujours :

« Où trouver, en effet, plus de patriotisme que dans les campagnes, plus de dévouement à la cause publique, plus d'intelligence en un mot ? Et je n'entends pas, messieurs, cette intelligence superficielle, mais plus de cette intelligence profonde et modérée, qui s'applique par-dessus toute chose à poursuivre des buts utiles, contribuant ainsi au bien de chacun, à l'amélioration commune et au soutien des États, fruit du respect des lois et de la pratique des devoirs… »

— Ah ! encore, dit Rodolphe. Toujours les devoirs, je suis assommé de ces mots-là. Ils sont un tas de vieilles ganaches en gilet de flanelle, et de bigotes à chaufferette et à chapelet, qui continuellement nous chantent aux oreilles : « Le devoir ! le devoir ! » Eh ! Parbleu ! le devoir, c'est de sentir ce qui est grand, de chérir ce qui est beau, et non pas d'accepter toutes les conventions de la société, avec les ignominies qu'elle nous impose.

— Cependant…, cependant…, objectait madame Bovary.

— Eh non ! pourquoi déclamer contre les passions ? Ne sont-elles pas la seule belle chose qu'il y ait sur la terre, la source de l'héroïsme, de l'enthousiasme, de la poésie, de la musique, des arts, de tout enfin ?

— Mais il faut bien, dit Emma, suivre un peu l'opinion du monde et obéir à sa morale.

— Ah ! c'est qu'il y en a deux, répliqua-t-il. La petite, la convenue, celle des hommes, celle qui varie sans cesse et qui braille si fort, s'agite en bas, terre à terre, comme ce rassemblement d'imbéciles que vous voyez. Mais l'autre, l'éternelle, elle est tout autour et au-dessus, comme le paysage qui nous environne et le ciel bleu qui nous éclaire.

M. Lieuvain venait de s'essuyer la bouche avec son mouchoir de poche. Il reprit :

« Et qu'aurais-je à faire, messieurs, de vous démontrer ici l'utilité de l'agriculture ? Qui donc pourvoit à nos besoins ?

qui donc fournit à notre subsistance ? N'est-ce pas l'agriculteur ? L'agriculteur, messieurs, qui, ensemençant d'une main laborieuse les sillons féconds des campagnes, fait naître le blé, lequel broyé est mis en poudre au moyen d'ingénieux appareils, en sort sous le nom de farine, et, de là, transporté dans les cités, est bientôt rendu chez le boulanger, qui en confectionne un aliment pour le pauvre comme pour le riche. N'est-ce pas l'agriculteur encore qui engraisse, pour nos vêtements, ses abondants troupeaux dans les pâturages ? Car comment nous vêtirions-nous, car comment nous nourririons-nous sans l'agriculteur ? Mais je n'en finirais pas, s'il fallait énumérer les uns après les autres les différents produits que la terre bien cultivée, telle qu'une mère généreuse, prodigue à ses enfants. Ici, c'est la vigne ; ailleurs, ce sont les pommiers à cidre ; là, le colza ; plus loin, les fromages ; et le lin ; messieurs, n'oublions pas le lin ! qui a pris dans ces dernières années un accroissement considérable et sur lequel j'appellerai plus particulièrement votre attention. »

Il n'avait pas besoin de l'appeler : car toutes les bouches de la multitude se tenaient ouvertes, comme pour boire ses paroles.

La Place jusqu'aux maisons était comble de monde. On voyait des gens accoudés à toutes les fenêtres, d'autres debout sur toutes les portes.

Rodolphe s'était rapproché d'Emma, et il disait d'une voix basse, en parlant vite :

— Est-ce que cette conjuration du monde ne vous révolte pas ? Est-il un seul sentiment qu'il ne condamne ? Les instincts les plus nobles, les sympathies les plus pures sont persécutés, calomniés, et, s'il se rencontre enfin deux pauvres âmes, tout est organisé pour qu'elles ne puissent se joindre. Elles essayeront cependant, elles battront des ailes, elles s'appelleront. Oh ! n'importe, tôt ou tard, dans six mois, dix ans, elles se réuniront, s'aimeront, parce que la fatalité l'exige et qu'elles sont nées l'une pour l'autre.

Il se tenait les bras croisés sur ses genoux, et, ainsi levant la figure vers Emma, il la regardait de près, fixement. Elle distinguait dans ses yeux des petits rayons d'or s'irradiant tout autour de ses pupilles noires, et même elle sentait le parfum de la pommade qui lustrait sa chevelure. Alors une mollesse la saisit, elle se rappela ce vicomte qui l'avait fait valser à la Vaubyessard, et dont la barbe exhalait, comme ces cheveux-là, cette odeur de vanille et de citron ; et, machinalement, elle entre-ferma les paupières pour la mieux respirer. Mais, dans ce geste qu'elle fit en se cambrant sur sa chaise, elle aperçut au loin, tout au fond de l'horizon, la vieille diligence *l'Hirondelle*, qui descendait lentement la côte des Leux, en traînant après soi un long panache de poussière. C'était dans cette voiture jaune que Léon, si souvent, était revenu vers elle ; et par cette route là-bas qu'il était parti pour toujours ! Elle crut le voir en face, à sa fenêtre ; puis tout se confondit, des nuages passèrent ; il lui sembla qu'elle tournait encore dans la valse, sous le feu des lustres, au bras du vicomte, et que Léon n'était pas loin, qui allait venir… et cependant elle sentait toujours la tête de Rodolphe à côté d'elle. La douceur de cette sensation pénétrait ainsi ses désirs d'autrefois, et comme des grains de sable sous un coup de vent, ils tourbillonnaient dans la bouffée subtile du parfum qui se répandait sur son âme. Elle ouvrit les narines à plusieurs reprises, fortement, pour aspirer la fraîcheur des lierres autour des chapiteaux. Elle retira ses gants, elle s'essuya les mains ; puis, avec son mouchoir, elle s'éventait la figure, tandis qu'à travers le battement de ses tempes elle entendait la rumeur de la foule et la voix du Conseiller qui psalmodiait ses phrases.

« Continuez ! persévérez ! Appliquez-vous surtout à l'amélioration du sol, aux bons engrais, au développement des races chevalines, bovines, ovines et porcines ! Que ces comices soient pour vous comme des arènes pacifiques où le vainqueur, en en sortant, tendra la main au vaincu et fraternisera avec lui, dans l'espoir d'un succès meilleur ! Et vous, vénérables serviteurs ! humbles domestiques, venez recevoir la récompense de vos vertus silencieuses, et soyez convaincus que l'État, désormais, a les yeux fixés sur vous, qu'il vous encourage, qu'il vous protège, qu'il fera droit à vos justes réclamations et allégera, autant qu'il est en lui, le fardeau de vos pénibles sacrifices ! »

M. Lieuvain se rassit alors ; M. Derozerays se leva, commençant un autre discours.

Rodolphe, avec madame Bovary, causait rêves, pressentiments, magnétisme.

Rodolphe lui serrait la main, et il la sentait toute chaude et frémissante comme une tourterelle captive qui veut reprendre sa volée ; mais, soit qu'elle essayât de la dégager ou bien qu'elle répondît à cette pression, elle fit un mouvement des doigts ; il s'écria :

— Oh ! merci ! Vous ne me repoussez pas ! Vous êtes bonne ! vous comprenez que je suis à vous ! Laissez que je vous voie, que je vous contemple !

Un coup de vent qui arriva par les fenêtres fronça le tapis de la table, et, sur la Place, en bas, tous les grands bonnets des paysannes se soulevèrent, comme des ailes de papillons blancs qui s'agitent.

« Emploi de tourteaux[4] de graines oléagineuses », continua le Président.

Il se hâtait :

« Engrais flamand, – culture de lin, – drainage, baux à longs termes, – services de domestiques. »

Rodolphe ne parlait plus. Ils se regardaient. Un désir suprême faisait frissonner leurs lèvres sèches ; et mollement, sans effort, leurs doigts se confondirent.

« Catherine-Nicaise-Élisabeth Leroux, de Sassetot-la-Guerrière, pour cinquante-quatre ans de service dans la même ferme, une médaille d'argent – du prix de vingt-cinq francs !

« Où est-elle, Catherine Leroux ? » répéta le Conseiller.

Elle ne se présentait pas, et l'on entendait des voix qui chuchotaient :

— N'aie pas peur !

— Ah ! qu'elle est bête !

— Enfin y est-elle ? s'écria Tuvache.

— Oui !… la voilà !

— Qu'elle approche donc !

Alors, on vit s'avancer sur l'estrade une petite vieille femme de maintien craintif, et qui paraissait se ratatiner dans ses pauvres vêtements. Elle avait aux pieds de grosses galoches de bois, et, le long des hanches, un grand tablier bleu. Son visage maigre, entouré d'un béguin sans bordure,

4. Résidus.

142

était plus plissé de rides qu'une pomme de reinette flétrie, et des manches de sa camisole rouge dépassaient deux longues mains, à articulations noueuses.

Quelque chose d'une rigidité monacale relevait l'expression de sa figure. Rien de triste ou d'attendri n'amollissait ce regard pâle. Dans la fréquentation des animaux, elle avait pris leur mutisme et leur placidité. C'était la première fois qu'elle se voyait au milieu d'une compagnie si nombreuse ; et, intérieurement effarouchée par les drapeaux, par les tambours, par les messieurs en habit noir et par la croix d'honneur du Conseiller, elle demeurait tout immobile, ne sachant s'il fallait s'avancer ou s'enfuir, ni pourquoi la foule la poussait et pourquoi les examinateurs lui souriaient. Ainsi se tenait, devant ces bourgeois épanouis, ce demi-siècle de servitude.

— Approchez, vénérable Catherine-Nicaise-Élisabeth Leroux ! dit M. le Conseiller, qui avait pris des mains du président la liste des lauréats.

Et il se mit à lui crier dans l'oreille :

— Cinquante-quatre ans de service ! Une médaille d'argent ! Vingt-cinq francs ! C'est pour vous.

Puis, quand elle eut sa médaille, elle la considéra. Alors un sourire de béatitude se répandit sur sa figure, et on l'entendit qui marmottait en s'en allant :

— Je la donnerai au curé de chez nous, pour qu'il me dise des messes.

La séance était finie ; la foule se dispersa ; et, maintenant que les discours étaient lus, chacun reprenait son rang et tout rentrait dans la coutume : les maîtres rudoyaient les domestiques, et ceux-ci frappaient les animaux, triomphateurs indolents qui s'en retournaient à l'étable, une couronne verte entre les cornes.

Madame Bovary prit le bras de Rodolphe ; il la reconduisit chez elle ; ils se séparèrent devant sa porte ; puis il se promena seul dans la prairie, tout en attendant l'heure du banquet.

Le festin fut long, bruyant, mal servi. Rodolphe, le dos appuyé contre le calicot de la tente, pensait si fort à Emma, qu'il n'entendait rien. Il rêvait à ce qu'elle avait dit et à la forme de ses lèvres ; sa figure, comme en un miroir magique, brillait ; les plis de sa robe descendaient le long des murs, et des journées d'amour se déroulaient à l'infini dans les perspectives de l'avenir.

Il la revit le soir, pendant le feu d'artifice ; mais elle était avec son mari, madame Homais et le pharmacien, lequel se tourmentait beaucoup sur le danger des fusées perdues ; et, à chaque moment, il quittait la compagnie pour aller faire à Binet des recommandations.

Les pièces pyrotechniques envoyées à l'adresse du sieur Tuvache avaient, par excès de précaution, été enfermées dans sa cave ; aussi la poudre humide ne s'enflammait guère, et le morceau principal, qui devait figurer un dragon se mordant la queue, rata complètement. De temps à autre, il partait une pauvre chandelle romaine ; alors la foule béante poussait une clameur où se mêlait le cri des femmes à qui l'on chatouillait la taille pendant l'obscurité. Emma, silencieuse, se blottissait doucement contre l'épaule de Charles ; puis, le menton levé, elle suivait dans le ciel noir le jet lumineux des fusées. Rodolphe la contemplait à la lueur des lampions qui brûlaient.

Ils s'éteignirent peu à peu. Les étoiles s'allumèrent. Quelques gouttes de pluie vinrent à tomber. Elle noua son fichu sur sa tête nue.

À ce moment, le fiacre du Conseiller sortit de l'auberge. Son cocher, qui était ivre, s'assoupit tout à coup ; et l'on apercevait de loin, entre les deux lanternes, la masse de son corps qui se balançait de droite et de gauche.

— En vérité, dit l'apothicaire, on devrait bien sévir contre l'ivresse ! Je voudrais que l'on inscrivît, hebdomadairement, à la porte de la mairie, sur un tableau *ad hoc*, les noms de tous ceux qui, durant la semaine, se seraient intoxiqués avec des alcools. D'ailleurs, sous le rapport de la statistique, on aurait là comme des annales patentes qu'on irait au besoin… Mais excusez.

Et il courut encore vers le capitaine.

Celui-ci rentrait à sa maison. Il allait revoir son tour.

— Peut-être ne feriez-vous pas mal, lui dit Homais, d'envoyer un de vos hommes ou d'aller vous-même…

— Laissez-moi donc tranquille, répondit le percepteur, puisqu'il n'y a rien !

— Rassurez-vous, dit l'apothicaire, quand il fut revenu près de ses amis. M. Binet m'a certifié que les mesures étaient prises. Nulle flammèche ne sera tombée. Les pompes sont pleines. Allons dormir.

— Ma foi ! j'en ai besoin, fit madame Homais, qui bâillait considérablement ; mais, n'importe, nous avons eu pour notre fête une bien belle journée.

Rodolphe répéta d'une voix basse et avec un regard tendre :

— Oh ! oui, bien belle !

Et, s'étant salués, on se tourna le dos.

Deux jours après, dans *le Fanal de Rouen*, il y avait un grand article sur les comices. Homais l'avait composé dès le lendemain.

9

Six semaines s'écoulèrent. Rodolphe ne revint pas. Un soir, enfin, il parut.

Rodolphe resta debout ; et à peine si Emma répondit à ses premières phrases de politesse.

— Moi, dit-il, j'ai eu des affaires. J'ai été malade.

— Gravement ? s'écria-t-elle.

— Eh bien, fit Rodolphe en s'asseyant à ses côtés sur un tabouret, non !... C'est que je n'ai pas voulu revenir.

— Pourquoi ?

— Vous ne devinez pas ?

Il la regarda encore une fois, mais d'une façon si violente qu'elle baissa la tête en rougissant. Il reprit :

— Emma...

— Monsieur ! fit-elle en s'écartant un peu.

— Ah ! vous voyez bien, répliqua-t-il d'une voix mélancolique, que j'avais raison de vouloir ne pas revenir ; car ce nom, ce nom qui remplit mon âme et qui m'est échappé, vous me l'interdisez ! Madame Bovary !... Eh ! tout le monde vous appelle comme cela !... Ce n'est pas votre nom, d'ailleurs ; c'est le nom d'un autre !

Et il se cacha la figure entre les mains.

— Oui, je pense à vous continuellement !… Votre souvenir me désespère ! Ah ! pardon !… Je vous quitte… Adieu !… J'irai loin…, si loin, que vous n'entendrez plus parler de moi !… Et cependant…, aujourd'hui…, je ne sais quelle force encore m'a poussé vers vous !

Elle se tourna vers lui avec un sanglot.

— Oh ! vous êtes bon ! dit-elle.

— Non, je vous aime, voilà tout ! Vous n'en doutez pas ! Dites-le-moi ; un mot ! un seul mot !

Et Rodolphe, insensiblement, se laissa glisser du tabouret jusqu'à terre ; mais on entendit un bruit de sabots dans la cuisine, et la porte de la salle, il s'en aperçut, n'était pas fermée.

— Que vous seriez charitable, poursuivit-il en se relevant, de satisfaire une fantaisie !

C'était de visiter sa maison ; il désirait la connaître ; et, madame Bovary n'y voyant point d'inconvénient, ils se levaient tous les deux, quand Charles entra.

— Bonjour, docteur, lui dit Rodolphe.

Le médecin, flatté de ce titre inattendu, se répandit en obséquiosités, et l'autre en profita pour se remettre un peu.

— Madame m'entretenait, fit-il donc, de sa santé…

Charles l'interrompit : il avait mille inquiétudes, en effet ; les oppressions de sa femme recommençaient. Alors Rodolphe demanda si l'exercice du cheval ne serait pas bon.

— Certes ! excellent, parfait !… Voilà une idée ! Tu devrais la suivre.

Et, comme elle objectait qu'elle n'avait point de cheval, M. Rodolphe en offrit un ; elle refusa ses offres ; il n'insista pas ; puis, afin de motiver sa visite, il conta que son charretier, l'homme à la saignée, éprouvait toujours des étourdissements.

— J'y passerai, dit Bovary.

— Non, non, je vous l'enverrai ; nous viendrons, ce sera plus commode pour vous.

— Ah ! fort bien. Je vous remercie.

Et, dès qu'ils furent seuls :

— Pourquoi n'acceptes-tu pas les propositions de M. Boulanger, qui sont si gracieuses ?

Elle prit un air boudeur, chercha mille excuses, et déclara finalement *que cela peut-être semblerait drôle*.

— Ah ! je m'en moque pas mal ! dit Charles en faisant une pirouette. La santé avant tout ! Tu as tort !

— Eh ! comment veux-tu que je monte à cheval, puisque je n'ai pas d'amazone ?

— Il faut t'en commander une ! répondit-il.

Quand le costume fut prêt, Charles écrivit à M. Boulanger que sa femme était à sa disposition, et qu'ils comptaient sur sa complaisance.

Le lendemain, à midi, Rodolphe arriva devant la porte de Charles avec deux chevaux de maître. L'un portait des pompons roses aux oreilles et une selle de femme en peau de daim.

Rodolphe avait mis de longues bottes molles, se disant que sans doute elle n'en avait jamais vu de pareilles ; en effet, Emma fut charmée de sa tournure, lorsqu'il apparut sur le palier avec son grand habit de velours et sa culotte de tricot blanc. Elle était prête, elle l'attendait.

Elle entendit du bruit au-dessus de sa tête : c'était Félicité qui tambourinait contre les carreaux pour divertir la petite Berthe. L'enfant envoya de loin un baiser ; sa mère lui répondit d'un signe avec le pommeau de sa cravache.

Dès qu'il sentit la terre, le cheval d'Emma prit le galop. Rodolphe galopait à côté d'elle. Par moments ils échangeaient une parole. La figure un peu baissée, la main haute et le bras droit déployé, elle s'abandonnait à la cadence du mouvement qui la berçait sur la selle.

On était aux premiers jours d'octobre. Il y avait du brouillard sur la campagne.

Rodolphe et Emma suivirent ainsi la lisière du bois. Elle se détournait de temps à autre afin d'éviter son regard. Les chevaux soufflaient. Le cuir des selles craquait.

Au moment où ils entrèrent dans la forêt, le soleil parut.

Il claqua de la langue. Les deux bêtes couraient.

De longues fougères, au bord du chemin, se prenaient dans l'étrier d'Emma. Rodolphe, tout en allant, se penchait et il les retirait à mesure. D'autres fois, pour écarter les branches, il passait près d'elle, et Emma sentait son genou lui frôler la jambe. Le ciel était devenu bleu. Les feuilles ne remuaient pas.

Ils descendirent. Rodolphe attacha les chevaux. Elle allait devant, sur la mousse, entre les ornières.

Mais sa robe trop longue l'embarrassait, et Rodolphe, marchant derrière elle, contemplait entre ce drap noir et la bottine noire, la délicatesse de son bas blanc, qui lui semblait quelque chose de sa nudité.

Elle s'arrêta.

— Je suis fatiguée, dit-elle.

— Allons, essayez encore ! reprit-il. Du courage !

Puis, cent pas plus loin, elle s'arrêta de nouveau ; et, à travers son voile, qui de son chapeau d'homme descendait obliquement sur ses hanches, on distinguait son visage dans une transparence bleuâtre, comme si elle eût nagé sous des flots d'azur.

— Où allons-nous donc ?

Il ne répondit rien. Elle respirait d'une façon saccadée. Rodolphe jetait les yeux autour de lui et il se mordait la moustache.

Ils arrivèrent à un endroit plus large. Ils s'assirent sur un tronc d'arbre renversé, et Rodolphe se mit à lui parler de son amour.

Il ne l'effraya point d'abord par des compliments. Il fut calme, sérieux, mélancolique.

Emma l'écoutait la tête basse, et tout en remuant, avec la pointe de son pied, des copeaux par terre.

Mais, à cette phrase :

— Est-ce que nos destinées maintenant ne sont pas communes ?

— Eh non ! répondit-elle. Vous le savez bien. C'est impossible.

Elle se leva pour partir. Il la saisit au poignet. Elle s'arrêta. Puis, l'ayant considéré quelques minutes d'un œil amoureux et tout humide, elle dit vivement :

— Ah ! tenez, n'en parlons plus... Où sont les chevaux ? Retournons.

Il eut un geste de colère et d'ennui. Elle répéta :

— Où sont les chevaux ? où sont les chevaux ?

Alors, souriant d'un sourire étrange et la prunelle fixe, les dents serrées, il s'avança en écartant les bras. Elle se recula tremblante. Elle balbutiait :

— Oh ! vous me faites peur ! vous me faites mal ! Partons.

— Puisqu'il le faut, reprit-il en changeant de visage.

Et il redevint aussitôt respectueux, caressant, timide. Elle lui donna son bras. Ils s'en retournèrent. Il disait :

— Qu'aviez-vous donc ? Pourquoi ? Je n'ai pas compris ! Vous vous méprenez, sans doute ? Vous êtes dans mon âme comme une madone sur un piédestal, à une place haute, solide et immaculée. Mais j'ai besoin de vous pour vivre ! J'ai besoin de vos yeux, de votre voix, de votre pensée. Soyez mon amie, ma sœur, mon ange ! Et il allongeait son bras et lui en entourait la taille.

Elle tâchait de se dégager mollement. Il la soutenait ainsi, en marchant.

— Oh ! encore, dit Rodolphe. Ne partons pas ! Restez !

Il l'entraîna plus loin, autour d'un petit étang. Des nénuphars flétris se tenaient immobiles entre les joncs.

— J'ai tort, j'ai tort, disait-elle. Je suis folle de vous entendre.

— Pourquoi ?... Emma ! Emma !

— Oh ! Rodolphe !... fit lentement la jeune femme en se penchant sur son épaule.

Le drap de sa robe s'accrochait au velours de l'habit. Elle renversa son cou blanc, qui se gonflait d'un soupir ; et, défaillante, tout en pleurs, avec un long frémissement et se cachant la figure, elle s'abandonna.

Les ombres du soir descendaient ; le soleil horizontal, passant entre les branches, lui éblouissait les yeux. Le silence était partout ; elle sentait son cœur, dont les battements recommençaient, et le sang circuler dans sa chair comme un fleuve de lait. Rodolphe, le cigare aux dents, raccommodait avec son canif une des deux brides cassée.

Ils s'en revinrent à Yonville, par le même chemin. Ils revirent sur la boue les traces de leurs chevaux, côte à côte, et les mêmes buissons, les mêmes cailloux dans l'herbe. Rien autour d'eux n'avait changé ; et pour elle, cependant, quelque chose était survenu de plus considérable que si les montagnes se fussent déplacées. Rodolphe, de temps à autre, se penchait et lui prenait sa main pour la baiser.

Elle était charmante, à cheval ! Droite, avec sa taille mince, le genou plié sur la crinière de sa bête et un peu colorée par le grand air, dans la rougeur du soir.

En entrant dans Yonville, elle caracola sur les pavés. On la regardait des fenêtres.

Son mari, au dîner, lui trouva bonne mine ; mais elle eut l'air de ne pas l'entendre lorsqu'il s'informa de sa promenade ; et elle restait le coude au bord de son assiette, entre les deux bougies qui brûlaient.

— Emma ! dit-il.

— Quoi ?

— Eh bien, j'ai passé cette après-midi chez M. Alexandre ; il a une ancienne pouliche encore fort belle, et qu'on aurait, je suis sûr, pour une centaine d'écus…

Il ajouta :

— Pensant même que cela te serait agréable, je l'ai retenue…, je l'ai achetée… Ai-je bien fait ? Dis-moi donc.

Elle remua la tête en signe d'assentiment ; puis, un quart d'heure après :

— Sors-tu ce soir ? demanda-t-elle.

— Oui. Pourquoi ?

— Oh ! rien, rien, mon ami.

Et, dès qu'elle fut débarrassée de Charles, elle monta s'enfermer dans sa chambre.

D'abord, ce fut comme un étourdissement ; elle voyait les arbres, les chemins, les fossés, Rodolphe, et elle sentait encore l'étreinte de ses bras, tandis que le feuillage frémissait et que les joncs sifflaient.

Mais, en s'apercevant dans la glace, elle s'étonna de son visage. Jamais elle n'avait eu les yeux si grands, si noirs, ni d'une telle profondeur. Quelque chose de subtil épandu sur sa personne la transfigurait.

Elle se répétait : « J'ai un amant ! un amant ! » se délectant à cette idée comme à celle d'une autre puberté qui lui serait survenue. Elle allait donc posséder enfin ces joies de l'amour, cette fièvre du bonheur dont elle avait désespéré. Elle entrait dans quelque chose de merveilleux où tout serait passion, extase, délire.

Alors elle se rappela les héroïnes des livres qu'elle avait lus, et la légion lyrique de ces femmes adultères se mit à chanter dans sa mémoire avec des voix de sœurs qui la charmaient. Elle réalisait la longue rêverie de sa jeunesse, en se considérant dans ce type d'amoureuse qu'elle avait tant envié. D'ailleurs, Emma éprouvait une satisfaction de vengeance. N'avait-elle pas assez souffert ! Mais elle triomphait maintenant, et l'amour, si longtemps contenu, jaillissait tout entier avec des bouillonnements joyeux. Elle le savourait sans remords, sans inquiétude, sans trouble.

La journée du lendemain se passa dans une douceur nouvelle. Ils se firent des serments. Elle lui raconta ses tristesses. Rodolphe l'interrompait par ses baisers ; et elle lui demandait, en le contemplant les paupières à demi closes, de l'appeler encore par son nom et de répéter qu'il l'aimait. C'était dans la forêt, comme la veille, sous une hutte de saboteurs. Ils étaient assis l'un contre l'autre, sur un lit de feuilles sèches.

À partir de ce jour-là, ils s'écrivirent régulièrement tous les soirs.

Un matin, que Charles était sorti dès avant l'aube, elle fut prise par la fantaisie de voir Rodolphe à l'instant. On pouvait arriver promptement à la Huchette, y rester une heure et être rentré dans Yonville que tout le monde encore serait endormi. Cette idée la fit haleter de convoitise, et elle se trouva bientôt au milieu de la prairie, où elle marchait à pas rapides, sans regarder derrière elle.

Le jour commençait à paraître. Emma, de loin, reconnut la maison de son amant.

Apres la cour de la ferme, il y avait un corps de logis qui devait être le château. Elle y entra, comme si les murs, à son approche, se fussent écartés d'eux-mêmes. Un grand escalier droit montait vers un corridor. Emma tourna la clenche d'une porte, et tout à coup, au fond de la chambre, elle aperçut un homme qui dormait. C'était Rodolphe. Elle poussa un cri.

— Te voilà ! te voilà ! répétait-il. Comment as-tu fait pour venir ?… Ah ! ta robe est mouillée !

— Je t'aime ! répondit-elle en lui passant les bras autour du cou.

Cette première audace lui ayant réussi, chaque fois maintenant que Charles sortait de bonne heure, Emma s'habillait vite et descendait à pas de loup le perron qui conduisait au bord de l'eau.

Mais, quand la planche aux vaches était levée, il fallait suivre les murs qui longeaient la rivière ; la berge était glissante ; elle s'accrochait de la main, pour ne pas tomber, aux bouquets de ravenelles flétries. Puis elle prenait à travers des champs en labour, où elle enfonçait, trébuchait et empêtrait ses bottines minces. Son foulard, noué sur sa tête, s'agitait au vent dans les herbages ; elle avait peur des bœufs, elle se mettait à courir ; elle arrivait essoufflée, les joues roses, et exhalant de toute sa personne un frais parfum de sève, de verdure et de grand air. Rodolphe, à cette heure-là, dormait encore. C'était comme une matinée de printemps qui entrait dans sa chambre.

Rodolphe, en riant, l'attirait à lui et il la prenait sur son cœur.

Ensuite, elle examinait l'appartement, elle ouvrait les tiroirs des meubles, elle se peignait avec son peigne et se regardait dans le miroir à barbe. Souvent même, elle mettait entre ses dents le tuyau d'une grosse pipe qui était sur la table de nuit, parmi des citrons et des morceaux de sucre, près d'une carafe d'eau.

Il leur fallait un bon quart d'heure pour les adieux. Alors Emma pleurait ; elle aurait voulu ne jamais abandonner Rodolphe. Quelque chose de plus fort qu'elle la poussait vers lui, si bien qu'un jour, la voyant survenir à l'improviste, il fronça le visage comme quelqu'un de contrarié.

— Qu'as-tu donc ? dit-elle. Souffres-tu ? Parle-moi !

Enfin il déclara, d'un air sérieux, que ses visites devenaient imprudentes et qu'elle se compromettait.

au coup de dix heures quinze minutes. Elle se disait d'un
espace… Bon, elle le reprenait en pélerin de saint-pain
elle prenait un livre doucement à peine troublée anchen
contre une femme l'an garde toujours celle en celle en un
du la lapidalé protéant uni aimé l'action avant un de
Ceux dumettaume sur les trobijentifon assurement avelara
du un le mine se sende même de le ralateur si nomparten
an bessere serment courtes és hastelerin ent an any
a quel à fatut anjolais tes aussi la noire an asserie

10

Peu à peu, ces craintes de Rodolphe la gagnèrent. L'amour l'avait enivrée d'abord, et elle n'avait songé à rien au delà. Mais, à présent qu'il était indispensable à sa vie, elle craignait d'en perdre quelque chose, ou même qu'il ne fût troublé. Quand elle s'en revenait de chez lui, elle jetait tout alentour des regards inquiets, épiant chaque forme qui passait à l'horizon et chaque lucarne du village d'où l'on pouvait l'apercevoir. Elle écoutait les pas, les cris, le bruit des charrues ; et elle s'arrêtait plus blême et plus tremblante que les feuilles des peupliers qui se balançaient sur sa tête.

Ils avisèrent donc à organiser leurs rendez-vous ; Emma voulait corrompre sa servante par un cadeau ; mais il eût mieux valu découvrir à Yonville quelque maison discrète. Rodolphe promit d'en chercher une.

Pendant tout l'hiver, trois ou quatre fois la semaine, à la nuit noire, il arrivait dans le jardin. Emma, tout exprès, avait retiré la clef de la barrière, que Charles crut perdue.

Pour l'avertir, Rodolphe jetait contre les persiennes une poignée de sable. Elle se levait en sursaut ; mais quelquefois il lui fallait attendre, car Charles avait la manie de bavarder au coin du feu, et il n'en finissait pas. Elle se dévorait d'impatience. Enfin, elle commençait sa toilette de nuit ; puis, elle prenait un livre et continuait à lire fort tranquillement, comme si la lecture l'eût amusée. Mais Charles, qui était au lit, l'appelait pour se coucher.

Cependant, comme les bougies l'éblouissaient, il se tournait vers le mur et s'endormait. Elle s'échappait en retenant son haleine, souriante, palpitante, déshabillée.

Rodolphe avait un grand manteau ; il l'en enveloppait tout entière, et, passant le bras autour de sa taille, il l'entraînait sans parler jusqu'au fond du jardin.

C'était sous la tonnelle, sur ce même banc de bâtons pourris où autrefois Léon la regardait si amoureusement, durant les soirs d'été. Elle ne pensait guère à lui maintenant.

Les étoiles brillaient à travers les branches du jasmin sans feuilles. Le froid de la nuit les faisait s'étreindre davantage ; les soupirs de leurs lèvres leur semblaient plus forts ; et, au milieu du silence, il y avait des paroles dites tout bas qui tombaient sur leur âme avec une sonorité cristalline et qui s'y répercutaient en vibrations multipliées.

Lorsque la nuit était pluvieuse, ils s'allaient réfugier dans le cabinet aux consultations, entre le hangar et l'écurie. Elle allumait un des flambeaux de la cuisine, qu'elle avait caché derrière les livres. Rodolphe s'installait là comme chez lui. La vue de la bibliothèque et du bureau, de tout l'appartement enfin, excitait sa gaieté ; et il ne pouvait se retenir de faire sur Charles quantité de plaisanteries qui embarrassaient Emma. Elle eût désiré le voir plus sérieux, et même plus dramatique à l'occasion, comme cette fois où elle crut entendre dans l'allée un bruit de pas qui s'approchaient.

— On vient ! dit-elle.

Il souffla la lumière.

— As-tu tes pistolets ?

— Pourquoi ?

— Mais… pour te défendre, reprit Emma.

— Est-ce de ton mari ? Ah ! le pauvre garçon !

Et Rodolphe acheva sa phrase avec un geste qui signifiait : « Je l'écraserais d'une chiquenaude. »

Elle fut ébahie de sa bravoure, bien qu'elle y sentît une sorte d'indélicatesse et de grossièreté naïve qui la scandalisa.

Rodolphe réfléchit beaucoup à cette histoire de pistolets. Si elle avait parlé sérieusement, cela était fort ridicule, pensait-il, odieux même, car il n'avait, lui, aucune raison de haïr ce bon Charles, n'étant pas ce qui s'appelle dévoré de jalousie ; — et, à ce propos, Emma lui avait fait un grand serment qu'il ne trouvait pas non plus du meilleur goût.

D'ailleurs, elle devenait bien sentimentale. Il avait fallu échanger des miniatures, on s'était coupé des poignées de cheveux, et elle demandait à présent une bague, un véritable anneau de mariage, en signe d'alliance éternelle.

Mais elle était si jolie ! il en avait possédé si peu d'une candeur pareille ! Cet amour sans libertinage était pour lui quelque chose de nouveau, et qui, le sortant de ses habitudes faciles, caressait à la fois son orgueil et sa sensualité. Alors, sûr d'être aimé, il ne se gêna pas, et insensiblement ses façons changèrent.

Il n'avait plus, comme autrefois, de ces mots si doux qui la faisaient pleurer, ni de ces véhémentes caresses qui la rendaient folle ; si bien que leur grand amour parut se diminuer sous elle, comme l'eau d'un fleuve qui s'absorberait dans son lit, et elle aperçut la vase. Elle n'y voulut pas croire ; elle redoubla de tendresse ; et Rodolphe, de moins en moins, cacha son indifférence.

Elle ne savait pas si elle regrettait de lui avoir cédé, ou si elle ne souhaitait point, au contraire, le chérir davantage. Il la subjuguait. Elle en avait presque peur.

Les apparences, néanmoins, étaient plus calmes que jamais, Rodolphe ayant réussi à conduire l'adultère selon sa fantaisie ; et, au bout de six mois, quand le printemps arriva, ils se trouvaient, l'un vis-à-vis de l'autre, comme deux mariés qui entretiennent tranquillement une flamme domestique.

C'était l'époque où le père Rouault envoyait son dinde, en souvenir de sa jambe remise. Le cadeau arrivait toujours avec une lettre. Emma coupa la corde qui la retenait au panier, et lut les lignes suivantes :

« Mes chers enfants,

« J'espère que la présente vous trouvera en bonne santé et que celui-là vaudra bien les autres ; car il me semble un peu plus mollet, si j'ose dire, et plus massif. Mais, la prochaine fois, par changement, je vous donnerai un coq, à moins que vous ne teniez de préférence aux *picots*[1] ; et renvoyez-moi la bourriche, s'il vous plaît, avec les deux anciennes. J'ai eu un malheur à ma charretterie, dont la couverture, une nuit qu'il ventait fort, s'est envolée dans

1. Dindons.

159

les arbres. La récolte non plus n'a pas été trop fameuse. Enfin, je ne sais pas quand j'irai vous voir. Ça m'est tellement difficile de quitter maintenant la maison, depuis que je suis seul, ma pauvre Emma ! »

« Quant à moi, je vais bien, sauf un rhume que j'ai attrapé l'autre jour à la foire d'Yvetot, où j'étais parti pour retenir un berger, ayant mis le mien dehors, par suite de sa trop grande délicatesse de bouche. Comme on est à plaindre avec tous ces brigands-là ! Du reste c'était aussi un malhonnête.

« J'ai appris d'un colporteur qui, voyageant cet hiver par votre pays, s'est fait arracher une dent, que Bovary travaillait toujours dur. Ça ne m'étonne pas, et il m'a montré sa dent ; nous avons pris un café ensemble. Je lui ai demandé s'il t'avait vue, il m'a dit que non, mais qu'il avait vu dans l'écurie deux animaux, d'où je conclus que le métier roule. Tant mieux, mes chers enfants, et que le bon Dieu vous envoie tout le bonheur imaginable.

« Il me fait deuil de ne pas connaître encore ma bien-aimée petite-fille Berthe Bovary. J'ai planté pour elle, dans le jardin, sous ta chambre, un prunier de prunes d'avoine, et je ne veux pas qu'on y touche, si ce n'est pour lui faire plus tard des compotes, que je garderai dans l'armoire, à son intention, quand elle viendra.

« Adieu, mes chers enfants. Je t'embrasse, ma fille ; vous aussi, mon gendre, et la petite, sur les deux joues.

« Je suis, avec bien des compliments,

« Votre tendre père,

« THÉODORE ROUAULT. »

Elle resta quelques minutes à tenir entre ses doigts ce gros papier. Les fautes d'orthographe s'y enlaçaient les unes aux autres. On avait séché l'écriture avec les cendres du foyer, car un peu de poussière grise glissa de la lettre sur sa robe, et elle crut presque apercevoir son père se courbant vers l'âtre pour saisir les pincettes. Comme il y avait longtemps qu'elle n'était plus auprès de lui ! Elle se rappela des soirs d'été tout pleins de soleil. Quel bonheur dans ce temps-là ! quelle liberté ! quel espoir ! quelle abondance d'illusions ! Il n'en restait plus maintenant !

Mais qui donc la rendait si malheureuse ? où était la catastrophe extraordinaire qui l'avait bouleversée ? Et elle releva la tête, regardant autour d'elle, comme pour chercher la cause de ce qui la faisait souffrir.

Un rayon d'avril chatoyait sur les porcelaines de l'étagère ; le feu brûlait ; elle sentait sous ses pantoufles la douceur du tapis ; le jour était blanc, l'atmosphère tiède, et elle entendit son enfant qui poussait des éclats de rire.

En effet, la petite fille se roulait alors sur le gazon, au milieu de l'herbe qu'on fanait. Elle était couchée à plat ventre, au haut d'une meule. Sa bonne la retenait par la jupe.

— Amenez-la-moi ! dit sa mère se précipitant pour l'embrasser. Comme je t'aime, ma pauvre enfant ! comme je t'aime !

Puis, s'apercevant qu'elle avait le bout des oreilles un peu sale, elle sonna vite pour avoir de l'eau chaude, et la nettoya, la changea de linge, de bas, de souliers, fit mille questions sur sa santé, comme au retour d'un voyage, et enfin, la baisant encore et pleurant un peu, elle la remit aux mains de la domestique, qui restait fort ébahie devant cet excès de tendresse.

Rodolphe, le soir, la trouva plus sérieuse que d'habitude.

— Cela se passera, jugea-t-il, c'est un caprice.

Et il manqua consécutivement à trois rendez-vous. Quand il revint, elle se montra froide et presque dédaigneuse.

— Ah ! tu perds ton temps, ma mignonne...

Et il eut l'air de ne point remarquer ses soupirs mélancoliques, ni le mouchoir qu'elle tirait.

C'est alors qu'Emma se repentit !

Elle se demanda même pourquoi donc elle exécrait Charles, et s'il n'eût pas été meilleur de le pouvoir aimer. Mais il n'offrait pas grande prise à ces retours du sentiment, si bien qu'elle demeurait fort embarrassée dans sa velléité de sacrifice, lorsque l'apothicaire vint à propos lui fournir une occasion.

Il avait lu dernièrement l'éloge d'une nouvelle méthode pour la cure des pieds-bots, et, comme il était partisan du progrès, il conçut cette idée patriotique que Yonville, pour *se mettre au niveau*, devait avoir des opérations de stréphopodie[1].

— Car, disait-il à Emma, que risque-t-on ? Examinez (et il énumérait, sur ses doigts, les avantages de la tentative) ; succès presque certain, soulagement et embellissement du malade, célébrité vite acquise à l'opérateur. Pourquoi votre mari, par exemple, ne voudrait-il pas débarrasser ce pauvre Hippolyte, du *Lion d'or* ? Notez qu'il ne manquerait pas de raconter sa guérison à tous les voyageurs, et puis qui donc m'empêcherait d'envoyer au journal une petite note là-dessus ? Eh ! mon Dieu ! un article circule…, on en parle…, cela finit par faire la boule de neige ! Et qui sait ? qui sait ?

En effet, Bovary pouvait réussir ; rien n'affirmait à Emma qu'il ne fût pas habile, et quelle satisfaction pour elle que de l'avoir engagé à une démarche d'où sa réputation et sa fortune se trouveraient accrues ?

1. Nom savant du pied-bot.

Charles, sollicité par l'apothicaire et par elle, se laissa convaincre. Il fit venir de Rouen le volume du docteur Duval, et, tous les soirs, se prenant la tête entre les mains, il s'enfonçait dans cette lecture.

Tandis qu'il étudiait, M. Homais par toute sorte de raisonnements, exhortait le garçon d'auberge à se faire opérer.

— À peine sentiras-tu, peut-être, une légère douleur ; c'est une simple piqûre comme une petite saignée.

Hippolyte, réfléchissant, roulait des yeux stupides.

— Du reste, reprenait le pharmacien, ça ne me regarde pas ! c'est pour toi ! par humanité pure ! Je voudrais te voir, mon ami, débarrassé de ta hideuse claudication, avec ce balancement de la région lombaire, qui, bien que tu prétendes, doit te nuire considérablement dans l'exercice de ton métier.

Le malheureux céda, car ce fut comme une conjuration. Tout le monde l'engagea, le sermonna, lui faisait honte ; mais ce qui acheva de le décider, *c'est que ça ne lui coûterait rien*. Bovary se chargeait même de fournir la machine pour l'opération. Emma avait eu l'idée de cette générosité ; et Charles y consentit, se disant au fond du cœur que sa femme était un ange.

Avec les conseils du pharmacien, il fit donc construire par le menuisier, aidé du serrurier, une manière de boîte pesant huit livres environ, et où le fer, le bois, la tôle, le cuir, les vis et les écrous ne se trouvaient point épargnés.

Cependant, pour savoir quel tendon couper à Hippolyte, il fallait connaître d'abord quelle espèce de pied bot il avait.

Il avait un pied faisant avec la jambe une ligne presque droite, ce qui ne l'empêchait pas d'être tourné en dedans.

Or, il fallait couper le tendon d'Achille, quitte à s'en prendre plus tard au muscle tibial antérieur ; car le médecin n'osait d'un seul coup risquer deux opérations, et même il tremblait déjà, dans la peur d'attaquer quelque région importante qu'il ne connaissait pas.

Charles piqua la peau ; on entendit un craquement sec. Le tendon était coupé, l'opération était finie. Hippolyte n'en revenait pas de surprise ; il se penchait sur les mains de Bovary pour les couvrir de baisers.

— Allons, calme-toi, disait l'apothicaire, tu témoigneras plus tard ta reconnaissance envers ton bienfaiteur !

Et il descendit conter le résultat à cinq ou six curieux qui stationnaient dans la cour, et qui s'imaginaient qu'Hippolyte allait reparaître marchant droit. Puis Charles, ayant bouclé son malade dans le moteur mécanique, s'en retourna chez lui, où Emma, tout anxieuse, l'attendait sur la porte. Elle lui sauta au cou ; ils se mirent à table ; il mangea beaucoup, et même il voulut, au dessert, prendre une tasse de café, débauche qu'il ne se permettait que le dimanche lorsqu'il y avait du monde.

La soirée fut charmante, pleine de causeries, de rêves en commun. Ils parlèrent de leur fortune future, d'améliorations à introduire dans leur ménage ; il voyait sa considération s'étendant, son bien-être s'augmentant, sa femme l'aimant toujours ; et elle se trouvait heureuse de se rafraîchir dans un sentiment nouveau, plus sain, meilleur, enfin d'éprouver quelque tendresse pour ce pauvre garçon qui la chérissait. L'idée de Rodolphe, un moment, lui passa par la tête ; mais ses yeux se reportèrent sur Charles : elle remarqua même avec surprise qu'il n'avait point les dents vilaines.

Ils étaient au lit lorsque M. Homais, malgré la cuisinière, entra tout à coup dans la chambre, en tenant à la main une feuille de papier fraîche écrite. C'était la réclame qu'il destinait au *Fanal de Rouen*. Il la leur apportait à lire.

— Lisez vous-même, dit Bovary.

Il lut :

— « Malgré les préjugés qui recouvrent encore une partie de l'Europe comme un réseau, la lumière cependant commence à pénétrer dans nos campagnes. C'est ainsi que, mardi, notre petite cité d'Yonville s'est vue le théâtre d'une expérience chirurgicale qui est en même temps un acte de haute philanthropie. M. Bovary, un de nos praticiens les plus distingués… »

— Ah ! c'est trop ! c'est trop ! disait Charles, que l'émotion suffoquait.

— Mais non, pas du tout ! comment donc !… « a opéré d'un pied bot… » Je n'ai pas mis le terme scientifique, parce que, vous savez, dans un journal…, tout le monde peut-être ne comprendrait pas ; il faut que les masses…

— En effet, dit Bovary. Continuez.

— Je reprends, dit le pharmacien. « M. Bovary, un de nos praticiens les plus distingués, a opéré d'un pied bot le nommé Hippolyte Tautain, garçon d'écurie depuis vingt-cinq ans à l'hôtel du *Lion d'or*, tenu par madame veuve Lefrançois, sur la place d'Armes. La nouveauté de la tentative et l'intérêt qui s'attachait au sujet avaient attiré un tel concours de population, qu'il y avait véritablement encombrement au seuil de l'établissement. L'opération, du reste, s'est pratiquée comme par enchantement, et à peine si quelques gouttes de sang sont venues sur la peau, comme pour dire que le tendon rebelle venait enfin de

166

céder sous les efforts de l'art. Le malade, chose étrange (nous l'affirmons *de visu*) n'accusa point de douleur. Son état, jusqu'à présent, ne laisse rien à désirer. Tout porte à croire que la convalescence sera courte. Honneur donc aux savants généreux ! Nous tiendrons nos lecteurs au courant des phases successives de cette cure si remarquable. »

Ce qui n'empêcha pas que, cinq jours après, la mère Lefrançois n'arrivât tout effarée en s'écriant :

— Au secours ! il se meurt !... J'en perds la tête !

Charles se précipita vers le *Lion d'or*, et le pharmacien qui l'aperçut passant sur la place, sans chapeau, abandonna la pharmacie. Il parut lui-même, haletant, rouge, inquiet, et demandant à tous ceux qui montaient l'escalier :

— Qu'a donc notre intéressant stréphopode ?

Il se tordait, le stréphopode, dans des convulsions atroces, si bien que le moteur mécanique où était enfermée sa jambe frappait contre la muraille à la défoncer.

Avec beaucoup de précautions, pour ne pas déranger la position du membre, on retira donc la boîte, et l'on vit un spectacle affreux. Les formes du pied disparaissaient dans une telle bouffissure, que la peau tout entière semblait près de se rompre, et elle était couverte d'ecchymoses occasionnées par la fameuse machine. Hippolyte déjà s'était plaint d'en souffrir ; on n'y avait pris garde ; il fallut reconnaître qu'il n'avait pas eu tort complètement ; et on le laissa libre quelques heures. Mais à peine l'œdème eut-il un peu disparu, que les deux savants jugèrent à propos de rétablir le membre dans l'appareil, et en l'y serrant davantage, pour accélérer les choses. Enfin, trois jours après, Hippolyte n'y pouvant plus tenir, ils retirèrent encore une fois la mécanique, tout en s'étonnant beaucoup du résultat qu'ils aperçurent. Une tuméfaction livide s'étendait sur la jambe, et avec des phlyctènes[2] de place en place, par où suintait un liquide noir. Cela prenait une tournure sérieuse. Hippolyte commençait à s'ennuyer, et la mère Lefrançois l'installa dans la petite salle, près de la cuisine, pour qu'il eût au moins quelque distraction.

Mais le percepteur, qui tous les jours y dînait, se plaignit avec amertume d'un tel voisinage. Alors on transporta Hippolyte dans la salle de billard.

Il était là, geignant sous ses grosses couvertures, pâle, la barbe longue, les yeux caves, et, de temps à autre, tournant sa tête en sueur sur le sale oreiller où s'abattaient les mouches. Madame Bovary le venait voir. Elle lui apportait des linges pour ses cataplasmes, et le consolait, l'encourageait.

La gangrène montait de plus en plus. Bovary en était malade lui-même. Il venait à chaque heure, à tout moment. Hippolyte le regardait avec des yeux pleins d'épouvante et balbutiait en sanglotant :

— Quand est-ce que je serai guéri ?… Ah ! sauvez-moi !… Que je suis malheureux ! que je suis malheureux !

Et le médecin s'en allait, toujours en lui recommandant la diète.

— Ne l'écoute point, mon garçon, reprenait la mère Lefrançois ; ils t'ont déjà bien assez martyrisé ? tu vas t'affaiblir encore. Tiens, avale !

Et elle lui présentait quelque bon bouillon, quelque tranche de gigot, quelque morceau de lard, et parfois des petits verres d'eau-de-vie, qu'il n'avait pas le courage de porter à ses lèvres.

2. Ampoules.

On avait beau varier les potions et changer les cataplasmes, les muscles chaque jour se décollaient davantage, et enfin Charles répondit par un signe de tête affirmatif quand la mère Lefrançois lui demanda si elle ne pourrait point, en désespoir de cause, faire venir M. Canivet, de Neufchâtel, qui était une célébrité.

Docteur en médecine, âgé de cinquante ans, le confrère ne se gêna pas pour rire dédaigneusement lorsqu'il découvrit cette jambe gangrenée jusqu'au genou. Puis, ayant déclaré net qu'il la fallait amputer, il s'en alla chez le pharmacien déblatérer contre les ânes qui avaient pu réduire un malheureux homme en un tel état. Secouant M. Homais par le bouton de sa redingote, il vociférait dans la pharmacie

— Ce sont là des inventions de Paris ! Mais on veut faire le malin, et l'on vous fourre des remèdes sans s'inquiéter des conséquences. Redresser des pieds bots ! est-ce qu'on peut redresser les pieds bots ? c'est comme si l'on voulait, par exemple, rendre droit un bossu !

Ce fut dans le village un événement considérable que cette amputation de cuisse par le docteur Canivet !

Il arriva dans son cabriolet, qu'il conduisait lui-même.

Homais se présenta.

— Je compte sur vous, fit le docteur. Sommes-nous prêts ? En marche !

Mais l'apothicaire, en rougissant, avoua qu'il était trop sensible pour assister à une pareille opération.

— Quand on est simple spectateur, disait-il, l'imagination, vous savez, se frappe ! Et puis j'ai le système nerveux tellement…

169

— Ah bah ! interrompit Canivet, vous me paraissez, au contraire, porté à l'apoplexie. Et, d'ailleurs, cela ne m'étonne pas ; car, vous autres, messieurs les pharmaciens, vous êtes continuellement fourrés dans votre cuisine, ce qui doit finir par altérer votre tempérament. Regardez-moi, plutôt : tous les jours, je me lève à quatre heures, je fais ma barbe à l'eau froide (je n'ai jamais froid), et je ne porte pas de flanelle, je n'attrape aucun rhume, le coffre est bon ! C'est pourquoi je ne suis point délicat comme vous, et il m'est aussi parfaitement égal de découper un chrétien que la première volaille venue.

Alors, sans aucun égard pour Hippolyte, qui suait d'angoisse entre ses draps, ces messieurs engagèrent une conversation où l'apothicaire compara le sang-froid d'un chirurgien à celui d'un général. Enfin, revenant au malade, il examina les bandes apportées par Homais, les mêmes qui avaient comparu lors du pied bot, et demanda quelqu'un pour lui tenir le membre. On envoya chercher Lestiboudois, et M. Canivet, ayant retroussé ses manches, passa dans la salle de billard, tandis que l'apothicaire restait avec Artémise et l'aubergiste, plus pâles toutes les deux que leur tablier, et l'oreille tendue contre la porte.

Bovary, pendant ce temps-là, n'osait bouger de sa maison. Il se tenait en bas, dans la salle, assis au coin de la cheminée sans feu, le menton sur sa poitrine, les mains jointes, les yeux fixes. Quelle mésaventure ! pensait-il, quel désappointement ! Il avait pris pourtant toutes les précautions imaginables. La fatalité s'en était mêlée. N'importe ! Si Hippolyte plus tard venait à mourir, c'est lui qui l'aurait assassiné. Peut-être, cependant, s'était-il trompé en quelque chose ? Il cherchait, ne trouvait pas. Mais les plus fameux chirurgiens se trompaient bien. Voilà ce qu'on ne voudrait jamais croire ! Cela se répandrait jusqu'à Forges ! jusqu'à Neufchâtel ! jusqu'à Rouen ! partout ! Il se voyait déshonoré, ruiné, perdu ! Et son imagination, assaillie par une multitude d'hypothèses, ballottait au milieu d'elles comme un tonneau vide emporté à la mer et qui roule sur les flots.

Emma, en face de lui, le regardait ; elle ne partageait pas son humiliation, elle en éprouvait une autre : c'était de s'être imaginé qu'un pareil homme pût valoir quelque chose, comme si vingt fois déjà elle n'avait pas suffisamment aperçu sa médiocrité.

Comment donc avait-elle fait (elle qui était si intelligente !) pour se méprendre encore une fois ? Du reste, par quelle déplorable manie avoir ainsi abîmé son existence en sacrifices continuels ? Pourquoi ? pourquoi ?

Au milieu du silence qui emplissait le village, un cri déchirant traversa l'air. Bovary devint pâle à s'évanouir. Elle fronça les sourcils d'un geste nerveux, puis continua. C'était pour lui cependant, pour cet être, pour cet homme qui ne comprenait rien, qui ne sentait rien ! Charles la considérait avec le regard trouble d'un homme ivre, tout en écoutant, immobile, les derniers cris de l'amputé qui se suivaient en modulations traînantes, coupées de saccades aiguës, comme le hurlement lointain de quelque bête qu'on égorge. Emma mordait ses lèvres blêmes, et elle fixait sur Charles la pointe ardente de ses prunelles, comme deux flèches de feu prêtes à partir. Tout en lui l'irritait maintenant, sa figure, son costume, ce qu'il ne disait pas, sa personne entière, son existence enfin. Elle se repentait, comme d'un crime, de sa vertu passée, et ce qui en restait encore s'écroulait sous les coups furieux de son orgueil.

Elle se délectait dans toutes les ironies mauvaises de l'adultère triomphant. Le souvenir de son amant revenait à elle avec des attractions vertigineuses : elle y jetait son âme, emportée vers cette image par un enthousiasme nouveau ; et Charles lui semblait aussi détaché de sa vie, aussi absent pour toujours, aussi impossible et anéanti, que s'il allait mourir et qu'il eût agonisé sous ses yeux.

Il se fit un bruit de pas sur le trottoir. Charles regarda ; et, à travers la jalousie baissée, il aperçut au bord des halles, en plein soleil, le docteur Canivet qui s'essuyait le front avec son foulard. Homais, derrière lui, portait à la main une grande boîte rouge, et ils se dirigeaient tous les deux du côté de la pharmacie.

Alors, par tendresse subite et découragement, Charles se tourna vers sa femme en lui disant :

— Embrasse-moi donc, ma bonne !

Et s'échappant de la salle, Emma ferma la porte si fort, que le baromètre bondit de la muraille et s'écrasa par terre.

Charles s'affaissa dans son fauteuil, bouleversé, cherchant ce qu'elle pouvait avoir, imaginant une maladie nerveuse, pleurant, et sentant vaguement circuler autour de lui quelque chose de funeste et d'incompréhensible.

Quand Rodolphe, le soir, arriva dans le jardin, il trouva sa maîtresse qui l'attendait au bas du perron, sur la première marche. Ils s'étreignirent, et toute leur rancune se fondit comme une neige sous la chaleur de ce baiser.

12

Ils recommencèrent à s'aimer. Souvent même, au milieu de la journée, Emma lui écrivait tout à coup ; Rodolphe arrivait ; c'était pour lui dire qu'elle s'ennuyait, que son mari était odieux et son existence affreuse !

— Est-ce que j'y peux quelque chose ? s'écria-t-il un jour, impatienté.

— Ah ! Si tu voulais !...

Elle était assise par terre, entre ses genoux, les bandeaux dénoués, le regard perdu.

— Quoi donc ? fit Rodolphe.

Elle soupira.

— Nous irions vivre ailleurs..., quelque part...

— Tu es folle, vraiment ! dit-il en riant. Est-ce possible ?

Elle revint là-dessus ; il eut l'air de ne pas comprendre et détourna la conversation.

Cette tendresse, en effet, chaque jour s'accroissait davantage sous la répulsion du mari. Plus elle se livrait à l'un, plus elle exécrait l'autre ; jamais Charles ne lui paraissait aussi désagréable, avoir les doigts aussi carrés, l'esprit aussi lourd, les façons si communes qu'après ses rendez-vous avec Rodolphe, quand ils se trouvaient ensemble. Alors, tout en faisant l'épouse et la vertueuse, elle s'enflammait à l'idée de cette tête dont les cheveux noirs se tournaient en une boucle vers le front hâlé, de cette taille à la fois si robuste et si élégante, de cet homme enfin qui possédait tant d'expérience dans la raison, tant d'emportement dans le désir ! Quand il devait venir, elle emplissait de roses ses deux grands vases de verre bleu, et disposait son appartement et sa personne comme une courtisane qui attend un prince. Il fallait que la domestique fût sans cesse à blanchir du linge ; et, de toute la journée, Félicité ne bougeait de la cuisine, où le petit Justin, qui souvent lui tenait compagnie, la regardait travailler.

Le coude sur la longue planche où elle repassait, il considérait avidement toutes ces affaires de femmes étalées autour de lui : les jupons de basin, les fichus, les collerettes, et les pantalons à coulisse, vastes de hanches et qui se rétrécissaient par le bas...

— À quoi cela sert-il ? demandait le jeune garçon en passant sa main sur la crinoline ou les agrafes.

— Tu n'as donc jamais rien vu ? répondait en riant Félicité.

Mais Félicité s'impatientait de le voir tourner ainsi tout autour d'elle.

— Laisse-moi tranquille ! disait-elle.

— Allons, ne vous fâchez pas, je m'en vais vous *faire ses bottines*.

Et aussitôt, il atteignait sur le chambranle les chaussures d'Emma, tout empâtées de crotte – la crotte des rendez-vous – qui se détachait en poudre sous ses doigts, et qu'il regardait monter doucement dans un rayon de soleil.

— Comme tu as peur de les abîmer ! disait la cuisinière.

Emma en avait une quantité dans son armoire, et qu'elle gaspillait à mesure, sans que jamais Charles se permît la moindre observation.

C'est ainsi qu'il déboursa trois cents francs pour une jambe de bois dont elle jugea convenable de faire cadeau à Hippolyte. Le pilon en était garni de liège, et il y avait des articulations à ressort, une mécanique compliquée recouverte d'un pantalon noir, que terminait une botte vernie. Mais Hippolyte, n'osant à tous les jours se servir d'une si belle jambe, supplia madame Bovary de lui en procurer une autre plus commode. Le médecin, bien entendu, fit encore les frais de cette acquisition.

Donc, le garçon d'écurie peu à peu recommença son métier. On le voyait comme autrefois parcourir le village, et quand Charles entendait de loin, sur les pavés, le bruit sec de son bâton, il prenait bien vite une autre route.

C'était M. Lheureux, le marchand, qui s'était chargé de la commande ; cela lui fournit l'occasion de fréquenter Emma. Il causait avec elle des nouveaux déballages de Paris, de mille curiosités féminines, se montrait fort complaisant, et jamais ne réclamait d'argent. Emma s'abandonnait à cette facilité de satisfaire tous ses caprices. Ainsi, elle voulut avoir, pour la donner à Rodolphe, une fort belle cravache qui se trouvait à Rouen dans un magasin de parapluies. M. Lheureux, la semaine d'après, la lui posa sur sa table.

Mais le lendemain il se présenta chez elle avec une facture de deux cent soixante et dix francs, sans compter les centimes. Emma fut très embarrassée : tous les tiroirs du secrétaire étaient vides ; on devait plus de quinze jours à Lestiboudois, deux trimestres à la servante, quantité d'autres choses encore, et Bovary attendait impatiemment l'envoi de M. Derozerays, qui avait coutume, chaque année, de le payer vers la Saint-Pierre.

Elle réussit d'abord à éconduire Lheureux ; enfin il perdit patience : on le poursuivait, ses capitaux étaient absents, et, s'il ne rentrait dans quelques-uns, il serait forcé de lui reprendre toutes les marchandises qu'elle avait.

— Eh ! reprenez-les ! dit Emma.

— Oh ! c'est pour rire ! répliqua-t-il. Seulement, je ne regrette que la cravache. Ma foi ! je la redemanderai à Monsieur.

— Non ! non ! fit-elle.

— Ah ! je te tiens ! pensa Lheureux.

Elle rêvait comment se tirer de là, quand la cuisinière entrant, déposa sur la cheminée un petit rouleau de papier bleu, *de la part de M. Derozerays*. Emma sauta dessus, l'ouvrit. Il y avait quinze napoléons. C'était le compte. Elle entendit Charles dans l'escalier ; elle jeta l'or au fond de son tiroir et prit la clef.

Trois jours après, Lheureux repartit.

— J'ai un arrangement à vous proposer, dit-il ; si, au lieu de la somme convenue, vous vouliez prendre…

— La voilà, fit-elle en lui plaçant dans la main quatorze napoléons.

Le marchand fut stupéfait. Alors, pour dissimuler son désappointement, il se répandit en excuses et en offres de service qu'Emma refusa toutes ; puis elle resta quelques minutes palpant dans la poche de son tablier les deux pièces de cent sous qu'il lui avait rendues. Elle se promettait d'économiser, afin de rendre plus tard…

— Ah bah ! songea-t-elle, il n'y pensera plus.

Outre la cravache à pommeau de vermeil, Rodolphe avait reçu un cachet avec cette devise : *Amor nel cor*[1] ; de plus, une écharpe pour se faire un cache-nez, et enfin un porte-cigares tout pareil à celui du Vicomte, que Charles avait autrefois ramassé sur la route et qu'Emma conservait. Cependant ces cadeaux l'humiliaient. Il en refusa plusieurs ; elle insista, et Rodolphe finit par obéir, la trouvant tyrannique et trop envahissante.

— M'aimes-tu ?

— Mais oui, je t'aime ! répondait-il.

— Beaucoup ?

— Certainement !

— Tu n'en as pas aimé d'autres, hein ?

— Crois-tu m'avoir pris vierge ? exclamait-il en riant.

Emma pleurait, et il s'efforçait de la consoler, enjolivant de calembours ses protestations.

— Oh ! c'est que je t'aime ! reprenait-elle, je t'aime à ne pouvoir me passer de toi, sais-tu bien ? Je suis ta servante et ta concubine ! Tu es mon roi, mon idole ! tu es bon ! tu es beau ! tu es intelligent ! tu es fort !

Il s'était tant de fois entendu dire ces choses, qu'elles n'avaient pour lui rien d'original. Emma ressemblait à toutes les maîtresses ; et le charme de la nouveauté laissait voir à nu l'éternelle monotonie de la passion, qui a toujours les mêmes formes et le même langage.

Par l'effet seul de ses habitudes amoureuses, madame Bovary changea d'allures. Ses regards devinrent plus hardis, ses discours plus libres ; elle eut même l'inconvenance de

1. « Amour au cœur ».

se promener avec M. Rodolphe, une cigarette à la bouche, *comme pour narguer le monde ;* enfin, ceux qui doutaient encore ne doutèrent plus quand on la vit, un jour, descendre de *l'Hirondelle*, la taille serrée dans un gilet, à la façon d'un homme.

Ils étaient convenus, elle et Rodolphe, qu'en cas d'événement extraordinaire, elle attacherait à la persienne un petit chiffon de papier blanc, afin que, si par hasard il se trouvait à Yonville, il accourût dans la ruelle, derrière la maison. Emma fit le signal ; elle attendait depuis trois quarts d'heure, quand tout à coup elle aperçut Rodolphe au coin des halles. Elle fut tentée d'ouvrir la fenêtre, de l'appeler ; mais déjà il avait disparu. Elle retomba désespérée.

Bientôt pourtant il lui sembla que l'on marchait sur le trottoir. C'était lui, sans doute ; elle descendit l'escalier, traversa la cour. Il était là, dehors. Elle se jeta dans ses bras.

Elle se serrait contre Rodolphe. Ses yeux, pleins de larmes, étincelaient comme des flammes sous l'onde ; sa gorge haletait à coups rapides ; jamais il ne l'avait tant aimée ; si bien qu'il en perdit la tête et qu'il lui dit :

— Que faut-il faire ? que veux-tu ?

— Emmène-moi ! s'écria-t-elle. Enlève-moi... Oh ! je t'en supplie !

Et elle se précipita sur sa bouche, comme pour y saisir le consentement inattendu qui s'en exhalait dans un baiser.

— Mais..., reprit Rodolphe.

— Quoi donc ?

— Et ta fille ?

Elle réfléchit quelques minutes, puis répondit :

— Nous la prendrons, tant pis !

— Quelle femme ! se dit-il en la regardant s'éloigner.

Jamais madame Bovary ne fut aussi belle qu'à cette époque ; elle avait cette indéfinissable beauté qui résulte de la joie, de l'enthousiasme, du succès, et qui n'est que l'harmonie du tempérament avec les circonstances. Ses convoitises, ses chagrins, l'expérience du plaisir et ses illusions toujours jeunes, comme font aux fleurs le fumier, la pluie, les vents et le soleil, l'avaient par gradations développée, et elle s'épanouissait enfin dans la plénitude de sa nature. Charles, comme aux premiers temps de son mariage, la trouvait délicieuse et tout irrésistible.

Quand il rentrait au milieu de la nuit, il n'osait pas la réveiller. La veilleuse de porcelaine arrondissait au plafond une clarté tremblante, et les rideaux fermés du petit berceau faisaient comme une hutte blanche qui se bombait dans l'ombre, au bord du lit. Charles les regardait. Il croyait entendre l'haleine légère de son enfant. Elle allait grandir maintenant ; chaque saison, vite, amènerait un progrès. Il la voyait déjà revenant de l'école à la tombée du jour, toute rieuse, avec sa brassière tachée d'encre, et portant au bras son panier ; puis il faudrait la mettre en pension, cela coûterait beaucoup ; comment faire ? Alors il réfléchissait. Il pensait à louer une petite ferme aux environs. Il en économiserait le revenu, il le placerait à la caisse d'épargne ; ensuite il achèterait des actions ; d'ailleurs, la clientèle augmenterait ; il y comptait, car il voulait que Berthe fût bien élevée, qu'elle eût des talents, qu'elle apprît le piano. Ah ! qu'elle serait jolie, plus tard, à quinze ans, quand, ressemblant à sa mère, elle porterait comme elle, dans l'été, de grands chapeaux de paille ! on les prendrait de loin pour les deux sœurs. Il se la figurait travaillant le soir auprès d'eux, sous la lumière de la lampe ; elle lui broderait des pantoufles ; elle s'occuperait du ménage ; elle emplirait toute la maison de sa gentillesse et de sa gaieté. Enfin, ils songeraient à son établissement : on lui trouverait quelque brave garçon ayant un état solide ; il la rendrait heureuse ; cela durerait toujours.

Emma ne dormait pas, elle faisait semblant d'être endormie ; et, tandis qu'il s'assoupissait à ses côtés, elle se réveillait en d'autres rêves.

Au galop de quatre chevaux, elle était emportée depuis huit jours vers un pays nouveau, d'où ils ne reviendraient plus. Ils allaient, ils allaient, les bras enlacés, sans parler. Souvent, du haut d'une montagne, ils apercevaient tout à coup quelque cité splendide avec des dômes, des ponts, des navires, des forêts de citronniers et des cathédrales de marbre blanc, dont les clochers aigus portaient des nids de cigogne. On entendait sonner des cloches, hennir les mulets, avec le murmure des guitares et le bruit des fontaines. Et puis ils arrivaient, un soir, dans un village de pêcheurs, où des filets bruns séchaient au vent, le long de la falaise et des cabanes. C'est là qu'ils s'arrêteraient pour vivre ; ils habiteraient une maison basse. Ils se promèneraient en gondole, ils se balanceraient en hamac ; et leur existence serait facile et large comme leurs vêtements de soie, toute chaude et étoilée comme les nuits douces qu'ils contempleraient. Cependant, sur l'immensité de cet avenir qu'elle se faisait apparaître, rien de particulier ne surgissait. Mais l'enfant se mettait à tousser dans son berceau, ou bien Bovary ronflait plus fort, et Emma ne s'endormait que le matin, quand l'aube blanchissait les carreaux et que déjà le petit Justin, sur la place, ouvrait les auvents de la pharmacie.

Elle avait fait venir M. Lheureux et lui avait dit :

— J'aurais besoin d'un manteau, un grand manteau, à long collet, doublé.

— Vous partez en voyage ? demanda-t-il.

— Non ! mais…, n'importe, je compte sur vous, n'est-ce pas ? et vivement !

Il s'inclina.

— Il me faudrait encore, reprit-elle, une caisse…, pas trop lourde…, commode.

— Oui, oui, j'entends, de quatre-vingt-douze centimètres environ sur cinquante, comme on les fait à présent.

— Avec un sac de nuit.

— Décidément, pensa Lheureux, il y a du grabuge là-dessous.

— Et tenez, dit madame Bovary en tirant sa montre de sa ceinture, prenez cela ; vous vous payerez dessus.

Mais le marchand s'écria qu'elle avait tort ; ils se connaissaient ; est-ce qu'il doutait d'elle ? Quel enfantillage ! Elle insista cependant pour qu'il prît au moins la chaîne, et déjà Lheureux l'avait mise dans sa poche et s'en allait, quand elle le rappela.

— Vous laisserez tout chez vous. Quant au manteau, – elle eut l'air de réfléchir, – ne l'apportez pas non plus ; seulement, vous me donnerez l'adresse de l'ouvrier et avertirez qu'on le tienne à ma disposition.

C'était le mois prochain qu'ils devaient s'enfuir. Elle partirait d'Yonville comme pour aller faire des commissions à Rouen. Rodolphe aurait retenu les places, pris des passeports, et même écrit à Paris, afin d'avoir la malle entière jusqu'à Marseille, où ils achèteraient une calèche et, de là, continueraient sans s'arrêter, par la route de Gênes. Elle aurait eu soin d'envoyer chez Lheureux son bagage, qui serait directement porté à *l'Hirondelle*, de manière que personne ainsi n'aurait de soupçons ; et, dans tout cela, jamais il n'était question de son enfant. Rodolphe évitait d'en parler ; peut-être qu'elle n'y pensait pas.

Il voulut avoir encore deux semaines devant lui, pour terminer quelques dispositions ; puis, au bout de huit jours, il en demanda quinze autres ; puis il se dit malade ; ensuite il fit un voyage ; le mois d'août se passa, et, après tous ces retards, ils arrêtèrent que ce serait irrévocablement pour le 4 septembre, un lundi.

Enfin le samedi, l'avant-veille, arriva.

Rodolphe vint le soir, plus tôt que de coutume.

— Tout est-il prêt ? lui demanda-t-elle.

— Oui.

Alors ils firent le tour d'une plate-bande, et allèrent s'asseoir près de la terrasse, sur la margelle du mur.

— Que tu es charmante ! dit-il en la saisissant dans ses bras.

— Vrai ? fit-elle avec un rire de volupté. M'aimes-tu ? Jure-le donc !

— Si je t'aime ! si je t'aime ! mais je t'adore, mon amour !

La nuit douce s'étalait autour d'eux ; des nappes d'ombre emplissaient les feuillages. Emma, les yeux à demi clos, aspirait avec de grands soupirs le vent frais qui soufflait. Ils ne se parlaient pas, trop perdus qu'ils étaient dans l'envahissement de leur rêverie. La tendresse des anciens jours leur revenait au cœur.

— Ah ! la belle nuit ! dit Rodolphe.

— Nous en aurons d'autres ! reprit Emma.

Et, comme se parlant à elle-même :

— Oui, il fera bon voyager... Pourquoi ai-je le cœur triste, cependant ? Est-ce l'appréhension de l'inconnu..., l'effet des habitudes quittées..., ou plutôt... ? Non, c'est l'excès du bonheur ! Que je suis faible, n'est-ce pas ? Pardonne-moi !

— Il est encore temps ! s'écria-t-il. Réfléchis, tu t'en repentiras peut-être.

— Jamais ! fit-elle impétueusement.

Et, en se rapprochant de lui :

— Quel malheur donc peut-il me survenir ? Il n'y a pas de désert, pas de précipice ni d'océan que je ne traverserais avec toi. Nous n'aurons rien qui nous trouble, pas de soucis, nul obstacle ! Nous serons seuls, tout à nous, éternellement... Parle donc, réponds-moi.

Il répondait à intervalles réguliers : « Oui... oui !... » Elle lui avait passé les mains dans ses cheveux, et elle répétait d'une voix enfantine, malgré de grosses larmes qui coulaient :

— Rodolphe ! Rodolphe !... Ah ! Rodolphe, cher petit Rodolphe !

Minuit sonna.

— Minuit ! dit-elle. Allons, c'est demain ! encore un jour !

Il se leva pour partir ; et, comme si ce geste qu'il faisait eût été le signal de leur fuite, Emma, tout à coup, prenant un air gai :

— Tu as les passeports ?

— Oui.

— Tu n'oublies rien ?

— Non.

— Tu en es sûr ?

— Certainement.

— C'est à l'hôtel *de Provence*, n'est-ce pas, que tu m'attendras ?... à midi ?

Il fit un signe de tête.

— À demain, donc ! dit Emma dans une dernière caresse.

Et elle le regarda s'éloigner.

Il ne se détournait pas. Elle courut après lui, et, se penchant au bord de l'eau entre des broussailles :

— À demain ! s'écria-t-elle.

Il était déjà de l'autre côté de la rivière et marchait vite dans la prairie.

Au bout de quelques minutes, Rodolphe s'arrêta ; et, quand il la vit avec son vêtement blanc peu à peu s'évanouir dans l'ombre comme un fantôme, il fut pris d'un tel battement de cœur, qu'il s'appuya contre un arbre pour ne pas tomber.

— Quel imbécile je suis ! fit-il en jurant épouvantablement. N'importe, c'était une jolie maîtresse !

Et, aussitôt, la beauté d'Emma, avec tous les plaisirs de cet amour, lui réapparurent. D'abord il s'attendrit, puis il se révolta contre elle.

— Car enfin, exclamait-il en gesticulant, je ne peux pas m'expatrier, avoir la charge d'une enfant.

Il se disait ces choses pour s'affermir davantage.

— Et, d'ailleurs, les embarras, la dépense... Ah ! non, non, mille fois non ! cela eût été trop bête !

13

À peine arrivé chez lui, Rodolphe s'assit brusquement à son bureau, sous la tête de cerf [dear head] faisant trophée contre la muraille. Mais, quand il eut la plume entre les doigts, il ne sut rien trouver, si bien que, s'appuyant sur les deux coudes, il se mit à réfléchir. Emma lui semblait être reculée dans un passé lointain, comme si la résolution qu'il avait prise venait de placer entre eux, tout à coup, un immense intervalle.

Afin de ressaisir quelque chose d'elle, il alla chercher dans l'armoire, au chevet de son lit, une vieille boîte à biscuits de Reims où il enfermait d'habitude ses lettres de femmes, et il s'en échappa une odeur de poussière humide et de roses flétries. D'abord il aperçut un mouchoir de poche, couvert de gouttelettes pâles. C'était un mouchoir à elle, une fois qu'elle avait saigné du nez, en promenade ; il ne s'en souvenait plus. Il y avait auprès, la miniature donnée par Emma ; sa toilette lui parut prétentieuse et son regard du plus pitoyable effet ; puis, à force de considérer cette image et d'évoquer le souvenir du modèle, les traits d'Emma peu à peu se confondirent en sa mémoire, comme si la figure vivante et la figure peinte, se frottant l'une contre l'autre, se fussent réciproquement effacées. Enfin, il lut de ses lettres ; elles étaient pleines d'explications relatives à leur voyage, courtes, techniques et pressantes comme des billets d'affaires. Il voulut revoir les longues, celles d'autrefois ; pour les trouver au fond de la boîte, Rodolphe dérangea toutes les autres ; et machinalement il se mit à fouiller dans ce tas de papiers et de choses, y retrouvant pêle-mêle des bouquets, une jarretière, un masque noir, des épingles et des cheveux – des cheveux ! de bruns, de blonds ; quelques-uns même, s'accrochant à la ferrure de la boîte, se cassaient quand on l'ouvrait.

Ainsi flânant parmi ses souvenirs, il examinait les écritures et le style des lettres, aussi variés que leurs orthographes. Elles étaient tendres ou joviales, facétieuses, mélancoliques ; il y en avait qui demandaient de l'amour et d'autres qui demandaient de l'argent. À propos d'un mot, il se rappelait des visages, de certains gestes, un son de voix ; quelquefois pourtant il ne se rappelait rien.

— Allons, se dit-il, commençons !

Il écrivit :

« Du courage, Emma ! du courage ! Je ne veux pas faire le malheur de votre existence… »

« Avez-vous mûrement pesé votre détermination ? Savez-vous l'abîme où je vous entraînais, pauvre ange ? Non, n'est-ce pas ? Vous alliez confiante et folle, croyant au bonheur, à l'avenir… Ah ! malheureux que nous sommes ! insensés ! »

Il réfléchit, puis ajouta :

« Je ne vous oublierai pas, croyez-le bien, et j'aurai continuellement pour vous un dévouement profond ; mais, un jour, tôt ou tard, cette ardeur (c'est là le sort des choses humaines) se fût diminuée, sans doute ! Oubliez-moi ! Pourquoi faut-il que je vous aie connue ? Pourquoi étiez-vous si belle ? Est-ce ma faute ? Ô mon Dieu ! non, non, n'en accusez que la fatalité ! »

— Voilà un mot qui fait toujours de l'effet, se dit-il.

« Le monde est cruel, Emma. Partout où nous eussions été, il nous aurait poursuivis. Il vous aurait fallu subir les questions indiscrètes, la calomnie, le dédain, l'outrage peut-être. L'outrage à vous ! Oh !... Et moi qui voudrais vous faire asseoir sur un trône ! moi qui emporte votre pensée comme un talisman ! Car je me punis par l'exil de tout le mal que je vous ai fait. Je pars. Où ? Je n'en sais rien, je suis fou ! Adieu ! Soyez toujours bonne ! Conservez le souvenir du malheureux qui vous a perdue. Apprenez mon nom à votre enfant, qu'il le redise dans ses prières. »

— Il me semble que c'est tout. Ah ! encore ceci, de peur qu'elle ne vienne *à me relancer* :

« Je serai loin quand vous lirez ces tristes lignes ; car j'ai voulu m'enfuir au plus vite afin d'éviter la tentation de vous revoir. Pas de faiblesse ! Je reviendrai ; et peut-être que, plus tard, nous causerons ensemble très froidement de nos anciennes amours. Adieu ! »

Et il y avait un dernier adieu, séparé en deux mots *À Dieu !* ce qu'il jugeait d'un excellent goût.

— Comment vais-je signer, maintenant ? se dit-il. Votre tout dévoué ?... Non. Votre ami ?... Oui, c'est cela.

« VOTRE AMI »

Il relut sa lettre. Elle lui parut bonne.

Après quoi, il fuma trois pipes et s'alla coucher.

Le lendemain, quand il fut debout (vers deux heures environ, il avait dormi tard), Rodolphe se fit cueillir une corbeille d'abricots. Il disposa la lettre dans le fond, sous des feuilles de vigne, et ordonna tout de suite à Girard, son valet de charrue, de porter cela délicatement chez madame Bovary.

187

— Si elle te demande de mes nouvelles, dit-il, tu répondras que je suis parti en voyage. Il faut remettre le panier à elle-même, en mains propres… Va, et prends garde !

Madame Bovary, quand il arriva chez elle, arrangeait avec Félicité, sur la table de la cuisine, un paquet de linge.

— Voilà, dit le valet, ce que notre maître vous envoie.

Elle fut saisie d'une appréhension, et, tout en cherchant quelque monnaie dans sa poche, elle considérait le paysan d'un œil hagard, tandis qu'il la regardait lui-même avec ébahissement, ne comprenant pas qu'un pareil cadeau pût tant émouvoir quelqu'un. Enfin il sortit. Félicité restait. Elle n'y tenait plus, elle courut dans la salle comme pour y porter les abricots, renversa le panier, arracha les feuilles, trouva la lettre, l'ouvrit, et, comme s'il y avait eu derrière elle un effroyable incendie, Emma se mit à fuir vers sa chambre, tout épouvantée.

Charles y était, elle l'aperçut ; il lui parla, elle n'entendit rien, et elle continua vivement à monter les marches, haletante, éperdue, ivre, et toujours tenant cette horrible feuille de papier, qui lui claquait dans les doigts comme une plaque de tôle. Au second étage, elle s'arrêta devant la porte du grenier, qui était fermée.

Alors elle voulut se calmer ; elle se rappela la lettre ; il fallait la finir, elle n'osait pas. D'ailleurs, où ? comment ? on la verrait.

— Ah ! non, ici, pensa-t-elle, je serai bien.

Emma poussa la porte et entra.

Les ardoises laissaient tomber d'aplomb une chaleur lourde, qui lui serrait les tempes et l'étouffait ; elle se traîna jusqu'à la mansarde close, dont elle tira le verrou, et la lumière éblouissante jaillit d'un bond.

Elle s'était appuyée contre l'embrasure de la mansarde, et elle relisait la lettre avec des ricanements de colère. Elle le revoyait, elle l'entendait, elle l'entourait de ses deux bras ;

et des battements de cœur, qui la frappaient sous la poitrine comme à grands coups de bélier, s'accéléraient l'un après l'autre, à intermittences inégales. Elle jetait les yeux tout autour d'elle avec l'envie que la terre croulât. Pourquoi n'en pas finir ? Qui la retenait donc ? Elle était libre. Et elle s'avança, elle regarda les pavés en se disant :

— Allons ! allons !

Le rayon lumineux qui montait d'en bas directement tirait vers l'abîme le poids de son corps. Elle se tenait tout au bord, presque suspendue, entourée d'un grand espace. Le bleu du ciel l'envahissait, l'air circulait dans sa tête creuse, elle n'avait qu'à céder, qu'à se laisser prendre.

— Ma femme ! ma femme ! cria Charles.

Elle s'arrêta.

— Où es-tu donc ? Arrive !

L'idée qu'elle venait d'échapper à la mort faillit la faire s'évanouir de terreur ; elle ferma les yeux ; puis elle tressaillit au contact d'une main sur sa manche : c'était Félicité.

— Monsieur vous attend, Madame ; la soupe est servie.

Et il fallut descendre ! il fallut se mettre à table !

Elle essaya de manger. Les morceaux l'étouffaient. Tout à coup, le souvenir de la lettre lui revint. L'avait-elle donc perdue ? Où la retrouver ? Puis elle était devenue lâche ; elle avait peur de Charles ; il savait tout, c'était sûr ! En effet, il prononça ces mots, singulièrement :

— Nous ne sommes pas près, à ce qu'il paraît, de voir M. Rodolphe.

— Qui te l'a dit ? fit-elle en tressaillant.

— Qui me l'a dit ? répliqua-t-il un peu surpris de ce ton brusque ; c'est Girard, que j'ai rencontré tout à l'heure à la porte du *Café Français*. Il est parti en voyage, ou il doit partir.

Elle eut un sanglot.

— Quoi donc t'étonne ? Il s'absente ainsi de temps à autre pour se distraire, et, ma foi ! je l'approuve. Quand on a de la fortune et que l'on est garçon !… Du reste, il s'amuse joliment, notre ami ! c'est un farceur, M. Langlois m'a conté…

Tout à coup, un tilbury bleu passa au grand trot sur la place. Emma poussa un cri et tomba roide par terre, à la renverse.

En effet, Rodolphe, après bien des réflexions, s'était décidé à partir pour Rouen.

Le pharmacien, au tumulte qui se faisait dans la maison, s'y précipita. La table, avec toutes les assiettes, était renversée ; de la sauce, de la viande, les couteaux, la salière et l'huilier jonchaient l'appartement ; Charles appelait au secours ; Berthe, effarée, criait ; et Félicité, dont les mains tremblaient, délaçait Madame, qui avait le long du corps des mouvements convulsifs.

— Je cours, dit l'apothicaire, chercher dans mon laboratoire, un peu de vinaigre aromatique.

Puis, comme elle rouvrait les yeux en respirant le flacon :

— J'en étais sûr, fit-il ; cela vous réveillerait un mort.

— Parle-nous ! disait Charles, parle-nous ! Remets-toi ! C'est moi, ton Charles qui t'aime ! Me reconnais-tu ? Tiens, voilà ta petite fille : embrasse-la donc !

L'enfant avançait les bras vers sa mère pour se pendre à son cou. Mais, détournant la tête, Emma dit d'une voix saccadée :

— Non, non… personne !

Elle s'évanouit encore. On la porta sur son lit.

Elle restait étendue, la bouche ouverte, les paupières fermées, les mains à plat, immobile, et blanche comme une statue de cire. Il sortait de ses yeux deux ruisseaux de larmes qui coulaient lentement sur l'oreiller.

Charles, debout, se tenait au fond de l'alcôve, et le pharmacien, près de lui, gardait ce silence méditatif qu'il est convenable d'avoir dans les occasions sérieuses de la vie.

Emma, se réveillant, s'écria :

— Et la lettre ? et la lettre ?

On crut qu'elle avait le délire ; elle l'eut à partir de minuit : une fièvre cérébrale s'était déclarée.

Pendant quarante-trois jours, Charles ne la quitta pas.

Ce qui l'effrayait le plus, c'était l'abattement d'Emma ; car elle ne parlait pas, n'entendait rien et même semblait ne point souffrir.

Vers le milieu d'octobre, elle put se tenir assise dans son lit, avec des oreillers derrière elle. Charles pleura quand il la vit manger sa première tartine de confitures. Les forces lui revinrent ; elle se levait quelques heures pendant l'après-midi, et, un jour qu'elle se sentait mieux, il essaya de lui faire faire, à son bras, un tour de promenade dans le jardin.

Ils allèrent ainsi jusqu'au fond, près de la terrasse. Elle se redressa lentement, se mit la main devant ses yeux, pour regarder ; elle regarda au loin, tout au loin ; mais il n'y avait à l'horizon que de grands feux d'herbe, qui fumaient sur les collines.

— Tu vas te fatiguer, ma chérie, dit Bovary.

Et, la poussant doucement pour la faire entrer sous la tonnelle :

— Assieds-toi donc sur ce banc : tu seras bien.

— Oh ! non, pas là, pas là ! fit-elle d'une voix défaillante.

Elle eut un étourdissement, et dès le soir, sa maladie recommença. Il lui survint des vomissements où Charles crut percevoir les premiers symptômes d'un cancer.

Et le pauvre garçon, par là-dessus, avait des inquiétudes d'argent !

14

D'abord, il ne savait comment faire pour dédommager M. Homais de tous les médicaments pris chez lui ; et, quoiqu'il eût pu, comme médecin, ne pas les payer, néanmoins il rougissait un peu de cette obligation. Puis la dépense du ménage, à présent que la cuisinière était maîtresse, devenait effrayante ; les notes pleuvaient dans la maison ; les fournisseurs murmuraient ; M. Lheureux, surtout, le harcelait. En effet, au plus fort de la maladie d'Emma, celui-ci, profitant de la circonstance pour exagérer sa facture, avait vite apporté le manteau, le sac de nuit, deux caisses au lieu d'une, quantité d'autres choses encore. Charles eut beau dire qu'il n'en avait pas besoin, le marchand répondit arrogamment qu'on lui avait commandé tous ces articles et qu'il ne les reprendrait pas. Charles ordonna par la suite de les renvoyer à son magasin ; Félicité oublia ; il avait d'autres soucis ; on n'y pensa plus ; M. Lheureux revint à la charge, et, tour à tour menaçant et gémissant, manœuvra de telle façon, que Bovary finit par souscrire un billet à six mois d'échéance. Mais à peine eut-il signé ce billet, qu'une idée audacieuse lui surgit : c'était d'emprunter mille francs à M. Lheureux. Lheureux courut à sa boutique, en rapporta les écus et dicta un autre billet, par lequel Bovary déclarait devoir payer à son ordre, le 1ᵉʳ septembre prochain, la somme de mille soixante et dix francs ; ce qui, avec les cent quatre-vingts déjà stipulés, faisait juste douze cent cinquante. Ainsi, prêtant à six pour cent, augmenté d'un quart de commission, et les fournitures lui rapportant un bon tiers pour le moins, cela devait, en douze mois, donner cent trente francs de bénéfice.

Charles se demanda plusieurs fois par quel moyen, l'année prochaine, pouvoir rembourser tant d'argent.

L'hiver fut rude. La convalescence de Madame fut longue.

Un jour qu'au plus fort de sa maladie elle s'était crue agonisante, elle avait demandé la communion. Elle voulut devenir une sainte. Elle acheta des chapelets, elle porta des amulettes ; elle souhaitait avoir dans sa chambre, au chevet de sa couche, un reliquaire enchâssé d'émeraudes, pour le baiser tous les soirs.

Le Curé s'émerveillait de ces dispositions, bien que la religion d'Emma, trouvait-il, pût, à force de ferveur, finir par friser l'hérésie et même l'extravagance.

Quant au souvenir de Rodolphe, elle l'avait descendu tout au fond de son cœur. Quand elle se mettait à genoux sur son prie-Dieu gothique, elle adressait au Seigneur les mêmes paroles de suavité qu'elle murmurait jadis à son amant, dans les épanchements de l'adultère. C'était pour faire venir la croyance ; mais aucune délectation ne descendait des cieux, et elle se relevait, les membres fatigués, avec le sentiment vague d'une immense duperie.

Alors, elle se livra à des charités excessives. Elle cousait des habits pour les pauvres ; elle envoyait du bois aux femmes en couches), et Charles, un jour en rentrant, trouva dans la cuisine trois vauriens attablés qui mangeaient un potage. Elle fit revenir à la maison sa petite fille, que son mari, durant sa maladie, avait renvoyée chez la nourrice. Elle voulut lui apprendre à lire ; Berthe avait beau pleurer, elle ne s'irritait plus.

M. Bournisien, comme autrefois, survenait tous les jours, en sortant du catéchisme. Il préférait rester dehors, à prendre l'air *au milieu du bocage*, il appelait ainsi la tonnelle. C'était l'heure où Charles rentrait. Ils avaient chaud ; on apportait du cidre doux, et ils buvaient ensemble au complet rétablissement de Madame.

Binet se trouvait là, c'est-à-dire un peu plus bas contre le mur de la terrasse, à pêcher des écrevisses. Bovary l'invitait à se rafraîchir, et il s'entendait parfaitement à déboucher les cruchons.

— Il faut, disait-il en promenant autour de lui et jusqu'aux extrémités du paysage un regard satisfait, tenir ainsi la bouteille d'aplomb sur la table, et, après que les ficelles sont coupées, pousser le liège à petit coups, doucement, doucement, comme on fait, d'ailleurs à l'eau de Seltz, dans les restaurants.

Mais le cidre, pendant sa démonstration, souvent leur jaillissait en plein visage, et alors l'ecclésiastique, avec un rire opaque, ne manquait jamais cette plaisanterie :

— Sa bonté saute aux yeux !

Il était brave homme, en effet, et même, un jour, ne fut point scandalisé du pharmacien, qui conseillait à Charles, pour distraire Madame, de la mener au théâtre de Rouen voir l'illustre ténor Lagardy.

Cette idée de spectacle germa vite dans la tête de Bovary ; car aussitôt il en fit part à sa femme, qui refusa tout d'abord, alléguant la fatigue, le dérangement, la dépense ; mais, par extraordinaire, Charles ne céda pas, tant il jugeait cette récréation lui devoir être profitable. Il n'y voyait aucun empêchement ; sa mère leur avait expédié trois cents francs sur lesquels il ne comptait plus, les dettes courantes n'avaient rien d'énorme, et l'échéance des billets à payer au sieur Lheureux était encore si longue, qu'il n'y fallait pas songer. D'ailleurs, imaginant qu'elle y mettait de la délicatesse, Charles insista davantage ; si bien qu'elle finit, à force d'obsessions, par se décider. Et, le lendemain, à huit heures, ils s'emballèrent dans *l'Hirondelle*.

La diligence descendait à l'hôtel de la *Croix rouge*, sur la place Beauvoisine. Charles immédiatement se mit en courses. Il confondit l'avant-scène avec les galeries, le *parquet* avec les loges, demanda des explications, ne les comprit pas, fut renvoyé du contrôleur au directeur, revint à l'auberge, retourna au bureau, et, plusieurs fois ainsi, arpenta toute la longueur de la ville, depuis le théâtre jusqu'au boulevard.

Madame s'acheta un chapeau, des gants, un bouquet. Monsieur craignait beaucoup de manquer le commencement ; et, sans avoir eu le temps d'avaler un bouillon, ils se présentèrent devant les portes du théâtre, qui étaient encore fermées.

15

La foule stationnait contre le mur, parquée symétriquement entre des balustrades. À l'angle des rues voisines, de gigantesques affiches répétaient en caractères baroques : « *Lucie de Lammermoor*[1]… Lagardy… Opéra…, etc. » Il faisait beau ; on avait chaud. Un peu plus bas, cependant, on était rafraîchi par un courant d'air glacial qui sentait le suif, le cuir et l'huile.

Un battement de cœur la prit dès le vestibule. Elle sourit involontairement de vanité, en voyant la foule qui se précipitait à droite par l'autre corridor, tandis qu'elle montait l'escalier des *premières*. Quand elle fut assise dans sa loge, elle se cambra la taille avec une désinvolture de duchesse.

La salle commençait à se remplir, on tirait les lorgnettes de leurs étuis, et les abonnés, s'apercevant de loin, se faisaient des salutations.

Cependant, les bougies de l'orchestre s'allumèrent ; le lustre descendit du plafond, versant, avec le rayonnement de ses facettes, une gaieté subite dans la salle ; puis les musiciens entrèrent les uns après les autres, et ce fut d'abord

1. Opéra italien.

196

un long charivari de basses ronflant, de violons grinçant, de pistons trompettant, de flûtes et de flageolets qui piaulaient. Mais on entendit trois coups sur la scène ; un roulement de timbales commença, les instruments de cuivre plaquèrent des accords, et le rideau, se levant, découvrit un paysage.

C'était le carrefour d'un bois, avec une fontaine, à gauche, ombragée par un chêne. Des paysans et des seigneurs, le plaid sur l'épaule, chantaient tous ensemble une chanson de chasse ; puis il survint un capitaine qui invoquait l'ange du mal en levant au ciel ses deux bras ; un autre parut ; ils s'en allèrent, et les chasseurs reprirent.

Elle se retrouvait dans les lectures de sa jeunesse, en plein Walter Scott. Il lui semblait entendre, à travers le brouillard, le son des cornemuses écossaises se répéter sur les bruyères. Elle se laissait aller au bercement des mélodies et se sentait elle-même vibrer de tout son être comme si les archets des violons se fussent promenés sur ses nerfs. Elle n'avait pas assez d'yeux pour contempler les costumes, les décors, les personnages. Mais une jeune femme s'avança en jetant une bourse à un écuyer vert. Elle resta seule, et alors on entendit une flûte qui faisait comme un murmure de fontaine ou comme des gazouillements d'oiseau. Lucie entama d'un air brave sa cavatine en *sol* majeur ; elle se plaignait d'amour, elle demandait des ailes. Emma, de même, aurait voulu, fuyant la vie, s'envoler dans une étreinte. Tout à coup, Edgar-Lagardy parut.

Il avait une de ces pâleurs splendides qui donnent quelque chose de la majesté des marbres aux races ardentes du Midi. Sa taille vigoureuse était prise dans un pourpoint de couleur brune ; un petit poignard ciselé lui battait sur la cuisse gauche, et il roulait des regards langoureusement en découvrant ses dents blanches.

Dès la première scène, il enthousiasma. Emma se penchait pour le voir, égratignant avec ses ongles le velours de sa loge. Elle s'emplissait le cœur de ces lamentations mélodieuses qui se traînaient à l'accompagnement des contrebasses, comme des cris de naufragés dans le tumulte d'une tempête. Elle reconnaissait tous les enivrements et les angoisses dont elle avait manqué mourir. La voix de la chanteuse ne lui semblait être que le retentissement de sa conscience. Mais personne sur la terre ne l'avait aimée d'un pareil amour. Il ne pleurait pas comme Edgar, le dernier soir, au clair de lune, lorsqu'ils se disaient : « À demain ; à demain !... » La salle craquait sous les bravos.

Le rideau se baissa.

L'odeur du gaz se mêlait aux haleines ; le vent des éventails rendait l'atmosphère plus étouffante. Emma voulut sortir ; la foule encombrait les corridors, et elle retomba dans son fauteuil avec des palpitations qui la suffoquaient. Charles, ayant peur de la voir s'évanouir, courut à la buvette lui chercher un verre d'orgeat.

Il eut grand-peine à regagner sa place, car on lui heurtait les coudes à tous les pas, à cause du verre qu'il tenait entre ses mains. Enfin, Charles arriva près de sa femme, en lui disant tout essoufflé :

— J'ai cru, ma foi, que j'y resterais ! Il y a un monde !... un monde !...

Il ajouta :

— Devine un peu qui j'ai rencontré là-haut ? M. Léon !

— Léon ?

— Lui-même ! Il va venir te présenter ses civilités.

Et, comme il achevait ces mots, l'ancien clerc d'Yonville entra dans la loge.

Il tendit sa main avec un sans-façon de gentilhomme : et madame Bovary machinalement avança la sienne, sans doute obéissant à l'attraction d'une volonté plus forte. Elle ne l'avait pas sentie depuis ce soir de printemps où il pleuvait sur les feuilles vertes, quand ils se dirent adieu, debout au bord de la fenêtre. Mais, vite, se rappelant à la convenance de la situation, elle secoua dans un effort cette torpeur de ses souvenirs et se mit à balbutier des phrases rapides.

— Ah ! bonjour… Comment ! vous voilà ?

— Silence ! cria une voix du parterre, car le troisième acte commençait.

— Vous êtes donc à Rouen ?

— Oui.

— Et depuis quand ?

— À la porte ! à la porte !

On se tournait vers eux ; ils se turent.

Mais, à partir de ce moment, elle n'écouta plus ; elle se rappelait les parties de cartes chez le pharmacien, et la promenade chez la nourrice, les lectures sous la tonnelle, les tête-à-tête au coin du feu, tout ce pauvre amour si calme et si long, si discret, si tendre, et qu'elle avait oublié cependant. Pourquoi donc revenait-il ? Il se tenait derrière elle, s'appuyant de l'épaule contre la cloison ; et, de temps à autre, elle se sentait frissonner sous le souffle tiède de ses narines qui lui descendait dans la chevelure.

— Est-ce que cela vous amuse ? dit-il en se penchant sur elle de si près, que la pointe de sa moustache lui effleura la joue.

Elle répondit nonchalamment :

— Oh ! mon Dieu, non ! pas beaucoup.

Alors il fit la proposition de sortir du théâtre, pour aller prendre des glaces quelque part.

— Ah ! pas encore ! restons ! dit Bovary. Elle a les cheveux dénoués : cela promet d'être tragique.

Mais la scène de la folie n'intéressait point Emma, et le jeu de la chanteuse lui parut exagéré.

— Elle crie trop fort, dit-elle en se tournant vers Charles, qui écoutait.

— Oui… peut-être… un peu, répliqua-t-il, indécis entre la franchise de son plaisir et le respect qu'il portait aux opinions de sa femme.

Puis Léon dit en soupirant :

— Il fait une chaleur…

— Insupportable ! c'est vrai.

— Es-tu gênée ? demanda Bovary.

— Oui, j'étouffe ; partons.

M. Léon posa délicatement sur ses épaules son long châle de dentelle, et ils allèrent tous les trois s'asseoir sur le port, en plein air, devant le vitrage d'un café.

Il fut d'abord question de sa maladie, bien qu'Emma interrompît Charles de temps à autre, par crainte, disait-elle, d'ennuyer M. Léon ; et celui-ci leur raconta qu'il venait à Rouen passer deux ans dans une forte étude, afin de se rompre aux affaires, qui étaient différentes en Normandie de celles que l'on traitait à Paris. Puis il s'informa de Berthe, de la famille Homais, de la mère Lefrançois ; et, comme ils n'avaient, en présence du mari, rien de plus à se dire, bientôt la conversation s'arrêta.

Des gens qui sortaient du spectacle passèrent sur le trottoir, tout fredonnant ou braillant à plein gosier : *Ô bel ange, ma Lucie !* Alors Léon, pour faire le dilettante, se mit à parler musique. Lagardy, malgré ses grands éclats, ne valait rien.

— Pourtant, interrompit Charles qui mordait à petits coups son sorbet au rhum, on prétend qu'au dernier acte il est admirable tout à fait ; je regrette d'être parti avant la fin, car ça commençait à m'amuser.

— Au reste, reprit le clerc, il donnera bientôt une autre représentation.

Mais Charles répondit qu'ils s'en allaient dès le lendemain.

— À moins, ajouta-t-il en se tournant vers sa femme, que tu ne veuilles rester seule, mon petit chat ?

Et, changeant de manœuvre devant cette occasion inattendue qui s'offrait à son espoir, le jeune homme entama l'éloge de Lagardy dans le morceau final. C'était quelque chose de superbe, de sublime ! Alors Charles insista :

— Tu reviendrais dimanche. Voyons, décide-toi ! tu as tort, si tu sens le moins du monde que cela te fait du bien.

Cependant les tables, alentour, se dégarnissaient ; un garçon vint discrètement se poster près d'eux ; Charles, qui comprit, tira sa bourse ; le clerc le retint par le bras, et même n'oublia point de laisser, en plus, deux pièces blanches, qu'il fit sonner contre le marbre.

— Je suis fâché, vraiment, murmura Bovary, de l'argent que vous...

L'autre eut un geste dédaigneux plein de cordialité, et, prenant son chapeau :

— C'est convenu, n'est-ce pas, demain, à six heures ?

Charles se récria encore une fois qu'il ne pouvait s'absenter plus longtemps ; mais rien n'empêchait Emma...

— C'est que…, balbutia-t-elle avec un singulier sourire, je ne sais pas trop…

— Eh bien ! tu réfléchiras, nous verrons, la nuit porte conseil…

Puis à Léon, qui les accompagnait :

— Maintenant que vous voilà dans nos contrées, vous viendrez, j'espère de temps à autre, nous demander à dîner ?

Le clerc affirma qu'il n'y manquerait pas, ayant d'ailleurs besoin de se rendre à Yonville pour une affaire de son étude. Et l'on se sépara au moment où onze heures et demie sonnaient à la cathédrale.

TROISIÈME PARTIE

1

M. Léon était le plus convenable des étudiants : il ne portait les cheveux ni trop longs ni trop courts, ne mangeait pas le 1er du mois l'argent de son trimestre, et se maintenait en de bons termes avec ses professeurs.

Souvent, lorsqu'il restait à lire dans sa chambre, ou bien assis le soir sous les tilleuls du Luxembourg, le souvenir d'Emma lui revenait. Mais, peu à peu, ce sentiment s'affaiblit.

Puis, en la revoyant après trois années d'absence, sa passion se réveilla. Il fallait, pensait-il, se résoudre enfin à la vouloir posséder. D'ailleurs, sa timidité s'était usée au contact des compagnies folâtres, et il revenait en province, méprisant tout ce qui ne frôlait pas d'un pied verni l'asphalte du boulevard. Auprès d'une Parisienne en dentelles, dans le salon de quelque docteur illustre, personnage à décorations et à voiture, le pauvre clerc, sans doute, eût tremblé comme un enfant ; mais ici, à Rouen, sur le port, devant la femme de ce petit médecin, il se sentait à l'aise, sûr d'avance qu'il éblouirait.

En quittant, la veille au soir, monsieur et madame Bovary, Léon, de loin, les avait suivis dans la rue ; puis les ayant vus s'arrêter à la *Croix rouge*, il avait tourné les talons et passé toute la nuit à méditer un plan.

Le lendemain donc, vers cinq heures, il entra dans la cuisine de l'auberge, la gorge serrée, les joues pâles, et avec cette résolution des poltrons que rien n'arrête.

— Monsieur n'y est point, répondit un domestique.

Cela lui parut de bon augure. Il monta.

Elle ne fut pas troublée à son abord ; elle lui fit, au contraire, des excuses pour avoir oublié de lui dire où ils étaient descendus.

— Oh ! je l'ai deviné, reprit Léon.

— Comment ?

Il prétendit avoir été guidé vers elle, au hasard, par un instinct. Elle se mit à sourire, et aussitôt, pour réparer sa sottise, Léon raconta qu'il avait passé sa matinée à la chercher successivement dans tous les hôtels de la ville.

— Vous vous êtes donc décidée à rester ? ajouta-t-il.

— Oui, dit-elle, et j'ai eu tort. Il ne faut pas s'accoutumer à des plaisirs impraticables, quand on a autour de soi mille exigences…

— Oh ! je m'imagine…

— Eh ! non, car vous n'êtes pas une femme, vous.

Mais les hommes avaient aussi leurs chagrins, et la conversation s'engagea par quelques réflexions philosophiques. Emma s'étendit beaucoup sur la misère des affections terrestres et l'éternel isolement où le cœur reste enseveli.

Pour se faire valoir, ou par une imitation naïve de cette mélancolie qui provoquait la sienne, le jeune homme déclara s'être ennuyé prodigieusement tout le temps de ses études. La procédure l'irritait, d'autres vocations l'attiraient, et sa mère ne cessait, dans chaque lettre, de le tourmenter. Car ils précisaient de plus en plus les motifs de leur douleur, chacun, à mesure qu'il parlait, s'exaltant un peu dans cette confidence progressive. Elle ne confessa point sa passion pour un autre ; il ne dit pas qu'il l'avait oubliée.

Les bruits de la ville arrivaient à peine jusqu'à eux ; et la chambre semblait petite, tout exprès pour resserrer davantage leur solitude. Emma, vêtue d'un peignoir, appuyait son chignon contre le dossier du vieux fauteuil ; le papier jaune de la muraille faisait comme un fond d'or derrière elle ; et sa tête nue se répétait dans la glace avec la raie blanche au milieu, et le bout de ses oreilles dépassant sous ses bandeaux.

— Mais, pardon, dit-elle, j'ai tort ! je vous ennuie avec mes éternelles plaintes !

— Non, jamais ! jamais !

— Si vous saviez, reprit-elle, en levant au plafond ses beaux yeux qui roulaient une larme, tout ce que j'avais rêvé !

— Et moi, donc ! Oh ! j'ai bien souffert ! Souvent je sortais, je m'en allais, je me traînais le long des quais, m'étourdissant au bruit de la foule sans pouvoir bannir l'obsession qui me poursuivait. Il y a sur le boulevard, chez un marchand d'estampes, une gravure italienne qui représente une Muse. Elle est drapée d'une tunique et elle regarde la lune, avec des myosotis sur sa chevelure dénouée. Quelque chose incessamment me poussait là ; j'y suis resté des heures entières.

Puis, d'une voix tremblante :

— Elle vous ressemblait un peu.

Madame Bovary détourna la tête, pour qu'il ne vît pas sur ses lèvres l'irrésistible sourire qu'elle y sentait monter.

— Souvent, reprit-il, je vous écrivais des lettres qu'ensuite je déchirais.

Elle ne répondait pas. Il continua :

— Je m'imaginais quelquefois qu'un hasard vous amènerait. J'ai cru vous reconnaître au coin des rues : et je courais après tous les fiacres où flottait à la portière un châle, un voile pareil au vôtre...

Elle semblait déterminée à le laisser parler sans l'interrompre.

Cependant, elle soupira :

— Ce qu'il y a de plus lamentable, n'est-ce pas, c'est de traîner, comme moi, une existence inutile ? si nos douleurs pouvaient servir à quelqu'un, on se consolerait dans la pensée du sacrifice !

Il se mit à vanter la vertu, le devoir et les immolations silencieuses, ayant lui-même un incroyable besoin de dévouement qu'il ne pouvait assouvir.

— J'aimerais beaucoup, dit-elle, à être une religieuse d'hôpital.

— Hélas ! répliqua-t-il, les hommes n'ont point de ces missions saintes, et je ne vois nulle part aucun métier...,
à moins peut-être que celui de médecin...

Avec un haussement léger de ses épaules, Emma l'interrompit pour se plaindre de sa maladie où elle avait manqué mourir ; quel dommage ! elle ne souffrirait plus maintenant. Léon tout de suite envia *le calme du tombeau*, et même, un soir, il avait écrit son testament en recommandant qu'on l'ensevelît dans ce beau couvre-pied, à bandes de velours, qu'il tenait d'elle ; car c'est ainsi qu'ils auraient voulu avoir été, l'un et l'autre se faisant un idéal sur lequel ils ajustaient à présent leur vie passée.

Mais à cette invention du couvre-pied :

— Pourquoi donc ? demanda-t-elle.

— Pourquoi ?

Il hésitait.

— Parce que je vous ai bien aimée !

Et, s'applaudissant d'avoir franchi la difficulté, Léon, du coin de l'œil, épia sa physionomie.

Ce fut comme le ciel, quand un coup de vent chasse les nuages. L'amas des pensées tristes qui les assombrissaient parut se retirer de ses yeux bleus ; tout son visage rayonna.

Il attendait. Enfin elle répondit :

— Je m'en étais toujours doutée…

Alors, ils se racontèrent les petits événements de cette existence lointaine, dont ils venaient de résumer, par un seul mot, les plaisirs et les mélancolies.

— Et nos pauvres cactus, où sont-ils ?

— Le froid les a tués cet hiver.

— Ah ! que j'ai pensé à eux, savez-vous ? Souvent je les revoyais comme autrefois, quand, par les matins d'été, le soleil frappait sur les jalousies… et j'apercevais vos deux bras nus qui passaient entre les fleurs.

— Pauvre ami ! fit-elle en lui tendant la main.

Léon, bien vite, y colla ses lèvres. Puis, quand il eut largement respiré :

— Vous étiez, dans ce temps-là, pour moi, je ne sais quelle force incompréhensible qui captivait ma vie. Une fois, par exemple, je suis venu chez vous ; mais vous ne vous en souvenez pas, sans doute ?

— Si, dit-elle. Continuez.

— Vous étiez en bas, dans l'antichambre, prête à sortir, sur la dernière marche ; – vous aviez même un chapeau à petites fleurs bleues ; et, sans nulle invitation de votre part, malgré moi, je vous ai accompagnée. À chaque minute, cependant, j'avais de plus en plus conscience de ma sottise, et je continuais à marcher près de vous, n'osant vous suivre tout à fait, et ne voulant pas vous quitter. Quand vous entriez dans une boutique, je restais dans la rue, je vous regardais par le carreau défaire vos gants et compter la monnaie sur le comptoir. Ensuite vous avez sonné chez madame Tuvache, on vous a ouvert, et je suis resté comme un idiot devant la grande porte lourde, qui était retombée sur vous.

Madame Bovary, en l'écoutant, s'étonnait d'être si vieille ; toutes ces choses qui réapparaissaient lui semblaient élargir son existence ; cela faisait comme des immensités sentimentales où elle se reportait ; et elle disait de temps à autre, à voix basse et les paupières à demi fermées :

— Oui, c'est vrai !… c'est vrai !… c'est vrai…

Ils entendirent huit heures sonner aux différentes horloges du quartier Beauvoisine. Ils ne se parlaient plus ; mais ils sentaient, en se regardant, un bruissement dans leurs têtes, comme si quelque chose de sonore se fût réciproquement échappé de leurs prunelles fixes. Ils venaient de se joindre les mains ; et le passé, l'avenir, les réminiscences et les rêves, tout se trouvait confondu dans la douceur de cette extase. Par la fenêtre à guillotine, on voyait un coin de ciel noir, entre des toits pointus.

Elle se leva pour allumer deux bougies sur la commode, puis elle vint se rasseoir.

— Eh bien… fit Léon.

— Eh bien ?… répondit-elle.

Et il cherchait comment renouer le dialogue interrompu, quand elle lui dit :

— D'où vient que personne, jusqu'à présent, ne m'a jamais exprimé des sentiments pareils ?

Le clerc se récria que les natures idéales étaient difficiles à comprendre. Lui, du premier coup d'œil, il l'avait aimée ; et il se désespérait en pensant au bonheur qu'ils auraient eu si, par une grâce du hasard, se rencontrant plus tôt, ils se fussent attachés l'un à l'autre d'une manière indissoluble.

— J'y ai songé quelquefois, reprit-elle.

— Quel rêve ! murmura Léon.

Et, maniant délicatement le liséré bleu de sa longue ceinture blanche, il ajouta :

— Qui nous empêche donc de recommencer ?...

— Non, mon ami, répondit-elle. Je suis trop vieille... vous êtes trop jeune..., oubliez-moi ! D'autres vous aimeront..., vous les aimerez.

— Pas comme vous ! s'écria-t-il.

— Enfant que vous êtes ! Allons, soyons sages ! je le veux !

— Ah ! pardon, dit-il en se reculant.

Et Emma fut prise d'un vague effroi, devant cette timidité, plus dangereuse pour elle que la hardiesse de Rodolphe quand il s'avançait les bras ouverts. Jamais aucun homme ne lui avait paru si beau. Une exquise candeur s'échappait de son maintien. Il baissait ses longs cils fins qui se recourbaient. Sa joue à l'épiderme suave rougissait – pensait-elle – du désir de sa personne, et Emma sentait une invincible envie d'y porter ses lèvres. Alors se penchant vers la pendule comme pour regarder l'heure :

— Qu'il est tard, mon Dieu ! dit-elle ; que nous bavardons !

Il comprit l'allusion et chercha son chapeau.

— J'en ai même oublié le spectacle ! Ce pauvre Bovary qui m'avait laissée tout exprès ! M. Lormaux, de la rue Grand-Pont, devait m'y conduire avec sa femme.

Et l'occasion était perdue, car elle partait dès le lendemain.

— Vrai ? fit Léon.

— Oui.

— Il faut pourtant que je vous voie encore, reprit-il, j'avais à vous dire…

— Quoi ?

— Une chose… grave, sérieuse. Eh ! non, d'ailleurs, vous ne partirez pas, c'est impossible ! Si vous saviez… Écoutez-moi… Vous ne m'avez donc pas compris ? vous n'avez donc pas deviné ?…

— Cependant vous parlez bien, dit Emma.

— Ah ! des plaisanteries ! Assez, assez ! Faites, par pitié, que je vous revoie…, une fois…, une seule.

— Eh bien !…

Elle s'arrêta ; puis, comme se ravisant :

— Oh ! pas ici !

— Où vous voudrez.

— Voulez-vous…

Elle parut réfléchir, et, d'un ton bref :

— Demain, à onze heures, dans la cathédrale.

— J'y serai ! s'écria-t-il en saisissant ses mains, qu'elle dégagea.

Et, comme ils se trouvaient debout tous les deux, lui placé derrière elle et Emma baissant la tête, il se pencha vers son cou et la baisa longuement à la nuque.

— Mais vous êtes fou ! Ah ! vous êtes fou ! disait-elle avec de petits rires sonores, tandis que les baisers se multipliaient.

Alors, avançant la tête par-dessus son épaule, il sembla chercher le consentement de ses yeux. Ils tombèrent sur lui, pleins d'une majesté glaciale.

Léon fit trois pas en arrière, pour sortir. Il resta sur le seuil. Puis il chuchota d'une voix tremblante :

— À demain.

Elle répondit par un signe de tête, et disparut comme un oiseau dans la pièce à côté.

Emma, le soir, écrivit au clerc une interminable lettre où elle se dégageait du rendez-vous : tout maintenant était fini, et ils ne devaient plus, pour leur bonheur, se rencontrer. Mais, quand la lettre fut close, comme elle ne savait pas l'adresse de Léon, elle se trouva fort embarrassée.

— Je la lui donnerai moi-même, se dit-elle ; il viendra.

Léon, le lendemain, fenêtre ouverte et chantonnant sur le balcon, vernit lui-même ses escarpins. Il passa un pantalon blanc, des chaussettes fines, un habit vert, répandit dans son mouchoir tout ce qu'il possédait de senteurs, puis, s'étant fait friser, se défrisa, pour donner à sa chevelure plus d'élégance naturelle.

— Il est encore trop tôt ! pensa-t-il en regardant le coucou du perruquier, qui marquait neuf heures.

Il lut un vieux journal de modes, sortit, fuma un cigare, remonta trois rues, songea qu'il était temps et se dirigea lentement vers le parvis Notre-Dame.

C'était par un beau matin d'été. Des argenteries reluisaient aux boutiques des orfèvres, et la lumière qui arrivait obliquement sur la cathédrale posait des miroitements à la cassure des pierres grises ; une compagnie d'oiseaux tourbillonnaient dans le ciel bleu, autour des clochetons à trèfles ; la place, retentissante de cris, sentait les fleurs qui bordaient son pavé, roses, jasmins, œillets, narcisses et tubéreuses, espacés inégalement par des verdures humides, de l'herbe-au-chat et du mouron pour les oiseaux ; la fontaine, au milieu, gargouillait, et sous de larges parapluies, parmi des cantaloups[1] s'étageant en pyramides, des marchandes, nu-tête, tournaient dans du papier des bouquets de violettes.

Le jeune homme en prit un. C'était la première fois qu'il achetait des fleurs pour une femme.

Cependant il avait peur d'être aperçu ; il entra résolument dans l'église.

Le Suisse, alors, se tenait sur le seuil, au milieu du portail à gauche.

Il s'avança vers Léon.

— Monsieur, sans doute, n'est pas d'ici ? Monsieur désire voir les curiosités de l'église ?

— Non, dit l'autre.

Et il fit d'abord le tour des bas-côtés. Puis il vint regarder sur la place. Emma n'arrivait pas. Il remonta jusqu'au chœur.

Léon, à pas sérieux, marchait auprès des murs. Jamais la vie ne lui avait paru si bonne. Elle allait venir tout à l'heure, charmante, agitée, épiant derrière elle les regards qui la suivaient, – et avec sa robe à volants, son lorgnon d'or, ses bottines minces, dans toute sorte d'élégances dont il n'avait pas goûté, et dans l'ineffable séduction de la vertu qui succombe. L'église, comme un boudoir gigantesque, se disposait autour d'elle ; les voûtes s'inclinaient pour recueillir dans l'ombre la confession de son amour ; les vitraux resplendissaient pour illuminer son visage, et les encensoirs allaient brûler pour qu'elle apparût comme un ange, dans la fumée des parfums.

Cependant elle ne venait pas. Il se plaça sur une chaise.

1. Melons.

Le Suisse, à l'écart, s'indignait intérieurement contre cet individu, qui se permettait d'admirer seul la cathédrale. Il lui semblait se conduire d'une façon monstrueuse, le voler en quelque sorte, et presque commettre un sacrilège.

Mais un froufrou de soie sur les dalles, la bordure d'un chapeau, un camail noir... C'était elle ! Léon se leva et courut à sa rencontre.

Emma était pâle. Elle marchait vite.

— Lisez ! dit-elle en lui tendant un papier... Oh ! non.

Et brusquement elle retira sa main, pour entrer dans la chapelle de la Vierge, où, s'agenouillant contre une chaise, elle se mit en prière.

Le jeune homme fut irrité de cette fantaisie bigote ; puis il éprouva pourtant un certain charme à la voir, au milieu du rendez-vous, ainsi perdue dans les oraisons comme une marquise andalouse ; puis il ne tarda pas à s'ennuyer, car elle n'en finissait.

Emma priait, ou plutôt s'efforçait de prier, espérant qu'il allait lui descendre du ciel quelque résolution subite.

Elle se relevait, et ils allaient partir, quand le Suisse s'approcha vivement, en disant :

— Madame, sans doute, n'est pas d'ici ? Madame désire voir les curiosités de l'église ?

— Eh non ! s'écria le clerc.

— Pourquoi pas ? reprit-elle.

Alors, afin de procéder *dans l'ordre*, le Suisse les conduisit jusqu'à l'entrée, près de la place, où, leur montrant avec sa canne un grand cercle de pavés noirs, sans inscriptions ni ciselures :

— Voilà, fit-il majestueusement, la circonférence de la belle cloche d'Amboise. Elle pesait quarante mille livres.

Il n'y avait pas sa pareille dans toute l'Europe. L'ouvrier qui l'a fondue en est mort de joie...

— Partons, dit Léon.

Le bonhomme se remit en marche ; puis, revenu à la chapelle de la Vierge, il étendit les bras dans un geste synthétique de démonstration, et, plus orgueilleux qu'un propriétaire campagnard vous montrant ses espaliers :

— Cette simple dalle recouvre Pierre de Brézé, seigneur de la Varenne et de Brissac, grand maréchal de Poitou et gouverneur de Normandie, mort à la bataille de Montlhéry, 16 juillet 1465.

Léon, se mordant les lèvres, trépignait.

— Et, à droite, ce gentilhomme tout bardé de fer, sur un cheval qui se cabre, est son petit-fils Louis de Brézé. Madame Bovary prit son lorgnon. Léon, immobile, la regardait, n'essayant même plus de dire un seul mot, de faire un seul geste, tant il se sentait découragé devant ce double parti pris de bavardage et d'indifférence.

L'éternel guide continuait :

— Près de lui, cette femme à genoux qui pleure est son épouse Diane de Poitiers, comtesse de Brézé, duchesse de Valentinois, née en 1499, morte en 1566 ; et, à gauche, celle qui porte un enfant, la sainte Vierge. Maintenant, tournez-vous de ce côté : voici les tombeaux d'Amboise. Ils ont été tous les deux cardinaux et archevêques de Rouen.

Et, sans s'arrêter, tout en parlant, il les poussa dans une chapelle encombrée par des balustrades.

Mais Léon tira vivement une pièce blanche de sa poche et saisit Emma par le bras. Le Suisse demeura tout stupéfait. Aussi, le rappelant :

— Eh ! monsieur. La flèche ! la flèche !...

— Merci, fit Léon.

— Monsieur a tort ! Elle aura quatre cent quarante pieds, neuf de moins que la grande pyramide d'Égypte. Elle est toute en fonte, elle…

Léon fuyait ; car il lui semblait que son amour, qui, depuis deux heures bientôt, s'était immobilisé dans l'église comme les pierres, allait maintenant s'évaporer tel qu'une fumée.

— Où allons-nous donc ? disait-elle.

Sans répondre, il continuait à marcher d'un pas rapide, et déjà madame Bovary trempait son doigt dans l'eau bénite, quand ils entendirent derrière eux un grand souffle haletant, entrecoupé régulièrement par le rebondissement d'une canne. Léon se détourna.

— Monsieur !

— Quoi ?

Et il reconnut le Suisse, portant sous son bras et maintenant en équilibre contre son ventre une vingtaine environ de forts volumes brochés. C'étaient les ouvrages *qui traitaient de la cathédrale.*

— Imbécile ! grommela Léon s'élançant hors de l'église.

Un gamin polissonnait sur le parvis :

— Va me chercher un fiacre !

L'enfant partit comme une balle, par la rue des Quatre-Vents ; alors ils restèrent seuls quelques minutes, face à face et un peu embarrassés.

— Ah ! Léon !… Vraiment… je ne sais… si je dois… ! Elle minaudait. Puis, d'un air sérieux :

— C'est très inconvenant, savez-vous ?

— En quoi ? répliqua le clerc. Cela se fait à Paris !

Et cette parole, comme un irrésistible argument, la détermina.

Cependant le fiacre n'arrivait pas. Léon avait peur qu'elle ne rentrât dans l'église. Enfin le fiacre parut.

— Où Monsieur va-t-il ? demanda le cocher.

— Où vous voudrez ! dit Léon poussant Emma dans la voiture.

Et la lourde machine se mit en route.

Alors, sans parti pris ni direction, au hasard, elle vagabonda. De temps à autre, le cocher sur son siège jetait aux cabarets des regards désespérés. Il ne comprenait pas quelle fureur de la locomotion poussait ces individus à ne vouloir point s'arrêter. Il essayait quelquefois, et aussitôt il entendait derrière lui partir des exclamations de colère. Alors il cinglait de plus belle ses deux rosses tout en sueur, mais sans prendre garde aux cahots, accrochant par-ci par-là, ne s'en souciant, démoralisé, et presque pleurant de soif, de fatigue et de tristesse.

Et sur le port, au milieu des camions et des barriques, et dans les rues, au coin des bornes, les bourgeois ouvraient de grands yeux ébahis devant cette chose si extraordinaire en province, une voiture à stores tendus, et qui apparaissait ainsi continuellement, plus close qu'un tombeau et ballottée comme un navire.

Une fois, au milieu du jour, en pleine campagne, au moment où le soleil dardait le plus fort contre les vieilles lanternes argentées, une main nue passa sous les petits rideaux de toile jaune et jeta des déchirures de papier, qui se dispersèrent au vent et s'abattirent plus loin, comme des papillons blancs, sur un champ de trèfles rouges tout en fleur.

Puis, vers six heures, la voiture s'arrêta dans une ruelle du quartier Beauvoisine, et une femme en descendit qui marchait le voile baissé, sans détourner la tête.

2

En arrivant à l'auberge, madame Bovary fut étonnée de ne pas apercevoir la diligence. Hivert, qui l'avait attendue cinquante-trois minutes, avait fini par s'en aller.

Rien pourtant ne la forçait à partir ; mais elle avait donné sa parole qu'elle reviendrait le soir même. D'ailleurs, Charles l'attendait ; et déjà elle se sentait au cœur cette lâche docilité qui est, pour bien des femmes, comme le châtiment tout à la fois et la rançon de l'adultère.

Vivement elle fit sa malle, paya la note, prit dans la cour un cabriolet, et, pressant le palefrenier, l'encourageant, s'informant à toute minute de l'heure et des kilomètres parcourus, parvint à rattraper *l'Hirondelle* vers les premières maisons de Quincampoix.

À peine assise dans son coin, elle ferma les yeux et les rouvrit au bas de la côte, où elle reconnut de loin Félicité, qui se tenait devant la maison du maréchal[1]. Hivert retint ses chevaux, et la cuisinière, se haussant jusqu'au vasistas, dit mystérieusement :

— Madame il faut que vous alliez tout de suite chez M. Homais. C'est pour quelque chose de pressé.

1. Maréchal-ferrant.

Le village était silencieux comme d'habitude. Au coin des rues, il y avait de petits tas roses qui fumaient à l'air, car c'était le moment des confitures, et tout le monde à Yonville confectionnait sa provision le même jour. Mais on admirait devant la boutique du pharmacien, un tas beaucoup plus large.

Elle entra. Le grand fauteuil était renversé, et même *le Fanal de Rouen* gisait par terre, étendu entre les deux pilons. Elle poussa la porte du couloir ; et, au milieu de la cuisine, parmi les jarres brunes pleines de groseilles égrenées, du sucre râpé, du sucre en morceaux, des balances sur la table, des bassines sur le feu, elle aperçut tous les Homais, grands et petits, avec des tabliers qui leur montaient jusqu'au menton et tenant des fourchettes à la main. Justin, debout, baissait la tête, et le pharmacien criait :

— Qui t'avait dit de l'aller chercher dans le capharnaüm[2] ?

— Qu'est-ce donc ? qu'y a-t-il ?

— Ce qu'il y a ? répondit l'apothicaire. On fait des confitures : elles cuisent ; mais elles allaient déborder à cause du bouillon trop fort, et je commande une autre bassine. Alors, lui, par mollesse, par paresse, a été prendre, suspendue à son clou dans mon laboratoire, la clef du capharnaüm !

L'apothicaire appelait ainsi un cabinet, sous les toits, plein des ustensiles et des marchandises de sa profession. Personne au monde n'y mettait les pieds ; et il le respectait si fort, qu'il le balayait lui-même. Enfin, si la pharmacie, ouverte à tout venant, était l'endroit où il étalait son orgueil, le capharnaüm était le refuge où, se concentrant égoïstement, Homais se délectait dans l'exercice de ses prédilections ; aussi l'étourderie de Justin lui paraissait-

2. Débarras.

220

elle monstrueuse d'irrévérence ; et, plus rubicond que les groseilles, il répétait :

— Oui, du capharnaüm ! Avoir été prendre une bassine de réserve ! une bassine à couvercle ! et dont jamais peut-être je ne me servirai ! Mais que diable ! il faut établir des distinctions et ne pas employer à des usages presque domestiques ce qui est destiné pour les pharmaceutiques ! C'est comme si on découpait une poularde avec un scalpel, comme si un magistrat…

— Mais calme-toi ! disait madame Homais.

— Non, laissez-moi ! reprenait l'apothicaire, laissez-moi ! fichtre ! Allons, va ! ne respecte rien ! casse ! brise !

— Vous aviez pourtant…, dit Emma.

— Tout à l'heure ! – Sais-tu à quoi tu t'exposais ?… N'as-tu rien vu, dans le coin, à gauche, sur la troisième tablette ? Parle, réponds, articule quelque chose !

— Je ne… sais pas, balbutia le jeune garçon.

— Ah ! tu ne sais pas ! Eh bien, je sais, moi ! Tu as vu une bouteille, en verre bleu, cachetée avec de la cire jaune, qui contient une poudre blanche, sur laquelle même j'avais écrit : *Dangereux !* et sais-tu ce qu'il y avait dedans ? De l'arsenic ! et tu vas toucher à cela ! prendre une bassine qui est à côté !

— À côté ! s'écria madame Homais en joignant les mains. De l'arsenic ? Tu pouvais nous empoisonner tous !

— Ou bien empoisonner un malade ! continuait l'apothicaire. Tu voulais donc que j'allasse sur le banc des criminels en cour d'assises ? me voir traîner à l'échafaud ?

Emma ne songeait plus à demander ce qu'on lui voulait, et le pharmacien poursuivait en phrases haletantes :

— Voilà comme tu reconnais les bontés qu'on a pour toi ! voilà comme tu me récompenses des soins tout paternels que je te prodigue ! Car, sans moi, où serais-tu ? que ferais-tu ?

Mais Emma, se tournant vers madame Homais :

— On m'avait fait venir...

— Ah ! mon Dieu ! interrompit d'un air triste la bonne dame, comment vous dirai-je bien ?... C'est un malheur !

Elle n'acheva pas. L'apothicaire tonnait :

— Vide-la ! écure-la ! reporte-la ! dépêche-toi donc !

— Mais enfin, monsieur, fit Emma, vous aviez à me dire... ?

— C'est vrai, madame... Votre beau-père est mort !

En effet, le sieur Bovary père venait de décéder l'avant-veille, tout à coup, d'une attaque d'apoplexie, au sortir de table ; et, par excès de précaution pour la sensibilité d'Emma, Charles avait prié M. Homais de lui apprendre avec ménagement cette horrible nouvelle.

Il avait médité sa phrase, il l'avait arrondie, polie, rythmée ; c'était un chef-d'œuvre de prudence et de transitions, de tournures fines et de délicatesse ; mais la colère avait emporté la rhétorique.

Emma, renonçant à avoir aucun détail, quitta donc la pharmacie ; car M. Homais avait repris le cours de ses vitupérations.

Au coup de marteau d'Emma[3], Charles, qui l'attendait, s'avança les bras ouverts et lui dit avec des larmes dans la voix :

— Ah ! ma chère amie...

Et il s'inclina doucement pour l'embrasser. Mais, au contact de ses lèvres, le souvenir de l'autre la saisit, et elle se passa la main sur son visage en frissonnant.

3. Le marteau de la porte.

Cependant elle répondit :

— Oui, je sais…, je sais…

Il lui montra la lettre où sa mère narrait l'événement, sans aucune hypocrisie sentimentale. Seulement, elle regrettait que son mari n'eût pas reçu les secours de la religion, étant mort à Doudeville, dans la rue, sur le seuil d'un café, après un repas patriotique avec d'anciens officiers.

Emma rendit la lettre ; puis, au dîner, par savoir-vivre, elle affecta quelque répugnance. Mais comme il la reforçait, elle se mit résolument à manger, tandis que Charles, en face d'elle, demeurait immobile, dans une posture accablée.

De temps à autre, relevant la tête, il lui envoyait un long regard tout plein de détresse. Une fois il soupira :

— J'aurais voulu le revoir encore !

Elle se taisait. Enfin, comprenant qu'il fallait parler :

— Quel âge avait-il, ton père ?

— Cinquante-huit ans !

Un quart d'heure après, il ajouta :

— Ma pauvre mère ?… que va-t-elle devenir, à présent ?

Elle fit un geste d'ignorance.

À la voir si taciturne, Charles la supposait affligée et il se contraignait à ne rien dire, pour ne pas aviver cette douleur qui l'attendrissait. Cependant, secouant la sienne :

— T'es-tu bien amusée hier ? demanda-t-il.

— Oui.

Quand la nappe fut ôtée, Bovary ne se leva pas, Emma non plus ; et, à mesure qu'elle l'envisageait, la monotonie de ce spectacle bannissait peu à peu tout apitoiement de son cœur. Il lui semblait chétif, faible, nul, enfin être un pauvre homme, de toutes les façons. Comment se débarrasser de lui ? Quelle interminable soirée !

Ils entendirent dans le vestibule le bruit sec d'un bâton sur les planches. C'était Hippolyte qui apportait les bagages de Madame. Pour les déposer, il décrivit péniblement un quart de cercle avec son pilon.

— Il n'y pense même plus ! se disait-elle en regardant le pauvre diable, dont la grosse chevelure rouge dégouttait de sueur.

Le lendemain, madame Bovary mère arriva. Elle et son fils pleurèrent beaucoup. Emma, sous prétexte d'ordres à donner, disparut.

Le jour d'après, il fallut aviser ensemble aux affaires de deuil. On alla s'asseoir, avec les boîtes à ouvrage, au bord de l'eau, sous la tonnelle.

Charles pensait à son père, et il s'étonnait de sentir tant d'affection pour cet homme qu'il avait cru jusqu'alors n'aimer que très médiocrement. Madame Bovary mère pensait à son mari. Les pires jours d'autrefois lui réapparaissaient enviables. Emma pensait qu'il y avait quarante-huit heures à peine, ils étaient ensemble, loin du monde, tout en ivresse, et n'ayant pas assez d'yeux pour se contempler. Elle tâchait de ressaisir les plus imperceptibles détails de cette journée disparue. Mais la présence de la belle-mère et du mari la gênait. Elle aurait voulu ne rien entendre, ne rien voir, afin de ne pas déranger le recueillement de son amour qui allait se perdant, quoi qu'elle fît, sous les sensations extérieures.

Elle décousait la doublure d'une robe, dont les bribes s'éparpillaient autour d'elle ; la mère Bovary, sans lever les yeux, faisait crier ses ciseaux, et Charles, avec ses pantoufles de lisière et sa vieille redingote brune qui lui servait de robe de chambre, restait les deux mains dans ses poches et ne parlait pas non plus ; près d'eux, Berthe, en petit tablier blanc, raclait avec sa pelle le sable des allées.

Tout à coup, ils virent entrer par la barrière M. Lheureux, le marchand d'étoffes.

Il venait offrir ses services, *eu égard à la fatale circonstance*. Emma répondit qu'elle croyait pouvoir s'en passer. Le marchand ne se tint pas pour battu.

— Mille excuses, dit-il ; je désirerais avoir un entretien particulier.

Puis, d'une voix basse :

— C'est relativement à cette affaire…, vous savez ?

Charles devint cramoisi jusqu'aux oreilles.

— Ah ! oui…, effectivement.

Et, dans son trouble, se tournant vers sa femme :

— Ne pourrais-tu pas…, ma chérie… ?

Elle parut le comprendre, car elle se leva, et Charles dit à sa mère :

— Ce n'est rien ! Sans doute quelque bagatelle de ménage.

Il ne voulait point qu'elle connût l'histoire du billet, redoutant ses observations.

Dès qu'ils furent seuls, M. Lheureux se mit, en termes assez nets, à féliciter Emma sur la succession, puis à causer de choses indifférentes.

Emma le laissait parler. Elle s'ennuyait si prodigieusement depuis deux jours !

— Et vous voilà tout à fait rétablie ? continuait-il. Ma foi, j'ai vu votre pauvre mari dans de beaux états ! C'est un brave garçon, quoique nous ayons eu ensemble des difficultés.

Elle demanda lesquelles, car Charles lui avait caché la contestation des fournitures.

— Mais vous le savez bien ! fit Lheureux. C'était pour vos petites fantaisies, les boîtes de voyage.

Il avait baissé son chapeau sur ses yeux, et, les deux mains derrière le dos, souriant et sifflotant, il la regardait en face, d'une manière insupportable. Soupçonnait-il quelque chose ? Elle demeurait perdue dans toutes sortes d'appréhensions. À la fin pourtant, il reprit :

— Nous nous sommes rapatriés[4], et je venais encore lui proposer un arrangement.

C'était de renouveler le billet signé par Bovary. Monsieur, du reste, agirait à sa guise ; il ne devait point se tourmenter, maintenant surtout qu'il allait avoir une foule d'embarras.

— Et même il ferait mieux de s'en décharger sur quelqu'un, sur vous, par exemple ; avec une procuration, ce serait commode, et alors nous aurions ensemble de petites affaires…

Elle ne comprenait pas. Il se tut. Ensuite, passant à son négoce, Lheureux déclara que Madame ne pouvait se dispenser de lui prendre quelque chose. Il lui enverrait un barège noir, douze mètres, de quoi faire une robe.

— Celle que vous avez là est bonne pour la maison. Il vous en faut une autre pour les visites.

Il n'envoya point l'étoffe, il l'apporta. Puis il revint pour l'aunage[5] ; il revint sous d'autres prétextes, tâchant chaque fois, de se rendre aimable, serviable, s'inféodant, comme eût dit Homais, et toujours glissant à Emma quelques conseils sur la procuration. Il ne parlait point du billet. Elle n'y songeait pas ; Charles, au début de sa convalescence, lui en avait bien conté quelque chose ; mais tant d'agitations avaient

4. Réconciliés.
5. Métrage du tissu.

passé dans sa tête, qu'elle ne s'en souvenait plus. D'ailleurs, elle se garda d'ouvrir aucune discussion d'intérêt ; la mère Bovary en fut surprise, et attribua son changement d'humeur aux sentiments religieux qu'elle avait contractés étant malade.

Mais, dès qu'elle fut partie, Emma ne tarda pas à émerveiller Bovary par son bon sens pratique. Il allait falloir prendre des informations, vérifier les hypothèques, voir s'il y avait lieu à une licitation ou à une liquidation. Elle citait des termes techniques, au hasard, prononçait les grands mots d'ordre, d'avenir, de prévoyance, et continuellement exagérait les embarras de la succession ; si bien qu'un jour elle lui montra le modèle d'une autorisation générale pour « gérer et administrer ses affaires, faire tous emprunts, signer et endosser tous billets, payer toutes sommes, etc. ». Elle avait profité des leçons de Lheureux.

Charles, naïvement, lui demanda d'où venait ce papier.

— De M. Guillaumin.

Et, avec le plus grand sang-froid du monde, elle ajouta :

— Je ne m'y fie pas trop. Les notaires ont si mauvaise réputation ! il faudrait peut-être consulter... Nous ne connaissons que... Oh ! personne.

— À moins que Léon..., répliqua Charles, qui réfléchissait.

Mais il était difficile de s'entendre par correspondance. Alors elle s'offrit à faire ce voyage. Il la remercia. Elle insista. Ce fut un assaut de prévenances. Enfin, elle s'écria d'un ton de mutinerie factice :

— Non, je t'en prie, j'irai.

— Comme tu es bonne ! dit-il en la baisant au front.

Dès le lendemain, elle s'embarqua dans l'*Hirondelle* pour aller à Rouen consulter M. Léon ; et elle y resta trois jours.

3

Ce furent trois jours pleins, exquis, splendides, une vraie lune de miel.

Ils étaient à l'*hôtel de Boulogne*, sur le port. Et ils vivaient là, volets fermés, portes closes, avec des fleurs par terre et des sirops à la glace, qu'on leur apportait dès le matin.

Vers le soir, ils prenaient une barque couverte et allaient dîner dans une île.

Les bruits de la ville insensiblement s'éloignaient, le roulement des charrettes, le tumulte des voix, le jappement des chiens sur le pont des navires. Elle dénouait son chapeau et ils abordaient à leur île.

Ils se plaçaient dans la salle basse d'un cabaret, qui avait à sa porte des filets noirs suspendus. Ils mangeaient de la friture d'éperlans, de la crème et des cerises. Ils se couchaient sur l'herbe ; ils s'embrassaient à l'écart sous les peupliers ; et ils auraient voulu, comme deux Robinsons, vivre perpétuellement dans ce petit endroit, qui leur semblait, en leur béatitude, le plus magnifique de la terre.

À la nuit, ils repartaient. La barque suivait le bord des îles. Ils restaient au fond, tous les deux cachés par l'ombre, sans parler.

Une fois, Léon, par terre, à côté d'elle, rencontra sous sa main un ruban de soie ponceau[1].

Le batelier l'examina et finit par dire :

— Ah ! c'est peut-être à une compagnie que j'ai promenée l'autre jour. Ils sont venus un tas de farceurs, messieurs et dames, avec des gâteaux, du champagne, des cornets à pistons, tout le tremblement ! Il y en avait un surtout, un grand bel homme, à petites moustaches, qui était joliment amusant ! et ils disaient comme ça : « Allons, conte-nous quelque chose… Adolphe…, Dodolphe…, je crois. »

Elle frissonna.

— Tu souffres ? fit Léon en se rapprochant d'elle.

— Oh ! ce n'est rien. Sans doute, la fraîcheur de la nuit.

— Et qui ne doit pas manquer de femmes, non plus, ajouta doucement le vieux matelot, croyant dire une politesse à l'étranger.

Puis, crachant dans ses mains, il reprit ses avirons.

Il fallut pourtant se séparer ! Les adieux furent tristes. C'était chez la mère Rolet qu'il devait envoyer ses lettres ; et elle lui fit des recommandations si précises à propos de la double enveloppe, qu'il admira grandement son astuce amoureuse.

— Ainsi, tu m'affirmes que tout est bien ? dit-elle dans le dernier baiser.

— Oui certes ! – Mais pourquoi donc, songea-t-il après, en s'en revenant seul par les rues, tient-elle si fort à cette procuration ?

1. Rouge vif.

4

Léon, bientôt, prit devant ses camarades un air de supériorité, s'abstint de leur compagnie, et négligea complètement les dossiers.

Il attendait ses lettres ; il les relisait. Il lui écrivait. Il
l'évoquait de toute la force de son désir et de ses souvenirs. Au lieu de diminuer par l'absence, cette envie de la
revoir s'accrut, si bien qu'un samedi matin il s'échappa
de son étude.

Il alla rôder autour de sa maison. Une lumière brillait
dans la cuisine. Il guetta son ombre derrière les rideaux.
Rien ne parut.

La mère Lefrançois, en le voyant, fit de grandes exclamations, et elle le trouva « grandi et minci », tandis qu'Artémise, au contraire, le trouva « forci et bruni ».

Il dîna dans la petite salle, comme autrefois, mais seul,
sans le percepteur ; car Binet, *fatigué* d'attendre *l'Hirondelle*, avait définitivement avancé son repas d'une heure, et,
maintenant, il dînait à cinq heures juste, encore prétendait-il
le plus souvent que *la vieille patraque retardait*.

Léon pourtant se décida ; il alla frapper à la porte du
médecin. Madame était dans sa chambre, d'où elle ne

230

descendit qu'un quart d'heure après. Monsieur parut enchanté de le revoir ; mais il ne bougea de la soirée, ni de tout le jour suivant.

Il la vit seule, le soir, très tard, derrière le jardin, dans la ruelle ; – dans la ruelle, comme avec l'autre ! il faisait de l'orage, et ils causaient sous un parapluie à la lueur des éclairs.

Leur séparation devenait intolérable.

— Plutôt mourir ! disait Emma.

Elle se tordait sur son bras, tout en pleurant.

— Adieu !... adieu !... Quand te reverrai-je ?

Ils revinrent sur leurs pas pour s'embrasser encore ; et ce fut là qu'elle lui fit la promesse de trouver bientôt, par n'importe quel moyen, l'occasion permanente de se voir en liberté, au moins une fois la semaine. Emma n'en doutait pas. Elle était, d'ailleurs, pleine d'espoir. Il allait lui venir de l'argent.

Aussi, elle acheta pour sa chambre une paire de rideaux jaunes à larges raies, dont M. Lheureux lui avait vanté le bon marché ; elle rêva un tapis, et Lheureux, affirmant « que ce n'était pas la mer à boire », s'engagea poliment à lui en fournir un. Elle ne pouvait plus se passer de ses services. Vingt fois dans la journée elle l'envoyait chercher, et aussitôt il plantait là ses affaires, sans se permettre un murmure. On ne comprenait point davantage pourquoi la mère Rolet déjeunait chez elle tous les jours, et même lui faisait des visites en particulier.

Ce fut vers cette époque, c'est-à-dire vers le commencement de l'hiver, qu'elle parut prise d'une grande ardeur musicale.

Un soir que Charles l'écoutait, elle recommença quatre fois de suite le même morceau, et toujours en se dépitant, tandis que, sans y remarquer de différence, il s'écriait :

— Bravo !…, très bien !… Tu as tort ! va donc !

— Eh non ! c'est exécrable ! j'ai les doigts rouillés.

Le lendemain, il la pria *de lui jouer encore quelque chose*.

— Soit, pour te faire plaisir !

Et Charles avoua qu'elle avait un peu perdu. Elle se trompait de portée, barbouillait ; puis, s'arrêtant court :

— Ah ! c'est fini ! il faudrait que je prisse des leçons ; mais…

Elle se mordit les lèvres et ajouta :

— Vingt francs par cachet, c'est trop cher !

— Oui, en effet…, un peu…, dit Charles tout en ricanant niaisement. Pourtant, il me semble que l'on pourrait peut-être à moins ; car il y a des artistes sans réputation qui souvent valent mieux que les célébrités.

— Cherche-les, dit Emma.

Le lendemain, en rentrant, il la contempla d'un œil finaud, et ne put à la fin retenir cette phrase :

— Quel entêtement tu as quelquefois ! J'ai été à Barfeu-chères aujourd'hui. Eh bien, madame Liégeard m'a certifié que ses trois demoiselles, qui sont à la Miséricorde, pre-naient des leçons moyennant cinquante sous la séance, et d'une fameuse maîtresse encore !

Elle haussa les épaules, et ne rouvrit plus son instrument.

Mais, lorsqu'elle passait auprès (si Bovary se trouvait là), elle soupirait :

— Ah ! mon pauvre piano !

Et quand on venait la voir, elle ne manquait pas de vous apprendre qu'elle avait abandonné la musique et ne pouvait maintenant s'y remettre, pour des raisons majeures. Alors on la plaignait. C'était dommage ! elle qui avait un si beau talent ! On en parla même à Bovary. On lui faisait honte, et surtout le pharmacien :

— Vous avez tort ! Il ne faut jamais laisser en friche les facultés de la nature. D'ailleurs, songez, mon bon ami, qu'en engageant Madame à étudier, vous économisez pour plus tard sur l'éducation musicale de votre enfant !

Charles revint donc encore une fois sur cette question du piano. Emma répondit avec aigreur qu'il valait mieux le vendre. Ce pauvre piano, qui lui avait causé tant de va-niteuses satisfactions, le voir s'en aller, c'était pour Bovary comme l'indéfinissable suicide d'une partie d'elle-même !

— Si tu voulais…, disait-il, de temps à autre, une leçon, cela ne serait pas, après tout, extrêmement ruineux.

— Mais les leçons, répliquait-elle, ne sont profitables que suivies.

Et voilà comme elle s'y prit pour obtenir de son époux la permission d'aller à la ville, une fois la semaine, voir son amant. On trouva même, au bout d'un mois, qu'elle avait fait des progrès considérables.

5

C'était le jeudi. Elle se levait, et elle s'habillait silencieusement pour ne point éveiller Charles.

Quand la pendule marquait sept heures et un quart, elle s'en allait au *Lion d'or*, dont Artémise, en bâillant, venait lui ouvrir la porte. Celle-ci déterrait pour Madame les charbons enfouis sous les cendres. Emma restait seule dans la cuisine. De temps à autre, elle sortait. Hivert attelait sans se dépêcher, et en écoutant d'ailleurs la mère Lefrançois, qui, passant par un guichet sa tête en bonnet de coton, le chargeait de commissions et lui donnait des explications à troubler un tout autre homme. Emma battait la semelle de ses bottines contre les pavés de la cour.

Enfin, lorsqu'il avait mangé sa soupe, allumé sa pipe et empoigné son fouet, il s'installait tranquillement sur le siège.

L'Hirondelle partait au petit trot, et, durant trois quarts de lieue, s'arrêtait de place en place pour prendre des voyageurs, qui la guettaient debout, au bord du chemin, devant la barrière des cours.

Enfin, les maisons de briques se rapprochaient, la terre résonnait sous les roues. Puis, d'un seul coup d'œil, la ville apparaissait.

Descendant tout en amphithéâtre et noyée dans le brouillard, elle s'élargissait au-delà des ponts ; confusément. Ainsi vu d'en haut, le paysage tout entier avait l'air immobile comme une peinture ; les navires à l'ancre se tassaient dans un coin ; le fleuve arrondissait sa courbe au pied des collines vertes, et les îles, de forme oblongue, semblaient sur l'eau de grands poissons noirs arrêtés. Les cheminées des usines poussaient d'immenses panaches bruns qui s'envolaient par le bout. On entendait le ronflement des fonderies avec le carillon clair des églises qui se dressaient dans la brume. Les arbres des boulevards, sans feuilles, faisaient des broussailles violettes au milieu des maisons, et les toits, tout reluisants de pluie, miroitaient inégalement, selon la hauteur des quartiers.

Quelque chose de vertigineux se dégageait pour elle de ces existences amassées, et son cœur s'en gonflait abondamment. Son amour s'agrandissait devant l'espace, et s'emplissait de tumulte aux bourdonnements vagues qui montaient. Elle se penchait des deux mains par le vasistas, en humant la brise ; les trois chevaux galopaient, les pierres grinçaient dans la boue, la diligence se balançait.

On s'arrêtait à la barrière ; Emma débouclait ses socques[1], mettait d'autres gants, rajustait son châle, et, vingt pas plus loin, elle sortait de *l'Hirondelle*.

La ville alors s'éveillait. Des commis, en bonnet grec, frottaient la devanture des boutiques, et des femmes qui tenaient des paniers sur la hanche poussaient par intervalles un cri sonore, au coin des rues. Elle marchait les yeux à terre frôlant les murs, et souriant de plaisir sous son voile noir baissé.

1. Sabots pour protéger les chaussures.

Par peur d'être vue, elle ne prenait pas ordinairement le chemin le plus court. Elle s'engouffrait dans les ruelles sombres, et elle arrivait tout en sueur vers le bas de la rue Nationale, près de la fontaine qui est là.

Elle tournait une rue ; elle le reconnaissait à sa chevelure frisée qui s'échappait de son chapeau.

Léon, sur le trottoir, continuait à marcher. Elle le suivait jusqu'à l'hôtel ; il montait, il ouvrait la porte, il entrait… Quelle étreinte !

Puis les paroles, après les baisers, se précipitaient. On se racontait les chagrins de la semaine, les pressentiments, les inquiétudes pour les lettres ; mais à présent tout s'oubliait, et ils se regardaient face à face, avec des rires de volupté et des appellations de tendresse.

Le tiède appartement, avec son tapis discret, ses ornements folâtres et sa lumière tranquille, semblait tout commode pour les intimités de la passion.

Comme ils aimaient cette bonne chambre pleine de gaieté, malgré sa splendeur un peu fanée ! Ils retrouvaient toujours les meubles à leur place, et parfois des épingles à cheveux qu'elle avait oubliées, l'autre jeudi, sous le socle de la pendule. Ils déjeunaient au coin du feu. Ils étaient si complètement perdus en la possession d'eux-mêmes, qu'ils se croyaient là dans leur maison particulière, et devant y vivre jusqu'à la mort, comme deux éternels jeunes époux.

Par la diversité de son humeur, tour à tour mystique ou joyeuse, babillarde, taciturne, emportée, nonchalante, elle allait rappelant en lui mille désirs, évoquant des instincts ou des réminiscences. Elle était l'amoureuse de tous les romans, l'héroïne de tous les drames, le vague *elle* de tous les volumes de vers.

Souvent, en la regardant, il lui semblait que son âme, s'échappant vers elle, se répandait comme une onde sur le contour de sa tête, et descendait entraînée dans la blancheur de sa poitrine.

Il se mettait par terre, devant elle ; et, les deux coudes sur ses genoux, il la considérait avec un sourire, et le front tendu.

Elle se penchait vers lui et murmurait, comme suffoquée d'enivrement :

— Oh ! Ne bouge pas ! ne parle pas ! regarde-moi ! il sort de tes yeux quelque chose de si doux, qui me fait tant de bien !

Elle l'appelait enfant :

— Enfant, m'aimes-tu ?

Et elle n'entendait guère sa réponse, dans la précipitation de ses lèvres qui lui montaient à la bouche.

Puis elle s'en allait ! Elle remontait les rues ; elle arrivait à la *Croix rouge ;* elle reprenait ses socques, qu'elle avait cachés le matin sous une banquette, et se tassait à sa place parmi les voyageurs impatientés. Quelques-uns descendaient au bas de la côte. Elle restait seule dans la voiture.

Elle sanglotait, appelait Léon, et lui envoyait des paroles tendres et des baisers qui se perdaient au vent.

Emma, ivre de tristesse, grelottait sous ses vêtements ; et se sentait de plus en plus froid aux pieds, avec la mort dans l'âme.

Charles, à la maison, l'attendait ; *l'Hirondelle* était toujours en retard le jeudi. Madame arrivait enfin ! à peine si elle embrassait la pctite. Le dîner n'était pas prêt, n'importe ! Elle excusait la cuisinière. Tout maintenant semblait permis à cette fille.

Souvent son mari, remarquant sa pâleur, lui demandait si elle ne se trouvait point malade.

— Non, disait Emma.

— Mais, répliquait-il, tu es toute drôle ce soir ?

— Eh ! ce n'est rien ! ce n'est rien !

Il y avait même des jours où, à peine rentrée, elle montait dans sa chambre ; et Justin, qui se trouvait là, circulait à pas muets, plus ingénieux à la servir qu'une excellente camériste. Il plaçait les allumettes, le bougeoir, un livre, disposait sa camisole, ouvrait les draps.

— Allons, disait-elle, c'est bien, va-t'en !

Car il restait debout, les mains pendantes et les yeux ouverts, comme enlacé dans les fils innombrables d'une rêverie soudaine.

La journée du lendemain était affreuse, et les suivantes étaient plus intolérables encore par l'impatience qu'avait Emma de ressaisir son bonheur, – convoitise âpre, enflammée d'images connues, et qui, le septième jour, éclatait tout à l'aise dans les caresses de Léon. Ses ardeurs, à lui, se cachaient sous des expansions d'émerveillement et de reconnaissance. Emma goûtait cet amour d'une façon discrète et absorbée, l'entretenait par tous les artifices de sa tendresse, et tremblait un peu qu'il ne se perdît plus tard.

Souvent elle lui disait, avec des douceurs de voix mélancolique :

— Ah ! tu me quitteras, toi !…, tu te marieras !… tu seras comme les autres.

Il demandait :

— Quels autres ?

— Mais les hommes, enfin, répondait-elle.

Un jour qu'ils causaient philosophiquement des désillusions terrestres, elle vint à dire (pour expérimenter sa jalousie ou cédant peut-être à un besoin d'épanchement trop fort) qu'autrefois, avant lui, elle avait aimé quelqu'un, « pas comme toi ! » reprit-elle vite, protestant sur la tête de sa fille *qu'il ne s'était rien passé.*

Le jeune homme la crut, et néanmoins la questionna pour savoir ce qu'il faisait.

— Il était capitaine de vaisseau, mon ami.

Le clerc sentit alors l'infimité de sa position ; il envia des épaulettes, des croix, des titres. Tout cela devait lui plaire : il s'en doutait à ses habitudes dispendieuses.

Cependant Emma taisait quantité de ses extravagances, telle que l'envie d'avoir, pour l'amener à Rouen, un tilbury bleu, attelé d'un cheval anglais, et conduit par un groom en bottes à revers. C'était Justin qui lui en avait inspiré le caprice, en la suppliant de le prendre chez elle comme valet de chambre ; et, si cette privation n'atténuait pas à chaque rendez-vous le plaisir de l'arrivée, elle augmentait certainement l'amertume du retour.

Souvent lorsqu'ils parlaient ensemble de Paris, elle finissait par murmurer :

— Ah ! que nous serions bien là pour vivre !

— Ne sommes-nous pas heureux ? reprenait doucement le jeune homme, en lui passant la main sur ses bandeaux.

— Oui, c'est vrai, disait-elle, je suis folle ; embrasse-moi !

Elle était pour son mari plus charmante que jamais, lui faisait des crèmes à la pistache et jouait des valses après dîner. Il se trouvait donc le plus fortuné des mortels, et Emma vivait sans inquiétude, lorsqu'un soir, tout à coup :

— C'est mademoiselle Lempereur, n'est-ce pas, qui te donne des leçons ?

— Oui.

— Eh bien, je l'ai vue tantôt, reprit Charles, chez madame Liégeard. Je lui ai parlé de toi ; elle ne te connaît pas.

Ce fut comme un coup de foudre. Cependant elle répliqua d'un air naturel :

— Ah ! Sans doute, elle aura oublié mon nom ?

— Mais il y a peut-être à Rouen, dit le médecin, plusieurs demoiselles Lempereur qui sont maîtresses de piano ?

— C'est possible !

Puis, vivement :

— J'ai pourtant ses reçus, tiens ! regarde.

Et elle alla au secrétaire, fouilla tous les tiroirs, confondit les papiers et finit si bien par perdre la tête, que Charles l'engagea fort à ne point se donner tant de mal pour ces misérables quittances.

— Oh ! je les trouverai, dit-elle.

En effet, dès le vendredi suivant, Charles, en passant une de ses bottes dans le cabinet noir où l'on serrait ses habits, sentit une feuille de papier entre le cuir et sa chaussette, il la prit et lut :

« Reçu, pour trois mois de leçons, plus diverses fournitures, la somme de soixante-cinq francs. FÉLICIE LEMPEREUR, professeur de musique. »

— Comment diable est-ce dans mes bottes ?

— Ce sera, sans doute, répondit-elle, tombé du vieux carton aux factures, qui est sur le bord de la planche.

À partir de ce moment, son existence ne fut plus qu'un assemblage de mensonges, où elle enveloppait son amour comme dans des voiles, pour le cacher.

Un matin qu'elle venait de partir, selon sa coutume, assez légèrement vêtue, il tomba de la neige tout à coup ; et comme Charles regardait le temps à la fenêtre, il aperçut M. Bournisien dans le boc du sieur Tuvache qui le conduisait à Rouen. Alors il descendit confier à l'ecclésiastique un gros châle pour qu'il le remît à Madame, sitôt qu'il arriverait *à la Croix rouge.* À peine fut-il à l'auberge que Bournisien demanda où était la femme du médecin d'Yonville. L'hôtelière répondit qu'elle fréquentait fort peu son établissement. Aussi, le soir, en reconnaissant madame Bovary dans *l'Hirondelle*, le curé lui conta son embarras, sans paraître, du reste, y attacher de l'importance ; car il entama l'éloge d'un prédicateur qui pour lors faisait merveilles à la cathédrale, et que toutes les dames couraient entendre.

N'importe s'il n'avait point demandé d'explications, d'autres plus tard pourraient se montrer moins discrets. Aussi jugea-t-elle utile de descendre chaque fois à la *Croix rouge*, de sorte que les bonnes gens de son village qui la voyaient dans l'escalier ne se doutaient de rien.

Un jour pourtant, M. Lheureux la rencontra qui sortait de l'hôtel de *Boulogne* au bras de Léon ; et elle eut peur, s'imaginant qu'il bavarderait. Il n'était pas si bête.

Mais trois jours après, il entra dans sa chambre, ferma la porte et dit :

— J'aurais besoin d'argent.

Elle déclara ne pouvoir lui en donner. Lheureux se répandit en gémissements, et rappela toutes les complaisances qu'il avait eues.

En effet, des deux billets souscrits par Charles, Emma jusqu'à présent n'en avait payé qu'un seul. Quant au second, le marchand, sur sa prière, avait consenti à le remplacer par deux autres, qui même avaient été renouvelés à une fort longue échéance. Puis il tira de sa poche une liste de fournitures non soldées, à savoir : les rideaux, le tapis, l'étoffe pour les fauteuils, plusieurs robes et divers articles de toilette, dont la valeur se montait à la somme de deux mille francs environ.

Elle baissa la tête ; il reprit :

— Mais, si vous n'avez pas d'espèces, vous avez *du bien*.

Et il indiqua une méchante masure sise à Barneville, près d'Aumale, qui ne rapportait pas grand-chose.

Cela dépendait autrefois d'une petite ferme vendue par M. Bovary père, car Lheureux savait tout, jusqu'à la contenance d'hectares, avec le nom des voisins.

— Moi, à votre place, disait-il, je me libérerais, et j'aurais encore le surplus de l'argent.

Elle objecta la difficulté d'un acquéreur ; il donna l'espoir d'en trouver ; mais elle demanda comment faire pour qu'elle pût vendre.

— N'avez-vous pas la procuration ? répondit-il.

Ce mot lui arriva comme une bouffée d'air frais.

— Laissez-moi la note, dit Emma.

— Oh ! ce n'est pas la peine ! reprit Lheureux.

Il revint la semaine suivante, et se vanta d'avoir, après force démarches, fini par découvrir un certain Langlois qui, depuis longtemps, guignait la propriété sans faire connaître son prix.

— N'importe le prix ! s'écria-t-elle.

Il fallait attendre, au contraire, tâter ce gaillard-là. La chose valait la peine d'un voyage, et, comme elle ne pouvait faire ce voyage, il offrit de se rendre sur les lieux, pour s'aboucher avec Langlois. Une fois revenu, il annonça que l'acquéreur proposait quatre mille francs.

Emma s'épanouit à cette nouvelle.

— Franchement, ajouta-t-il, c'est bien payé.

Elle toucha la moitié de la somme immédiatement, et, quand elle fut pour solder son mémoire, le marchand lui dit :

— Cela me fait de la peine, parole d'honneur, de vous voir vous dessaisir tout d'un coup d'une somme aussi *conséquente* que celle-là.

Alors, elle regarda les billets de banque ; et, rêvant au nombre illimité de rendez-vous que ces deux mille francs représentaient :

— Comment ! comment ! balbutia-t-elle.

— Oh ! reprit-il en riant d'un air bonhomme, on met tout ce que l'on veut sur les factures. Est-ce que je ne connais pas les ménages ?

Et il la considérait fixement, tout en tenant à sa main deux longs papiers qu'il faisait glisser entre ses ongles. Enfin, ouvrant son portefeuille, il étala sur la table quatre billets à ordre, de mille francs chacun.

— Signez-moi cela, dit-il, et gardez tout.

Elle se récria, scandalisée.

— Mais, si je vous donne le surplus, répondit effronté-ment M. Lheureux, n'est-ce pas vous rendre service, à vous ?

Et, prenant une plume, il écrivit au bas du mémoire :

« Reçu de madame Bovary quatre mille francs. »

— Qui vous inquiète, puisque vous toucherez dans six mois l'arriéré de votre baraque, et que je vous place l'échéance du dernier billet pour après le payement ?

Emma s'embarrassait un peu dans ses calculs. Enfin Lheureux expliqua qu'il avait un sien ami Vinçart, banquier à Rouen, lequel allait escompter ces quatre billets, puis il remettrait lui-même à Madame le surplus de la dette réelle.

Mais au lieu de deux mille francs, il n'en apporta que dix-huit cents, car l'ami Vinçart (comme *de juste*) en avait prélevé deux cents, pour frais de commission et d'escompte.

Puis il réclama négligemment une quittance.

— Vous comprenez…, dans le commerce…, quelque-fois… Et avec la date, s'il vous plaît, la date.

Un horizon de fantaisies réalisables s'ouvrit alors devant Emma. Elle eut assez de prudence pour mettre en réserve mille écus, avec quoi furent payés, lorsqu'ils échurent, les trois premiers billets ; mais le quatrième, par hasard, tomba dans la maison un jeudi, et Charles, bouleversé, attendit patiemment le retour de sa femme pour avoir des explications.

Si elle ne l'avait point instruit de ce billet, c'était afin de lui épargner des tracas domestiques ; elle s'assit sur ses genoux, le caressa, roucoula, fit une longue énumération de toutes les choses indispensables prises à crédit.

— Enfin, tu conviendras que, vu la quantité, ce n'est pas trop cher.

Charles, à bout d'idées, bientôt eut recours à l'éternel Lheureux, qui jura de calmer les choses, si Monsieur lui signait deux billets, dont l'un de sept cents francs, payable dans trois mois. Pour se mettre en mesure, il écrivit à sa mère une lettre pathétique. Au lieu d'envoyer la réponse, elle vint elle-même ; et, quand Emma voulut savoir s'il en avait tiré quelque chose :

— Oui, répondit-il. Mais elle demande à connaître la facture.

Le lendemain, au point du jour, Emma courut chez M. Lheureux le prier de refaire une autre note, qui ne dépassât point mille francs ; car pour montrer celle de quatre mille, il eût fallu dire qu'elle en avait payé les deux tiers, avouer conséquemment la vente de l'immeuble, négociation bien conduite par le marchand, et qui ne fut effectivement connue que plus tard.

Malgré le prix très bas de chaque article, madame Bovary mère ne manqua point de trouver la dépense exagérée.

Emma, renversée sur la causeuse, répliquait le plus tranquillement possible :

— Eh ! madame, assez ! assez !…

L'autre continuait à la sermonner, prédisant qu'ils finiraient à l'hôpital. D'ailleurs, c'était la faute de Bovary. Heureusement qu'il avait promis d'anéantir cette procuration…

— Comment ?

244

— Ah ! il me l'a juré, reprit la bonne femme.

Emma ouvrit la fenêtre, appela Charles, et le pauvre garçon fut contraint d'avouer la parole arrachée par sa mère.

Emma disparut, puis rentra vite en lui tendant majestueusement une grosse feuille de papier.

— Je vous remercie, dit la vieille femme.

Et elle jeta dans le feu la procuration.

Emma se mit à rire d'un rire strident, éclatant, continu : elle avait une attaque de nerfs.

— Ah ! mon Dieu ! s'écria Charles. Eh ! tu as tort aussi toi ! tu viens lui faire des scènes !...

Sa mère, en haussant les épaules, prétendait que *tout cela c'étaient des gestes*[2].

Mais Charles, pour la première fois se révoltant, prit la défense de sa femme, si bien que madame Bovary mère voulut s'en aller. Elle partit dès le lendemain, et, sur le seuil, comme il essayait à la retenir, elle répliqua :

— Non, non ! Tu l'aimes mieux que moi, et tu as raison, c'est dans l'ordre. Au reste, tant pis ! tu verras !... Bonne santé !... car je ne suis pas près, comme tu dis, de venir lui faire des scènes.

Charles n'en resta pas moins fort penaud vis-à-vis d'Emma, celle-ci ne cachant point la rancune qu'elle lui gardait pour avoir manqué de confiance ; il fallut bien des prières avant qu'elle consentît à reprendre sa procuration, et même il l'accompagna chez M. Guillaumin pour lui en faire faire une seconde, toute pareille.

Quel débordement, le jeudi d'après, à l'hôtel, dans leur chambre, avec Léon ! Elle rit, pleura, chanta, dansa, fit

2. Manières.

245

monter des sorbets, voulut fumer des cigarettes, lui parut extravagante, mais adorable, superbe.

Il ne savait pas quelle réaction de tout son être la poussait davantage à se précipiter sur les jouissances de la vie. Elle devenait irritable, gourmande, et voluptueuse ; et elle se promenait avec lui dans les rues, tête haute, sans peur, disait-elle, de se compromettre. Parfois, cependant, Emma tressaillait à l'idée soudaine de rencontrer Rodolphe ; car il lui semblait, bien qu'ils fussent séparés pour toujours, qu'elle n'était pas complètement affranchie de sa dépendance.

Un soir, elle ne rentra point à Yonville. Charles en perdait la tête, et la petite Berthe, ne voulant pas se coucher sans sa maman, sanglotait à se rompre la poitrine. Justin était parti au hasard sur la route. M. Homais en avait quitté sa pharmacie.

Enfin, à onze heures, n'y tenant plus, Charles attela son boc, sauta dedans, fouetta sa bête et arriva vers deux heures du matin à la *Croix rouge*. Personne. Il pensa que le clerc peut-être l'avait vue ; mais où demeurait-il ? Charles, heureusement, se rappela l'adresse de son patron. Il y courut.

La maison que le clerc habitait n'avait ni sonnette, ni marteau, ni portier. Charles donna de grands coups de poing contre les auvents. Un agent de police vint à passer ; alors il eut peur et s'en alla.

— Je suis fou, se disait-il ; sans doute, on l'aura retenue à dîner chez M. Lormeaux.

La famille Lormeaux n'habitait plus Rouen.

— Elle sera restée à soigner madame Dubreuil. Eh ! madame Dubreuil est morte depuis dix mois !... Où est-elle donc ?

Une idée lui vint. Il demanda, dans un café, l'*Annuaire* ; et chercha vite le nom de mademoiselle Lempereur, qui demeurait rue de la Renelle-des-Maroquiniers, n° 74.

Comme il entrait dans cette rue, Emma parut elle-même à l'autre bout ; il se jeta sur elle plutôt qu'il ne l'embrassa, en s'écriant :

— Qui t'a retenue hier ?

— J'ai été malade.

— Et de quoi ?... Où ?... Comment ?...

Elle se passa la main sur le front, et répondit :

— Chez mademoiselle Lempereur.

— J'en étais sûr ! J'y allais.

— Oh ! ce n'est pas la peine, dit Emma. Elle vient de sortir tout à l'heure ; mais, à l'avenir, tranquillise-toi. Je ne suis pas libre, tu comprends, si je sais que le moindre retard te bouleverse ainsi.

C'était une manière de permission qu'elle se donnait de ne point se gêner dans ses escapades. Aussi en profita-t-elle tout à son aise, largement. Lorsque l'envie la prenait de voir Léon, elle partait sous n'importe quel prétexte, et, comme il ne l'attendait pas ce jour-là, elle allait le chercher à son étude.

Ce fut un grand bonheur les premières fois ; mais bientôt il ne cacha plus la vérité, à savoir : que son patron se plaignait fort de ces dérangements.

— Ah ! bah ! viens donc, disait-elle.

Et il s'esquivait.

Il fallait que Léon, chaque fois, lui racontât toute sa conduite, depuis le dernier rendez-vous.

Il ne discutait pas ses idées ; il acceptait tous ses goûts ; il devenait sa maîtresse plutôt qu'elle n'était la sienne. Elle avait des paroles tendres avec des baisers qui lui emportaient l'âme. Où donc avait-elle appris cette corruption, presque immatérielle à force d'être profonde et dissimulée ?

6

Dans les voyages qu'il faisait pour la voir, Léon souvent avait dîné chez le pharmacien, et s'était cru contraint, par politesse, de l'inviter à son tour.

— Volontiers ! avait répondu M. Homais ; il faut, d'ailleurs, que je me retrempe un peu, car je m'encroûte ici. Nous irons au spectacle, au restaurant, nous ferons des folies !

— Ah bon ami ! murmura tendrement madame Homais, effrayée des périls vagues qu'il se disposait à courir.

— Eh bien, quoi ? tu trouves que je ne ruine pas assez ma santé à vivre parmi les émanations continuelles de la pharmacie !

Donc, un jeudi, Emma fut surprise de rencontrer, dans la cuisine du *Lion d'or*, M. Homais en costume de voyageur. Il n'avait confié son projet à personne, dans la crainte d'inquiéter le public par son absence.

L'idée de revoir les lieux où s'était passée sa jeunesse l'exaltait sans doute, car tout le long du chemin il n'arrêta pas de discourir, puis, à peine arrivé, il sauta vivement de la voiture pour se mettre en quête de Léon ; et le clerc eut beau se débattre, M. Homais l'entraîna vers le grand café de *Normandie*, où il entra majestueusement sans retirer son chapeau, estimant fort provincial de se découvrir dans un endroit public.

Emma attendit Léon trois quarts d'heure. Enfin elle courut à son étude, et, perdue dans toute sorte de conjectures, l'accusant d'indifférence et se reprochant à elle-même sa faiblesse, elle passa l'après-midi le front collé contre les carreaux.

Homais se délectait. Quoiqu'il se grisât de luxe encore plus que de bonne chère, le vin de Pomard, cependant, lui excitait un peu les facultés, et, lorsque apparut l'omelette au rhum, il exposa sur les femmes des théories immorales. Ce qui le séduisait par-dessus tout, c'était le *chic*.

Léon contemplait la pendule avec désespoir. L'apothicaire buvait, mangeait, parlait.

— Vous devez être, dit-il tout à coup, bien privé à Rouen. Du reste, vos amours ne logent pas loin.

Et, comme l'autre rougissait :

— Allons, soyez franc ! Nierez-vous qu'à Yonville... ?

Le jeune homme balbutia.

— Chez madame Bovary, vous ne courtisiez point... ?

— Et qui donc ?

— La bonne !

Il ne plaisantait pas ; mais, la vanité l'emportant sur toute prudence, Léon, malgré lui, se récria. D'ailleurs, il n'aimait que les femmes brunes.

— Je vous approuve, dit le pharmacien ; elles ont plus de tempérament.

Et se penchant à l'oreille de son ami, il indiqua les symptômes auxquels on reconnaissait qu'une femme avait du tempérament.

— Partons-nous ? reprit à la fin Léon s'impatientant.

— *Yes*.

Mais il voulut, avant de s'en aller, voir le maître de l'établissement et lui adressa quelques félicitations.

Alors le jeune homme, pour être seul, allégua qu'il avait affaire.

— Ah ! je vous escorte ! dit Homais.

Et, tout en descendant les rues avec lui, il parlait de sa femme, de ses enfants, de leur avenir et de sa pharmacie, racontait en quelle décadence elle était autrefois, et le point de perfection où il l'avait montée.

Arrivé devant l'hôtel de *Boulogne*, Léon le quitta brusquement, escalada l'escalier, et trouva sa maîtresse en grand émoi.

Au nom du pharmacien, elle s'emporta. Cependant, il accumulait de bonnes raisons ; ce n'était pas sa faute, ne connaissait-elle pas M. Homais ? pouvait-elle croire qu'il préférât sa compagnie ? Mais elle se détournait ; il la retint ; et, s'affaissant sur les genoux, il lui entoura la taille de ses deux bras, dans une pose langoureuse toute pleine de concupiscence et de supplication.

Elle était debout ; ses grands yeux enflammés le regardaient sérieusement et presque d'une façon terrible. Puis des larmes les obscurcirent, ses paupières roses s'abaissèrent, elle abandonna ses mains, et Léon les portait à sa bouche lorsque parut un domestique, avertissant Monsieur qu'on le demandait.

— Tu vas revenir ? dit-elle.

— Oui.

— Mais quand ?

— Tout à l'heure.

— C'est un *truc*, dit le pharmacien en apercevant Léon. J'ai voulu interrompre cette visite qui me paraissait vous contrarier. Allons chez Bridoux prendre un verre.

Léon jura qu'il lui fallait retourner à son étude.

— Qui vous empêche ? Soyez un brave ! Allons chez Bridoux ; vous verrez son chien. C'est très curieux !

Et comme le clerc s'obstinait toujours :

— J'y vais aussi. Je lirai un journal en vous attendant, ou je feuilletterai un Code.

Léon, étourdi par la colère d'Emma, le bavardage de M. Homais et peut-être les pesanteurs du déjeuner, restait indécis et comme sous la fascination du pharmacien qui répétait :

— Allons chez Bridoux ! c'est à deux pas.

Alors, par lâcheté, par bêtise, par cet inqualifiable senti-ment qui nous entraîne aux actions les plus antipathiques, il se laissa conduire chez Bridoux. Vingt fois Léon voulut s'en aller ; mais l'autre l'arrêtait par le bras en lui disant :

— Tout à l'heure ! je sors.

Il s'en débarrassa pourtant et courut d'un bond jusqu'à l'hôtel. Emma n'y était plus.

Elle venait de partir, exaspérée. Elle le détestait main-tenant. Ce manque de parole au rendez-vous lui semblait un outrage, et elle cherchait encore d'autres raisons pour s'en détacher : il était incapable d'héroïsme, faible, banal, plus mou qu'une femme, avare d'ailleurs et pusillanime.

Puis, se calmant, elle finit par découvrir qu'elle l'avait sans doute calomnié.

Ils en vinrent à parler plus souvent de choses indif-férentes à leur amour ; et, dans les lettres qu'Emma lui envoyait, il était question de fleurs, de vers, de la lune et des étoiles, ressources naïves d'une passion affaiblie, qui essayait de s'aviver à tous les secours extérieurs. Elle se promettait continuellement, pour son prochain voyage, une félicité profonde ; puis elle s'avouait ne rien sentir d'extraordinaire. Cette déception s'effaçait vite sous un espoir nouveau, et Emma revenait à lui plus enflammée, plus avide. Elle se déshabillait brutalement, arrachant le lacet mince de son corset, qui sifflait autour de ses hanches comme une couleuvre qui glisse. Elle allait sur la pointe de ses pieds nus regarder encore une fois si la porte était fermée, puis elle faisait d'un seul geste tomber ensemble tous ses vêtements ; – et, pâle, sans parler, sérieuse, elle s'abattait, contre sa poitrine, avec un long frisson.

Cependant, il y avait sur ce front couvert de gouttes froides, sur ces lèvres balbutiantes, dans ces prunelles égarées, dans l'étreinte de ces bras, quelque chose d'extrême, de vague et de lugubre, qui semblait à Léon se glisser entre eux, subtilement, comme pour les séparer.

Il n'osait lui faire des questions ; mais, la discernant si expérimentée, elle avait dû passer, se disait-il, par toutes les épreuves de la souffrance et du plaisir. Ce qui le charmait autrefois l'effrayait un peu maintenant.

Un jour qu'ils s'étaient quittés de bonne heure, et qu'elle s'en revenait seule par le boulevard, elle aperçut les murs de son couvent ; alors elle s'assit sur un banc, à l'ombre des ormes. Quel calme dans ce temps-là ! comme elle enviait les ineffables sentiments d'amour qu'elle tâchait, d'après des livres, de se figurer !

Les premiers mois de son mariage, ses promenades à cheval dans la forêt, le Vicomte qui valsait, et Lagardy chantant, tout repassa devant ses yeux… Et Léon lui parut soudain dans le même éloignement que les autres.

— Je l'aime pourtant ! se disait-elle.

N'importe ! elle n'était pas heureuse, ne l'avait jamais été. D'où venait donc cette insuffisance de la vie, cette pourriture instantanée des choses où elle s'appuyait ?... Chaque sourire cachait un bâillement d'ennui, chaque joie une malédiction, tout plaisir son dégoût, et les meilleurs baisers ne vous laissaient sur la lèvre qu'une irréalisable envie d'une volupté plus haute.

Un râle métallique se traîna dans les airs et quatre coups se firent entendre à la cloche du couvent. Quatre heures ! et il lui semblait qu'elle était là, sur ce banc, depuis l'éternité.

Emma vivait tout occupée des siennes, et ne s'inquiétait pas plus de l'argent qu'une archiduchesse.

Une fois pourtant, un homme d'allure chétive, rubicond et chauve, entra chez elle, se déclarant envoyé par M. Vinçart, de Rouen. Il retira les épingles qui fermaient la poche latérale de sa longue redingote verte, les piqua sur sa manche et tendit poliment un papier.

C'était un billet de sept cents francs, souscrit par elle, et que Lheureux, malgré toutes ses protestations, avait passé à l'ordre de Vinçart.

Elle expédia chez lui sa domestique. Il ne pouvait venir.

Alors, l'inconnu, qui était resté debout, lançant de droite et de gauche des regards curieux que dissimulaient ses gros sourcils blonds, demanda d'un air naïf :

— Quelle réponse apporter à M. Vinçart ?

— Eh bien, répondit Emma, dites-lui... que je n'en ai pas... Ce sera la semaine prochaine... Qu'il attende..., oui, la semaine prochaine.

Et le bonhomme s'en alla sans souffler mot.

Mais, le lendemain, à midi, elle reçut un protêt[1] ; et la vue du papier timbré, où s'étalait à plusieurs reprises et en gros caractères : « Maître Hareng, huissier à Buchy » l'effraya si fort, qu'elle courut en toute hâte chez le marchand d'étoffes.

Elle le trouva dans sa boutique, en train de ficeler un paquet.

— Serviteur ! dit-il, je suis à vous.

Lheureux n'en continua pas moins sa besogne, aidé par une jeune fille de treize ans environ, un peu bossue, et qui lui servait à la fois de commis et de cuisinière.

Puis, faisant claquer ses sabots sur les planches de la boutique, il monta devant Madame au premier étage, et l'introduisit dans un étroit cabinet. Contre le mur, sous des coupons d'indienne, on entrevoyait un coffre-fort, mais d'une telle dimension, qu'il devait contenir autre chose que des billets et de l'argent. M. Lheureux, en effet, prêtait sur gages, et c'est là qu'il avait mis la chaîne en or de madame Bovary, avec les boucles d'oreilles du pauvre père Tellier, qui, enfin contraint de vendre, avait acheté à Quincampoix un maigre fonds d'épicerie, où il se mourait de son catarrhe, au milieu de ses chandelles moins jaunes que sa figure.

Lheureux s'assit dans son large fauteuil de paille, en disant :

— Quoi de neuf ?

— Tenez.

Et elle lui montra le papier.

— Eh bien, qu'y puis-je ?

1. Acte qui constate un non-paiement.

Alors, elle s'emporta, rappelant la parole qu'il avait donnée de ne pas faire circuler ses billets ; il en convenait.

— Mais j'ai été forcé moi-même, j'avais le couteau sur la gorge.

— Et que va-t-il arriver, maintenant ? reprit-elle.

— Oh ! c'est bien simple : un jugement du tribunal, et puis la saisie... ; *bernique* !

Emma se retenait pour ne pas le battre. Elle lui demanda doucement s'il n'y avait pas moyen de calmer M. Vinçart.

— Ah bien, oui ! calmer Vinçart ; vous ne le connaissez guère.

Pourtant il fallait que M. Lheureux s'en mêlât.

— Écoutez donc ! il me semble que, jusqu'à présent, j'ai été assez bon pour vous.

Et, déployant un de ses registres :

— Tenez !

Puis, remontant la page avec son doigt :

— Voyons..., voyons... Le 3 août, deux cents francs... Au 17 juin, cent cinquante... 23 mars, quarante-six... En avril...

Il s'arrêta, comme craignant de faire quelque sottise.

— Et je ne dis rien des billets souscrits par Monsieur, un de sept cents francs, un autre de trois cents ! Quant à vos petits acomptes, aux intérêts, ça n'en finit pas, on s'y embrouille. Je ne m'en mêle plus !

Elle pleurait, elle l'appela même « son bon Monsieur Lheureux ». Mais il se rejetait toujours sur ce « mâtin de Vinçard ». D'ailleurs, il n'avait pas un centime, personne à présent ne le payait, un pauvre boutiquier comme lui ne pouvait faire d'avances.

Emma se taisait ; et M. Lheureux, qui mordillonnait les barbes d'une plume, sans doute s'inquiéta de son silence, car il reprit :

— Au moins, si un de ces jours j'avais quelques rentrées... je pourrais...

— Du reste, dit-elle, dès que l'arriéré de Barneville...

— Comment ?...

Et, en apprenant que Langlois n'avait pas encore payé, il parut fort surpris. Puis, d'une voix mielleuse :

— Et nous convenons, dites-vous... ?

— Oh ! de ce que vous voudrez !

Alors, il ferma les yeux pour réfléchir, écrivit quelques chiffres, et, déclarant qu'il aurait grand mal, que la chose était scabreuse et qu'il se *saignait*, il dicta quatre billets de deux cent cinquante francs, chacun, espacés les uns des autres à un mois d'échéance.

— Pourvu que Vinçart veuille m'entendre ! Du reste c'est convenu, je ne lanterne pas, je suis rond comme une pomme.

Dès le soir, elle pressa Bovary d'écrire à sa mère pour qu'elle leur envoyât bien vite tout l'arriéré de l'héritage. La belle-mère répondit n'avoir plus rien ; la liquidation était close, et il leur restait, outre Barneville, six cents livres de rente, qu'elle leur servirait exactement.

Alors Madame expédia des factures chez deux ou trois clients, et bientôt usa largement de ce moyen, qui lui réussissait. Elle avait toujours soin d'ajouter en postscriptum : « N'en parlez pas à mon mari, vous savez comme il est fier... Excusez-moi... Votre servante... » Il y eut quelques réclamations ; elle les intercepta.

Pour se faire de l'argent, elle se mit à vendre ses vieux gants, ses vieux chapeaux, la vieille ferraille ; et elle marchandait avec rapacité, – son sang de paysanne la poussant au gain. Puis, dans ses voyages à la ville, elle brocanterait des babioles, que M. Lheureux, à défaut d'autres, lui prendrait certainement. Elle s'acheta des plumes d'autruche, de la porcelaine chinoise et des bahuts ; elle empruntait à Félicité, à madame Lefrançois, à l'hôtelière de la *Croix rouge*, à tout le monde, n'importe où. Avec l'argent qu'elle reçut enfin de Barneville, elle paya deux billets ; les quinze cents autres francs s'écoulèrent. Elle s'engagea de nouveau, et toujours ainsi !

Parfois, il est vrai, elle tâchait de faire des calculs ; mais elle découvrait des choses si exorbitantes, qu'elle n'y pouvait croire. Alors elle recommençait, s'embrouillait vite, plantait tout là et n'y pensait plus.

La maison était bien triste, maintenant ! On en voyait sortir les fournisseurs avec des figures furieuses. Il y avait des mouchoirs traînant sur les fourneaux ; et la petite Berthe, au grand scandale de madame Homais, portait des bas percés. Si Charles, timidement, hasardait une observation, elle répondait avec brutalité que ce n'était point sa faute !

Pourquoi ces emportements ? Il expliquait tout par son ancienne maladie nerveuse ; et, se reprochant d'avoir pris pour des défauts ses infirmités, il s'accusait d'égoïsme, avait envie de courir l'embrasser.

— Oh ! non, se disait-il, je l'ennuierais !

Et il restait.

Après le dîner, il se promenait seul dans le jardin ; il prenait la petite Berthe sur ses genoux, et, déployant son journal de médecine, essayait de lui apprendre à lire. L'enfant, qui n'étudiait jamais, ne tardait pas à ouvrir de grands yeux tristes et se mettait à pleurer. Alors il la consolait ; il allait lui chercher de l'eau dans l'arrosoir pour faire des rivières sur le sable, ou cassait les branches des troènes pour planter des arbres dans les plates-bandes, ce qui gâtait peu le jardin, tout encombré de longues herbes ; on devait tant de journées à Lestiboudois ! Puis l'enfant avait froid et demandait sa mère.

— Appelle ta bonne, disait Charles. Tu sais bien, ma petite, que ta maman ne veut pas qu'on la dérange.

L'automne commençait et déjà les feuilles tombaient, – comme il y a deux ans, lorsqu'elle était malade ! – Quand donc tout cela finira-t-il !… Et il continuait à marcher, les deux mains derrière le dos.

Madame était dans sa chambre. On n'y montait pas. Elle restait là tout le long du jour, engourdie, à peine vêtue. Pour ne pas avoir la nuit auprès d'elle, cet homme étendu qui dormait, elle finit, à force de grimaces, par le reléguer au second étage ; et elle lisait jusqu'au matin des livres extravagants où il y avait des tableaux orgiaques avec des situations sanglantes. Souvent une terreur la prenait, elle poussait un cri, Charles accourait.

— Ah ! va-t'en ! disait-elle.

Ou, d'autres fois, brûlée plus fort par cette flamme intime que l'adultère avivait, haletante, émue, tout en désir, elle ouvrait sa fenêtre, aspirait l'air froid, éparpillait au vent sa chevelure trop lourde, et, regardant les étoiles, souhaitait des amours de prince. Elle pensait à lui, à Léon. Elle eût alors tout donné pour un seul de ces rendez-vous, qui la rassasiaient.

C'était ses jours de gala. Elle les voulait splendides ! et, lorsqu'il ne pouvait payer seul la dépense, elle complétait le surplus libéralement, ce qui arrivait à peu près toutes les fois. Il essaya de lui faire comprendre qu'ils seraient aussi bien ailleurs, dans quelque hôtel plus modeste ; mais elle trouva des objections.

Un jour, elle tira de son sac six petites cuillers en vermeil (c'était le cadeau de noces du père Rouault), en le priant d'aller immédiatement porter cela, pour elle, au mont-de-piété ; et Léon obéit, bien que cette démarche lui déplût. Il avait peur de se compromettre.

Puis, en y réfléchissant, il trouva que sa maîtresse prenait des allures étranges, et qu'on n'avait peut-être pas tort de vouloir l'en détacher.

En effet, quelqu'un avait envoyé à sa mère une longue lettre anonyme, pour la prévenir qu'il *se perdait avec une femme mariée* ; et aussitôt la bonne dame écrivit à maître Dubocage son patron, lequel fut parfait dans cette affaire. Il le tint durant trois quarts d'heure, voulant lui dessiller les yeux, l'avertir du gouffre. Une telle intrigue nuirait plus tard à son établissement. Il le supplia de rompre, et, s'il ne faisait ce sacrifice dans son propre intérêt, qu'il le fît au moins pour lui, Dubocage !

Léon enfin avait juré de ne plus revoir Emma ; et il se reprochait de n'avoir pas tenu sa parole, considérant tout ce que cette femme pourrait encore lui attirer d'embarras et de discours, sans compter les plaisanteries de ses camarades, qui se débitaient le matin, autour du poêle. D'ailleurs, il allait devenir premier clerc : c'était le moment d'être sérieux.

Il s'ennuyait maintenant lorsque Emma, tout à coup, sanglotait sur sa poitrine ; et son cœur s'assoupissait d'indifférence au vacarme d'un amour dont il ne distinguait plus les délicatesses.

Ils se connaissaient trop pour avoir ces ébahissements de la possession qui en centuplent la joie. Elle était aussi dégoûtée de lui qu'il était fatigué d'elle. Emma retrouvait dans l'adultère toutes les platitudes du mariage.

Mais comment pouvoir s'en débarrasser ? Elle accusait Léon de ses espoirs déçus, comme s'il l'avait trahie ; et même elle souhaitait une catastrophe qui amenât leur séparation, puisqu'elle n'avait pas le courage de s'y décider.

Elle n'en continuait pas moins à lui écrire des lettres amoureuses, en vertu de cette idée, qu'une femme doit toujours écrire à son amant.

Mais, en écrivant, elle percevait un autre homme, un fantôme fait de ses plus ardents souvenirs, de ses lectures les plus belles, de ses convoitises les plus fortes ; et il devenait à la fin si véritable, et accessible, qu'elle en palpitait émerveillée, sans pouvoir néanmoins le nettement imaginer, tant il se perdait, comme un dieu, sous l'abondance de ses attributs. Elle le sentait près d'elle, il allait venir et l'enlèverait tout entière dans un baiser. Ensuite elle retombait à plat, brisée ; car ces élans d'amour vague la fatiguaient plus que de grandes débauches.

Elle éprouvait maintenant une courbature incessante et universelle. Souvent même, Emma recevait des assignations, du papier timbré qu'elle regardait à peine. Elle aurait voulu ne plus vivre, ou continuellement dormir.

Le jour de la mi-carême, elle ne rentra pas à Yonville ; elle alla le soir au bal masqué. Elle mit un pantalon de velours et des bas rouges, avec une perruque à catogan et un lampion sur l'oreille. Elle sauta toute la nuit au son furieux des trombones ; on faisait cercle autour d'elle ; et elle se trouva le matin sur le péristyle du théâtre parmi cinq ou six masques, débardeuses et matelots, des camarades de Léon, qui parlaient d'aller souper.

Les cafés d'alentour étaient pleins. Ils avisèrent sur le port un restaurant des plus médiocres, dont le maître leur ouvrit, au quatrième étage, une petite chambre.

Les hommes chuchotèrent dans un coin, sans doute se consultant sur la dépense. Il y avait un clerc, deux carabins et un commis : quelle société pour elle ! Quant aux femmes Emma s'aperçut vite, au timbre de leurs voix, qu'elles devaient être, presque toutes, du dernier rang. Elle eut peur alors, recula sa chaise et baissa les yeux.

Les autres se mirent à manger. Elle ne mangea pas ; elle avait le front en feu, des picotements aux paupières et un froid de glace à la peau. Puis, l'odeur du punch avec la fumée des cigares l'étourdit. Elle s'évanouissait ; on la porta devant la fenêtre.

Le jour commençait à se lever, et une grande tache de couleur pourpre s'élargissait dans le ciel pâle, du côté de Sainte-Catherine. La rivière livide frissonnait au vent ; il n'y avait personne sur les ponts ; les réverbères s'éteignaient.

Elle se ranima cependant, et vint à penser à Berthe, qui dormait là-bas, dans la chambre de sa bonne.

Elle s'esquiva brusquement, se débarrassa de son costume, dit à Léon qu'il lui fallait s'en retourner, et enfin resta seule à l'hôtel de *Boulogne*. Tout et elle-même lui étaient insupportables. Elle aurait voulu, s'échappant comme un oiseau, aller se rajeunir quelque part, bien loin, dans les espaces immaculés.

Elle marchait vite, le grand air la calmait : et peu à peu les figures de la foule, les masques, les quadrilles, les lustres, le souper, ces femmes, tout disparaissait comme des brumes emportées. Puis, revenue à la *Croix rouge*, elle se jeta sur son lit, dans la petite chambre du second. À quatre heures du soir, Hivert la réveilla.

En rentrant chez elle, Félicité lui montra derrière la pendule un papier gris. Elle lut :

« En vertu de la grosse[2], en forme exécutoire d'un jugement... »

Quel jugement ? La veille, en effet, on avait apporté un autre papier qu'elle ne connaissait pas ; aussi fut-elle stupéfaite de ces mots :

« Commandement de par le roi, la loi et justice, à madame Bovary... »

Alors, sautant plusieurs lignes, elle aperçut :

« Dans vingt-quatre heures pour tout délai. » – Quoi donc ? « Payer la somme totale de huit mille francs. » Et même, il y avait plus bas : « Elle y sera contrainte par toute voie de droit, et notamment par la saisie exécutoire de ses meubles et effets. »

Que faire ?... C'était dans vingt-quatre heures ; demain ! Lheureux, pensa-t-elle, voulait sans doute l'effrayer encore ; car elle devina du coup toutes ses manœuvres, le but de ses complaisances. Ce qui la rassurait, c'était l'exagération de la somme.

Cependant, à force d'acheter, de ne pas payer, d'emprunter, de souscrire des billets, puis de renouveler ces billets, qui s'enflaient à chaque échéance nouvelle, elle avait fini par préparer au sieur Lheureux un capital, qu'il attendait impatiemment pour ses spéculations.

Elle se présenta chez lui d'un air dégagé.

— Vous savez ce qui m'arrive ? C'est une plaisanterie, sans doute !

— Non.

— Comment cela ?

Il se détourna lentement, et lui dit en se croisant les bras :

2. Acte notarié ou d'un jugement.

— Pensiez-vous, ma petite dame, que j'allais, jusqu'à la consommation des siècles, être votre fournisseur et banquier pour l'amour de Dieu ? Il faut bien que je rentre dans mes déboursés, soyons justes !

Elle se récria sur la dette.

— Ah ! tant pis ! le tribunal l'a reconnue ! Il y a jugement ! On vous l'a signifié ! D'ailleurs, ce n'est pas moi, c'est Vinçart.

— Est-ce que vous ne pourriez… ?

— Oh ! rien du tout.

— Mais…, cependant…, raisonnons.

— À qui la faute ? dit Lheureux en la saluant ironiquement. Tandis que je suis, moi, à bûcher, vous vous repassez du bon temps.

— Ah ! pas de morale !

— Ça ne nuit jamais, répliqua-t-il.

Elle fut lâche, elle le supplia ; et même elle appuya sa jolie main blanche et longue sur les genoux du marchand.

— Laissez-moi donc ! On dirait que vous voulez me séduire !

— Vous êtes un misérable ! s'écria-t-elle.

— Oh ! oh ! comme vous y allez ! reprit-il en riant.

— Je ferai savoir qui vous êtes. Je dirai à mon mari…

— Eh bien, moi, je lui montrerai quelque chose, à votre mari !

Et Lheureux tira de son coffre-fort le reçu de dix-huit cents francs, qu'elle lui avait donné lors de l'escompte Vinçart.

— Croyez-vous, ajouta-t-il, qu'il ne comprenne pas votre petit vol, ce pauvre cher homme ?

Elle s'affaissa, plus assommée qu'elle n'eût été par un coup de massue. Il se promenait depuis la fenêtre jusqu'au bureau, tout en répétant :

— Ah ! je lui montrerai bien… je lui montrerai bien…

Ensuite il se rapprocha d'elle, et, d'une voix douce :

— Ce n'est pas amusant, je le sais ; personne, après tout, n'en est mort, et, puisque c'est le seul moyen qui vous reste de me rendre mon argent…

— Mais où en trouverai-je ? dit Emma en se tordant les bras.

— Ah bah ! quand on a comme vous des amis !

Et il la regardait d'une façon si perspicace et si terrible, qu'elle en frissonna jusqu'aux entrailles.

— Je vous promets, dit-elle, je signerai…

— J'en ai assez, de vos signatures !

— Je vendrai encore…

— Allons donc ! fit-il en haussant les épaules, vous n'avez plus rien.

Et il cria dans le judas qui s'ouvrait sur la boutique :

— Annette ! n'oublie pas les trois coupons du n° 14.

La servante parut ; Emma comprit et demanda « ce qu'il faudrait d'argent pour arrêter toutes les poursuites ».

— Il est trop tard !

— Mais si je vous apportais plusieurs mille francs, le quart de la somme, le tiers, presque tout ?

— Eh ! non, c'est inutile !

Il la poussait doucement vers l'escalier.

— Je vous en conjure, monsieur Lheureux, quelques jours encore !

Elle sanglotait.

— Allons, bon ! des larmes !

— Vous me désespérez !

— Je m'en moque pas mal ! dit-il en refermant la porte.

7

Elle fut stoïque, le lendemain, lorsque Maître Hareng, l'huissier, avec deux témoins, se présenta chez elle pour faire le procès-verbal de la saisie.

Ils commencèrent par le cabinet de Bovary et n'inscrivirent point la tête phrénologique, qui fut considérée comme *instrument de sa profession ;* mais ils comptèrent dans la cuisine les plats, les marmites, les chaises, les flambeaux, et, dans sa chambre à coucher, toutes les babioles de l'étagère. Ils examinèrent ses robes, le linge, le cabinet de toilette ; et son existence, jusque dans ses recoins les plus intimes, fut, comme un cadavre que l'on autopsie, étalée tout du long aux regards de ces trois hommes.

Maître Hareng, boutonné dans un mince habit noir, en cravate blanche, et portant des sous-pieds fort tendus, répétait de temps à autre :

— Vous permettez, madame ? vous permettez ?

Souvent, il faisait des exclamations :

— Charmant !… fort joli !

Puis il se remettait à écrire, trempant sa plume dans l'encrier de corne qu'il tenait de la main gauche.

Quand ils en eurent fini avec les appartements, ils montèrent au grenier.

Elle y gardait un pupitre où étaient enfermées les lettres de Rodolphe. Il fallut l'ouvrir.

— Ah ! une correspondance ! dit maître Hareng avec un sourire discret. Mais, permettez ! car je dois m'assurer si la boîte ne contient pas autre chose.

Et il inclina les papiers, légèrement, comme pour en faire tomber des napoléons. Alors l'indignation la prit, à voir cette grosse main, aux doigts rouges et mous comme des limaces, qui se posait sur ces pages où son cœur avait battu.

Ils partirent enfin ! Félicité rentra. Elle l'avait envoyée aux aguets pour détourner Bovary ; et elles installèrent vivement sous les toits le gardien de la saisie, qui jura de s'y tenir.

Charles, pendant la soirée, lui parut soucieux. Emma l'épiait d'un regard plein d'angoisse, croyant apercevoir dans les rides de son visage des accusations. Charles tisonnait avec placidité, les deux pieds sur les chenets.

Il y eut un moment où le gardien, sans doute s'ennuyant dans sa cachette, fit un peu de bruit.

— On marche là-haut ? dit Charles.

— Non ! reprit-elle, c'est une lucarne restée ouverte que le vent remue.

Elle partit pour Rouen, le lendemain dimanche, afin d'aller chez tous les banquiers dont elle connaissait le nom. Ils étaient à la campagne ou en voyage. Elle ne se rebuta pas ; et ceux qu'elle put rencontrer, elle leur demandait de l'argent, protestant qu'il lui en fallait, qu'elle le rendrait. Quelques-uns lui rirent au nez ; tous refusèrent.

À deux heures, elle courut chez Léon, frappa contre sa porte. On n'ouvrit pas. Enfin il parut.

— Qui t'amène ?

— Cela te dérange !

— Non…, mais…

Et il avoua que le propriétaire n'aimait point que l'on reçût « des femmes ».

— J'ai à te parler, reprit-elle.

Alors il atteignit sa clef. Elle l'arrêta.

— Oh ! non, là-bas, chez nous.

Et ils allèrent dans leur chambre, à l'hôtel de *Boulogne*. Elle but en arrivant un grand verre d'eau. Elle était très pâle. Elle lui dit :

— Léon, tu vas me rendre un service.

Et, le secouant par ses deux mains, qu'elle serrait étroitement, elle ajouta :

— Écoute, j'ai besoin de huit mille francs !

— Mais tu es folle !

— Pas encore !

Et, aussitôt, racontant l'histoire de la saisie, elle lui exposa sa détresse ; car Charles ignorait tout : sa belle-mère la détestait, le père Rouault ne pouvait rien ; mais lui, Léon, il allait se mettre en course pour trouver cette indispensable somme…

— Comment veux-tu… ?

— Quel lâche tu fais ! s'écria-t-elle.

Alors il dit bêtement :

— Tu t'exagères le mal. Peut-être qu'avec un millier d'écus ton bonhomme se calmerait.

Raison de plus pour tenter quelque démarche ; il n'était pas possible que l'on ne découvrît point trois mille francs. D'ailleurs, Léon pouvait s'engager à sa place.

— Va ! essaye ! il le faut ! cours !... Oh ! tâche ! tâche ! je t'aimerai bien !

Il sortit, revint au bout d'une heure, et dit avec une figure solennelle :

— J'ai été chez trois personnes... inutilement !

Puis ils restèrent assis l'un en face de l'autre, aux deux coins de la cheminée, immobiles, sans parler. Emma haussait les épaules tout en trépignant. Il l'entendit qui murmurait :

— Si j'étais à ta place, moi, j'en trouverais bien !

— Où donc ?

— À ton étude !

Et elle le regarda.

Une hardiesse infernale s'échappait de ses prunelles enflammées, et les paupières se rapprochaient d'une façon lascive et encourageante ; – si bien que le jeune homme se sentit faiblir sous la muette volonté de cette femme qui lui conseillait un crime. Alors il eut peur, et, pour éviter tout éclaircissement, il se frappa le front en s'écriant :

— Morel doit revenir cette nuit ! Il ne me refusera pas, j'espère (c'était un de ses amis, le fils d'un négociant fort riche), et je t'apporterai cela demain, ajouta-t-il.

Emma n'eut point l'air d'accueillir cet espoir avec autant de joie qu'il l'avait imaginé. Soupçonnait-elle le mensonge ? Il reprit en rougissant :

— Pourtant, si tu ne me voyais pas à trois heures, ne m'attends plus, ma chérie. Il faut que je m'en aille, excuse-moi. Adieu !

Il serra sa main, mais il la sentit tout inerte. Emma n'avait plus la force d'aucun sentiment.

Quatre heures sonnèrent ; et elle se leva pour s'en retourner à Yonville, obéissant comme un automate à l'impulsion des habitudes.

Il faisait beau ; c'était un de ces jours du mois de mars clairs et âpres, où le soleil reluit dans un ciel tout blanc. Les Rouennais endimanchés se promenaient d'un air heureux. Elle arriva sur la place du Parvis. On sortait des vêpres ; la foule s'écoulait par les trois portails, comme un fleuve par les trois arches d'un pont, et, au milieu, plus immobile qu'un roc, se tenait le Suisse.

Alors elle se rappela ce jour où, tout anxieuse et pleine d'espérance, elle était entrée sous cette grande nef qui s'étendait devant elle moins profonde que son amour ; et elle continua de marcher, en pleurant sous son voile, étourdie, chancelante, près de défaillir.

— Gare ! cria une voix sortant d'une porte cochère qui s'ouvrait.

Elle s'arrêta pour laisser passer un cheval noir, piaffant dans les brancards d'un tilbury que conduisait un gentleman en fourrure de zibeline. Qui était-ce donc ? Elle le connaissait... La voiture s'élança et disparut.

Mais c'était lui, le vicomte ! Elle se détourna ; la rue était déserte. Et elle fut si accablée, si triste, qu'elle s'appuya contre un mur pour ne pas tomber.

Puis elle pensa qu'elle s'était trompée. Au reste, elle n'en savait rien. Tout, en elle-même et au-dehors, l'abandonnait. Elle se sentait perdue, roulant au hasard dans des abîmes indéfinissables ; et ce fut presque avec joie qu'elle aperçut, en arrivant à la *Croix rouge*, ce bon Homais qui regardait charger sur *l'Hirondelle* une grande boîte pleine de provisions pharmaceutiques.

— Charmé de vous voir ! dit-il en offrant la main à Emma pour l'aider à monter dans *l'Hirondelle*.

Le spectacle des objets connus qui défilaient devant ses yeux peu à peu détournait Emma de sa douleur présente. Une intolérable fatigue l'accablait, et elle arriva chez elle hébétée, découragée, presque endormie.

« Advienne que pourra ! » se disait-elle.

Et puis, qui sait ? pourquoi, d'un moment à l'autre, ne surgirait-il pas un événement extraordinaire ? Lheureux même pouvait mourir.

Elle fut, à neuf heures du matin, réveillée par un bruit de voix sur la place. Il y avait un attroupement autour des halles pour lire une grande affiche collée contre un des poteaux, et elle vit Justin qui montait sur une borne et qui déchirait l'affiche. Mais, à ce moment, le garde champêtre lui posa la main sur le collet. M. Homais sortit de la pharmacie, et la mère Lefrançois, au milieu de la foule, avait l'air de pérorer.

— Madame ! madame ! s'écria Félicité en entrant, c'est une abomination !

Et la pauvre fille, émue, lui tendit un papier jaune qu'elle venait d'arracher à la porte. Emma lut d'un clin d'œil que tout son mobilier était à vendre.

Alors elles se considérèrent silencieusement. Elles n'avaient, la servante et la maîtresse, aucun secret l'une pour l'autre. Enfin Félicité soupira :

— Si j'étais de vous, madame, j'irais chez M. Guillaumin.

— Tu crois ?…

— Oui, allez-y, vous ferez bien.

Elle s'habilla ; et, pour qu'on ne la vît pas (il y avait toujours beaucoup de monde sur la place), elle prit en dehors du village, par le sentier au bord de l'eau.

Elle arriva tout essoufflée devant la grille du notaire ; le ciel était sombre et un peu de neige tombait.

Au bruit de la sonnette, Théodore, en gilet rouge, parut sur le perron ; il vint lui ouvrir presque familièrement, comme à une connaissance, et l'introduisit dans la salle à manger.

« Voilà une salle à manger, pensait Emma, comme il m'en faudrait une. »

Le notaire entra, serrant du bras gauche contre son corps sa robe de chambre à palmes, tandis qu'il ôtait et remettait vite de l'autre main sa toque de velours marron, prétentieusement posée sur le côté droit, où retombaient les bouts de trois mèches blondes qui, prises à l'occiput, contournaient son crâne chauve.

Après qu'il eut offert un siège, il s'assit pour déjeuner, tout en s'excusant beaucoup de l'impolitesse.

— Monsieur, dit-elle, je vous prierais…

— De quoi, madame ? J'écoute.

Elle se mit à lui exposer sa situation.

Maître Guillaumin la connaissait, étant lié secrètement avec le marchand d'étoffes, chez lequel il trouvait toujours des capitaux pour les prêts hypothécaires qu'on lui demandait à contracter.

Donc, il savait (et mieux qu'elle) la longue histoire de ces billets, minimes d'abord, portant comme endosseurs des noms divers, espacés à de longues échéances et renouvelés continuellement, jusqu'au jour où, ramassant tous les protêts, le marchand avait chargé son ami Vinçart de faire en son nom propre les poursuites qu'il fallait, ne voulant point passer pour un tigre parmi ses concitoyens.

Elle entremêla son récit de récriminations contre Lheureux, récriminations auxquelles le notaire répondait de

271

temps à autre par une parole insignifiante. Mangeant sa côtelette et buvant son thé, il baissait le menton dans sa cravate bleu de ciel, piquée par deux épingles de diamants que rattachait une chaînette d'or ; et il souriait d'un singulier sourire, d'une façon douceâtre et ambiguë. Mais, s'apercevant qu'elle avait les pieds humides :

— Approchez-vous donc du poêle... plus haut... contre la porcelaine.

Elle avait peur de la salir. Le notaire reprit d'un ton galant :

— Les belles choses ne gâtent rien.

Alors elle tâcha de l'émouvoir, et, s'émotionnant elle-même, elle vint à lui conter l'étroitesse de son ménage, ses tiraillements, ses besoins. Il comprenait cela : une femme élégante ! et, sans s'interrompre de manger, il s'était tourné vers elle complètement, si bien qu'il frôlait du genou sa bottine, dont la semelle se recourbait tout en fumant contre le poêle.

Mais, lorsqu'elle lui demanda mille écus, il serra les lèvres, puis se déclara très peiné de n'avoir pas eu autrefois la direction de sa fortune, car il y avait cent moyens fort commodes, même pour une dame, de faire valoir son argent.

— D'où vient-il, reprit-il, que vous n'êtes pas venue chez moi ?

— Je ne sais trop, dit-elle.

— Pourquoi, hein ?... Je vous faisais donc bien peur ? C'est moi, au contraire, qui devrais me plaindre ! À peine si nous nous connaissons ! Je vous suis pourtant très dévoué ; vous n'en doutez plus, j'espère ?

Il tendit sa main, prit la sienne, la couvrit d'un baiser vorace, puis la garda sur son genou ; et il jouait avec ses doigts délicatement, tout en lui contant mille douceurs.

Sa voix fade susurrait, comme un ruisseau qui coule ; une étincelle jaillissait de sa pupille à travers le miroitement de ses lunettes, et ses mains s'avançaient dans la manche d'Emma, pour lui palper le bras. Elle sentait contre sa joue le souffle d'une respiration haletante. Cet homme la gênait horriblement.

Elle se leva d'un bond et lui dit :

— Monsieur, j'attends !

— Quoi donc ? fit le notaire, qui devint tout à coup extrêmement pâle.

— Cet argent.

— Mais…

Puis, cédant à l'irruption d'un désir trop fort :

— Eh bien, oui !…

Il se traînait à genoux vers elle, sans égard pour sa robe de chambre.

— De grâce, restez ! je vous aime !

Il la saisit par la taille.

Un flot de pourpre monta vite au visage de madame Bovary. Elle se recula d'un air terrible, en s'écriant :

— Vous profitez impudemment de ma détresse, monsieur ! Je suis à plaindre, mais pas à vendre.

Et elle sortit.

Le notaire resta fort stupéfait, les yeux fixés sur ses belles pantoufles en tapisserie. C'était un présent de l'amour. Cette vue à la fin le consola. D'ailleurs, il songeait qu'une aventure pareille l'aurait entraîné trop loin.

— Quel misérable ! quel goujat !… quelle infamie ! se disait-elle, en fuyant d'un pied nerveux sous les trembles de la route. Le désappointement de l'insuccès renforçait l'indignation de sa pudeur outragée ; il lui semblait que la

Providence s'acharnait à la poursuivre, et, s'en rehaussant d'orgueil, jamais elle n'avait eu tant d'estime pour elle-même ni tant de mépris pour les autres. Quelque chose de belliqueux la transportait. Elle aurait voulu battre les hommes, leur cracher au visage, les broyer tous ; et elle continuait à marcher rapidement devant elle, pâle, frémissante, enragée, furetant d'un œil en pleurs l'horizon vide, et comme se délectant à la haine qui l'étouffait.

Quand elle aperçut sa maison, un engourdissement la saisit. Elle ne pouvait plus avancer ; il le fallait, cependant ; d'ailleurs, où fuir ?

Félicité l'attendait sur la porte.

— Eh bien ?

— Non ! dit Emma.

Et, pendant un quart d'heure, toutes les deux, elles avisèrent les différentes personnes d'Yonville disposées peut-être à la secourir. Mais, chaque fois que Félicité nommait quelqu'un, Emma répliquait :

— Est-ce possible ! Ils ne voudront pas !

— Et monsieur qui va rentrer !

— Je le sais bien… Laisse-moi seule.

Elle avait tout tenté. Il n'y avait plus rien à faire maintenant ; et quand Charles paraîtrait, elle allait donc lui dire :

— Retire-toi. Ce tapis où tu marches n'est plus à nous. De ta maison, tu n'as pas un meuble, une épingle, une paille, et c'est moi qui t'ai ruiné, pauvre homme !

Alors ce serait un grand sanglot, puis il pleurerait abondamment, et enfin, la surprise passée, il pardonnerait.

— Oui, murmurait-elle en grinçant des dents, il me pardonnera, lui qui n'aurait pas assez d'un million à m'offrir pour que je l'excuse de m'avoir connue… Jamais ! jamais !

Cette idée de la supériorité de Bovary sur elle l'exaspérait. Puis, qu'elle avouât ou n'avouât pas, tout à l'heure, tantôt, demain, il n'en saurait pas moins la catastrophe ; donc il fallait attendre cette horrible scène et subir le poids de sa magnanimité. L'envie lui vint de retourner chez Lheureux : à quoi bon ? d'écrire à son père : il était trop tard ; et peut-être qu'elle se repentait maintenant de n'avoir pas cédé à l'autre, lorsqu'elle entendit le trot d'un cheval dans l'allée. C'était lui, il ouvrait la barrière, il était plus blême que le mur de plâtre. Bondissant dans l'escalier, elle s'échappa vivement par la place ; et la femme du maire, qui causait devant l'église avec Lestiboudois, la vit entrer chez le percepteur.

Elle courut le dire à madame Caron. Ces deux dames montèrent dans le grenier ; et, cachées par du linge étendu sur des perches, se postèrent commodément pour apercevoir tout l'intérieur de Binet.

Il était seul, dans sa mansarde, en train d'imiter, avec du bois, une de ces ivoireries indescriptibles, composées de croissants, de sphères creusées les unes dans les autres, le tout droit comme un obélisque et ne servant à rien ; et il entamait la dernière pièce, il touchait au but ! Dans le clair-obscur de l'atelier, la poussière blonde s'envolait de son outil, comme une aigrette d'étincelles sous les fers d'un cheval au galop : les deux roues tournaient, ronflaient ; Binet souriait, le menton baissé, les narines ouvertes.

— Ah ! la voici ! fit madame Tuvache.

Mais il n'était guère possible, à cause du tour, d'entendre ce qu'elle disait.

Enfin, ces dames crurent distinguer le mot *francs*, et la mère Tuvache souffla tout bas :

— Elle le prie, pour obtenir un retard à ses contributions.

— D'apparence ! reprit l'autre.

Elles la virent qui marchait de long en large, examinant contre les murs les ronds de serviette, les chandeliers, les pommes de rampe, tandis que Binet se caressait la barbe avec satisfaction.

Le percepteur avait l'air d'écouter, tout en écarquillant les yeux, comme s'il ne comprenait pas. Elle continuait d'une manière tendre, suppliante. Elle se rapprocha ; son sein haletait ; ils ne parlaient plus.

— Est-ce qu'elle lui fait des avances ? dit madame Tuvache.

Binet était rouge jusqu'aux oreilles. Elle lui prit les mains.

— Ah ! c'est trop fort !

Et sans doute qu'elle lui proposait une abomination ; car le percepteur, tout à coup, comme à la vue d'un serpent, se recula bien loin en s'écriant :

— Madame ! y pensez-vous ?…

— On devrait fouetter ces femmes-là ! dit madame Tuvache.

— Où est-elle donc ? reprit madame Caron.

Car elle avait disparu durant ces mots ; puis, l'apercevant qui enfilait la Grande-Rue et tournait à droite comme pour gagner le cimetière, elles se perdirent en conjectures.

— Mère Rolet, dit-elle en arrivant chez la nourrice, j'étouffe !… délacez-moi.

Elle tomba sur le lit ; elle sanglotait. La mère Rolet la couvrit d'un jupon et resta debout près d'elle. Puis, comme elle ne répondait pas, la bonne femme s'éloigna, prit son rouet et se mit à filer du lin.

Couchée sur le dos, immobile et les yeux fixes, elle discernait vaguement les objets, bien qu'elle y appliquât son attention avec une persistance idiote. Elle contemplait les écaillures de la muraille, deux tisons fumant bout à bout, et une longue araignée qui marchait au-dessus de sa tête dans la fente de la poutrelle. Enfin, elle rassembla ses idées. Elle se souvenait... Un jour, avec Léon... Oh ! comme c'était loin... Le soleil brillait sur la rivière et les clématites embaumaient... Alors, emportée dans ses souvenirs comme dans un torrent qui bouillonne, elle arriva bientôt à se rappeler la journée de la veille.

— Quelle heure est-il ? demanda-t-elle.

La mère Rolet sortit, leva les doigts de sa main droite du côté que le ciel était le plus clair, et rentra lentement en disant :

— Trois heures, bientôt.

— Ah ! merci ! merci !

Car il allait venir. C'était sûr ! Il aurait trouvé de l'argent. Mais il irait peut-être là-bas, sans se douter qu'elle fût là ; et elle commanda à la nourrice de courir chez elle pour l'amener.

— Dépêchez-vous !

— Mais, ma chère dame, j'y vais ! j'y vais !

Elle s'étonnait, à présent, de n'avoir pas songé à lui tout d'abord ; hier, il avait donné sa parole, il n'y manquerait pas ; et elle se voyait déjà chez Lheureux, étalant sur son bureau les trois billets de banque. Puis il faudrait inventer une histoire qui expliquât les choses à Bovary. Laquelle ?

Cependant la nourrice était bien longue à revenir. Mais, comme il n'y avait point d'horloge dans la chaumière, Emma craignait de s'exagérer peut-être la longueur du temps. Elle se mit à faire des tours de promenade dans le jardin, pas à pas ; elle alla dans le sentier le long de la haie, et s'en retourna vivement, espérant que la bonne femme serait rentrée par une autre route. Enfin, lasse d'attendre, assaillie de soupçons qu'elle repoussait, ne sachant plus si elle était là depuis un siècle ou une minute, elle s'assit dans un coin et ferma les yeux, se boucha les oreilles. La barrière grinça : elle fit un bond ; avant qu'elle eût parlé, la mère Rolet lui avait dit :

— Il n'y a personne chez vous !

— Comment ?

— Oh ! personne ! Et monsieur pleure. Il vous appelle. On vous cherche.

Emma ne répondit rien. Elle haletait, tout en roulant les yeux autour d'elle, tandis que la paysanne, effrayée de son visage, se reculait instinctivement, la croyant folle. Tout à coup elle se frappa le front, poussa un cri, car le souvenir de Rodolphe, comme un grand éclair dans une nuit sombre, lui avait passé dans l'âme. Il était si bon, si délicat, si généreux ! Et, d'ailleurs, s'il hésitait à lui rendre ce service, elle saurait bien l'y contraindre en rappelant d'un seul clin d'œil leur amour perdu. Elle partit donc vers la Huchette, sans s'apercevoir qu'elle courait s'offrir à ce qui l'avait tantôt si fort exaspérée, ni se douter le moins du monde de cette prostitution.

8

Elle se demandait tout en marchant : « Que vais-je dire ? Par où commencerai-je ? » Et à mesure qu'elle avançait, elle reconnaissait les buissons, les arbres, les joncs marins sur la colline, le château là-bas.

Elle entra, comme autrefois, par la petite porte du parc, puis arriva à la cour d'honneur.

Elle monta le large escalier droit, à balustres de bois, qui conduisait au corridor pavé de dalles poudreuses où s'ouvraient plusieurs chambres à la file, comme dans les monastères ou les auberges. La sienne était au bout, tout au fond, à gauche. Quand elle vint à poser les doigts sur la serrure, ses forces subitement l'abandonnèrent. Elle avait peur qu'il ne fût pas là, le souhaitait presque, et c'était pourtant son seul espoir, la dernière chance de salut. Elle se recueillit une minute, et, retrempant son courage au sentiment de la nécessité présente, elle entra.

Il était devant le feu, les deux pieds sur le chambranle, en train de fumer une pipe.

— Tiens ! c'est vous ! dit-il en se levant brusquement.

— Oui, c'est moi !... je voudrais, Rodolphe, vous demander un conseil.

— Vous n'avez pas changé. Vous êtes toujours charmante !

— Oh ! reprit-elle amèrement, ce sont de tristes charmes, mon ami, puisque vous les avez dédaignés.

Alors il entama une explication de sa conduite, s'excusant en termes vagues, faute de pouvoir inventer mieux.

Elle se laissa prendre à ses paroles, plus encore à sa voix et par le spectacle de sa personne ; si bien qu'elle fit semblant de croire, ou crut-elle peut-être, au prétexte de leur rupture ; c'était un secret d'où dépendaient l'honneur et même la vie d'une troisième personne.

— N'importe ! fit-elle en le regardant tristement, j'ai bien souffert !

Il répondit d'un ton philosophique :

— L'existence est ainsi !

— Il aurait peut-être mieux valu ne jamais nous quitter.

— Oui..., peut-être !

— Tu crois ? dit-elle en se rapprochant.

Et elle soupira :

— Ô Rodolphe ! Si tu savais !... je t'ai bien aimé !

Ce fut alors qu'elle prit sa main, et ils restèrent quelque temps les doigts entrelacés, – comme le premier jour, aux Comices ! Par un geste d'orgueil, il se débattait sous l'attendrissement. Mais, s'affaissant contre sa poitrine, elle lui dit :

— Comment voulais-tu que je vécusse sans toi ? On ne peut pas se déshabituer du bonheur ! J'étais désespérée ! J'ai cru mourir ! Je te conterai tout cela, tu verras. Et toi, tu m'as fuie !...

Car, depuis trois ans, il l'avait soigneusement évitée, par suite de cette lâcheté naturelle qui caractérise le sexe fort ; et Emma continuait avec des gestes mignons de tête.

— Tu en aimes d'autres, avoue-le. Oh ! je les comprends, va ! je les excuse ; tu les auras séduites, comme
tu m'avais séduite. Tu es un homme, toi ! tu as tout ce
qu'il faut pour te faire chérir. Mais nous recommencerons,
n'est-ce pas ? nous nous aimerons ! Tiens, je ris, je suis
heureuse !... parle donc !

Et elle était ravissante à voir, avec son regard où tremblait une larme, comme l'eau d'un orage dans un calice
bleu.

Il l'attira sur ses genoux, et il caressait du revers de la
main ses bandeaux lisses, où, dans la clarté du crépuscule,
miroitait comme une flèche d'or un dernier rayon du soleil.
Elle penchait le front ; il finit par la baiser sur les paupières,
tout doucement, du bout de ses lèvres.

— Mais tu as pleuré ! dit-il. Pourquoi ?

Elle éclata en sanglots. Rodolphe crut que c'était l'explosion de son amour ; comme elle se taisait, il prit ce silence
pour une dernière pudeur, et alors il s'écria :

— Ah ! pardonne-moi ! tu es la seule qui me plaise. J'ai
été imbécile et méchant ! Je t'aime, je t'aimerai toujours !...
Qu'as-tu ? dis-le donc !

Il s'agenouillait.

— Eh bien !... je suis ruinée, Rodolphe ! Tu vas me
prêter trois mille francs !

— Mais... mais..., dit-il en se relevant peu à peu, tandis
que sa physionomie prenait une expression grave.

— Tu sais, continuait-elle vite, que mon mari avait placé
toute sa fortune chez un notaire ; il s'est enfui. Nous avons
emprunté ; les clients ne payaient pas. Du reste la liquidation n'est pas finie ; nous en aurons plus tard. Mais,
aujourd'hui, faute de trois mille francs, on va nous saisir ;

c'est à présent, à l'instant même ; et comptant sur ton ami-tié, je suis venue.

— Ah ! pensa Rodolphe, qui devint très pâle tout à coup, c'est pour cela qu'elle est venue !

Enfin il dit d'un air calme :

— Je ne les ai pas, chère madame.

Il ne mentait point. Il les eût eus qu'il les aurait don-nés, sans doute, bien qu'il soit généralement désagréable de faire de si belles actions : une demande pécuniaire, de toutes les bourrasques qui tombent sur l'amour, étant la plus froide et la plus déracinante.

Elle resta d'abord quelques minutes à le regarder.

— Tu ne les as pas !

Elle répéta plusieurs fois :

— Tu ne les as pas !… J'aurais dû m'épargner cette dernière honte. Tu ne m'as jamais aimée ! Tu ne vaux pas mieux que les autres !

Rodolphe l'interrompit, affirmant qu'il se trouvait « gêné » lui-même.

— Ah ! je te plains ! dit Emma. Oui, considérable-ment !…

Et, arrêtant ses yeux sur une carabine damasquinée qui brillait dans la panoplie :

— Mais, lorsqu'on est si pauvre, on ne met pas d'argent à la crosse de son fusil ! On n'achète pas une pendule avec des incrustations d'écailles ! continuait-elle ; ni des sifflets de vermeil pour ses fouets – elle les touchait ! – ni des bre-loques pour sa montre ! Oh ! rien ne lui manque ! jusqu'à un porte-liqueurs dans sa chambre ; car tu t'aimes, tu vis bien, tu as un château, des fermes, des bois ; tu chasses à courre, tu voyages à Paris… Eh ! quand ce ne serait que cela, s'écria-t-elle en prenant sur la cheminée ses boutons de manchettes, que la moindre de ces niaiseries ! on en peut faire de l'argent !... Oh ! je n'en veux pas ! garde-les.

Et elle lança bien loin les deux boutons, dont la chaîne d'or se rompit en cognant contre la muraille.

— Mais, moi, je t'aurais tout donné, j'aurais tout vendu, j'aurais travaillé de mes mains, j'aurais mendié sur les routes, pour un sourire, pour un regard, pour t'entendre dire : « Merci ! » Et tu restes là tranquillement dans ton fauteuil, comme si déjà tu ne m'avais pas fait assez souffrir ? Sans toi, sais-tu bien, j'aurais pu vivre heureuse ! Tu m'aimais cependant, tu le disais... Et tout à l'heure encore... Ah ! il eût mieux valu me chasser ! J'ai les mains chaudes de tes baisers, et voilà la place, sur le tapis, où tu jurais à mes genoux une éternité d'amour. Tu m'y as fait croire : tu m'as, pendant deux ans, traînée dans le rêve le plus magnifique et le plus suave !... Hein ? nos projets de voyage, tu te rappelles ? Oh ! ta lettre, ta lettre ! elle m'a déchiré le cœur !... Et puis, quand je reviens vers lui, vers lui, qui est riche, heureux, libre ! pour implorer un secours que le premier venu rendrait, suppliante et lui rapportant toute ma tendresse, il me repousse, parce que ça lui coûterait trois mille francs !

— Je ne les ai pas ! répondit Rodolphe avec ce calme parfait dont se recouvrent comme d'un bouclier les colères résignées.

Elle sortit. Les murs tremblaient, le plafond l'écrasait ; et elle repassa par la longue allée, en trébuchant contre les tas de feuilles mortes que le vent dispersait. Enfin elle arriva au saut-de-loup devant la grille ; elle se cassa les ongles contre la serrure, tant elle se dépêchait pour l'ouvrir.

Puis, cent pas plus loin, essoufflée, près de tomber, elle s'arrêta. Et alors, se détournant, elle aperçut encore une fois l'impassible château, avec le parc, les jardins, les trois cours, et toutes les fenêtres de la façade.

Elle resta perdue de stupeur. Le sol sous ses pieds était plus mou qu'une onde, et les sillons lui parurent d'immenses vagues brunes, qui déferlaient. Tout ce qu'il y avait dans sa tête de réminiscences, d'idées, s'échappait à la fois, d'un seul bond, comme les mille pièces d'un feu d'artifice. Elle vit son père, le cabinet de Lheureux, leur chambre là-bas, un autre paysage. La folie la prenait, elle eut peur, et parvint à se ressaisir, d'une manière confuse, il est vrai ; car elle ne se rappelait point la cause de son horrible état, c'est-à-dire la question d'argent. Elle ne souffrait que de son amour.

La nuit tombait, des corneilles volaient.

Il lui sembla tout à coup que des globules couleur de feu éclataient dans l'air comme des balles fulminantes en s'aplatissant, et tournaient, tournaient, pour aller se fondre sur la neige, entre les branches des arbres. Au milieu de chacun d'eux, la figure de Rodolphe apparaissait. Ils se multiplièrent, et ils se rapprochaient, la pénétraient ; tout disparut. Elle reconnut les lumières des maisons, qui rayonnaient de loin dans le brouillard.

Alors sa situation, telle qu'un abîme, se représenta. Elle haletait à se rompre la poitrine. Puis, dans un transport d'héroïsme qui la rendait presque joyeuse, elle descendit la côte en courant, traversa la planche aux vaches, le sentier, l'allée, les halles, et arriva devant la boutique du pharmacien.

Il n'y avait personne. Elle allait entrer ; mais, au bruit de la sonnette, on pouvait venir ; et, se glissant par la barrière, retenant son haleine, tâtant les murs, elle s'avança jusqu'au seuil de la cuisine, où brûlait une chandelle posée sur le fourneau. Justin, en manches de chemise, emportait un plat.

— Ah ! ils dînent. Attendons.

Il revint. Elle frappa contre la vitre. Il sortit.

— La clef ! celle d'en haut, où sont les…

— Comment !

Et il la regardait, tout étonné par la pâleur de son visage, qui tranchait en blanc sur le fond noir de la nuit. Elle lui apparut extraordinairement belle, et majestueuse comme un fantôme ; sans comprendre ce qu'elle voulait, il pressentait quelque chose de terrible.

Mais elle reprit vivement, à voix basse, d'une voix douce, dissolvante :

— Je la veux ! Donne-la-moi.

Comme la cloison était mince, on entendait le cliquetis des fourchettes sur les assiettes dans la salle à manger.

Elle prétendit avoir besoin de tuer les rats qui l'empêchaient de dormir.

— Il faudrait que j'avertisse monsieur.

— Non ! reste !

Puis, d'un air indifférent :

— Eh ! ce n'est pas la peine, je lui dirai tantôt. Allons, éclaire-moi !

Elle entra dans le corridor où s'ouvrait la porte du laboratoire. Il y avait contre la muraille une clef étiquetée *capharnaüm*.

— Justin ! cria l'apothicaire, qui s'impatientait.

— Montons !

Et il la suivit.

La clef tourna dans la serrure, et elle alla droit vers la troisième tablette, tant son souvenir la guidait bien, saisit le bocal bleu, en arracha le bouchon, y fourra sa main, et, la retirant pleine d'une poudre blanche, elle se mit à manger à même.

— Arrêtez ! s'écria-t-il en se jetant sur elle.

— Tais-toi ! on viendrait...

Il se désespérait, voulait appeler.

— N'en dis rien, tout retomberait sur ton maître !

Puis elle s'en retourna subitement apaisée, et presque dans la sérénité d'un devoir accompli.

Quand Charles, bouleversé par la nouvelle de la saisie, était rentré à la maison, Emma venait d'en sortir. Il cria, pleura, s'évanouit, mais elle ne revint pas. Où pouvait-elle être ? Il envoya Félicité chez Homais, chez M. Tuvache, chez Lheureux, au *Lion d'or*, partout ; et, dans les intermittences de son angoisse, il voyait sa considération anéantie, leur fortune perdue, l'avenir de Berthe brisé ! Par quelle cause ?... pas un mot ! Il attendit jusqu'à six heures du soir. Enfin, n'y pouvant plus tenir, et imaginant qu'elle était partie pour Rouen, il alla sur la grande route, fit une demi-lieue, ne rencontra personne, attendit encore et s'en revint.

Elle était rentrée.

— Qu'y avait-il ?... Pourquoi ?... Explique-moi ?...

Elle s'assit à son secrétaire, et écrivit une lettre qu'elle cacheta lentement, ajoutant la date du jour et l'heure. Puis elle dit d'un ton solennel :

— Tu la liras demain ; d'ici là, je t'en prie, ne m'adresse pas une seule question !... Non, pas une !

— Mais...

— Oh ! laisse-moi !

Et elle se coucha tout du long sur son lit.

Une saveur âcre qu'elle sentait dans sa bouche la réveilla. Elle entrevit Charles et referma les yeux.

Elle s'épiait curieusement, pour discerner si elle ne souffrait pas. Mais non ! rien encore. Elle entendait le battement de la pendule, le bruit du feu, et Charles, debout près de sa couche, qui respirait.

— Ah ! c'est bien peu de chose, la mort ! pensait-elle ; je vais m'endormir, et tout sera fini !

Elle but une gorgée d'eau et se tourna vers la muraille. Cet affreux goût d'encre continuait.

— J'ai soif !… oh ! j'ai bien soif ! soupira-t-elle.

— Qu'as-tu donc ? dit Charles, qui lui tendait un verre.

— Ce n'est rien !… Ouvre la fenêtre… j'étouffe !

Et elle fut prise d'une nausée si soudaine, qu'elle eut à peine le temps de saisir son mouchoir sous l'oreiller.

— Enlève-le ! dit-elle vivement ; jette-le !

Il la questionna ; elle ne répondit pas. Elle se tenait immobile, de peur que la moindre émotion ne la fît vomir. Cependant, elle sentait un froid de glace qui lui montait des pieds jusqu'au cœur.

— Ah ! voilà que ça commence ! murmura-t-elle.

— Que dis-tu ?

Elle roulait sa tête avec un geste doux plein d'angoisse, et tout en ouvrant continuellement les mâchoires, comme si elle eût porté sur sa langue quelque chose de très lourd. À huit heures, les vomissements reparurent.

Charles observa qu'il y avait au fond de la cuvette une sorte de gravier blanc, attaché aux parois de la porcelaine.

Alors, délicatement et presque en la caressant, il lui passa la main sur l'estomac. Elle jeta un cri aigu. Il se recula tout effrayé.

Puis elle se mit à geindre, faiblement d'abord. Un grand frisson lui secouait les épaules, et elle devenait plus pâle que le drap où s'enfonçaient ses doigts crispés. Son pouls, inégal, était presque insensible maintenant.

Des gouttes suintaient sur sa figure bleuâtre, qui semblait comme figée dans l'exhalaison d'une vapeur métallique. Ses dents claquaient, ses yeux agrandis regardaient vaguement autour d'elle, et à toutes les questions, elle ne répondait qu'en hochant la tête ; même elle sourit deux ou trois fois. Peu à peu, ses gémissements furent plus forts. Un hurlement sourd lui échappa ; elle prétendit qu'elle allait mieux et qu'elle se lèverait tout à l'heure. Mais les convulsions la saisirent ; elle s'écria :

— Ah ! c'est atroce, mon Dieu !

Il se jeta à genoux contre son lit.

— Parle ! qu'as-tu mangé ? Réponds, au nom du ciel !

Et il la regardait avec des yeux d'une tendresse comme elle n'en avait jamais vu.

— Eh bien, là… là !… dit-elle d'une voix défaillante.

Il bondit au secrétaire, brisa le cachet et lut tout haut !
Qu'on n'accuse personne… Il s'arrêta, se passa la main sur les yeux, et relut encore.

— Comment ! Au secours ! A moi !

Et il ne pouvait que répéter ce mot : « Empoisonnée ! empoisonnée ! » Félicité courut chez Homais, qui l'exclama sur la place ; madame Lefrançois l'entendit au *Lion d'or ;* quelques-uns se levèrent pour l'apprendre à leurs voisins, et toute la nuit le village fut en éveil.

Éperdu, balbutiant, près de tomber, Charles tournait dans la chambre. Il se heurtait aux meubles, s'arrachait les cheveux, et jamais le pharmacien n'avait cru qu'il pût y avoir de si épouvantable spectacle.

Il revint chez lui pour écrire à M. Canivet et au docteur Larivière. Il perdait la tête ; il fit plus de quinze brouillons. Hippolyte partit à Neufchâtel, et Justin talonna si fort le cheval de Bovary, qu'il le laissa dans la côte du bois Guillaume, fourbu et aux trois quarts crevé.

Charles voulut feuilleter son dictionnaire de médecine ; il n'y voyait pas, les lignes dansaient.

— Du calme ! dit l'apothicaire. Il s'agit seulement d'administrer quelque puissant antidote. Quel est le poison ?

Charles montra la lettre. C'était de l'arsenic.

— Eh bien, reprit Homais, il faudrait en faire l'analyse.

Car il savait qu'il faut, dans tous les empoisonnements, faire une analyse ; et l'autre, qui ne comprenait pas, répondit :

— Ah ! faites ! faites ! sauvez-la...

Puis, revenu près d'elle, il s'affaissa par terre sur le tapis, et il restait la tête appuyée contre le bord de sa couche à sangloter.

— Ne pleure pas ! lui dit-elle. Bientôt je ne te tourmenterai plus !

— Pourquoi ? Qui t'a forcée ?

Elle répliqua :

— Il le fallait, mon ami.

— N'étais-tu pas heureuse ? Est-ce ma faute ? J'ai fait tout ce que j'ai pu pourtant !

— Oui..., c'est vrai..., tu es bon, toi !

Et elle lui passait la main dans les cheveux, lentement. La douceur de cette sensation surchargeait sa tristesse ; il sentait tout son être s'écrouler de désespoir à l'idée qu'il fallait la perdre, quand, au contraire, elle avouait pour lui plus d'amour que jamais.

Elle en avait fini, songeait-elle, avec toutes les trahisons, les bassesses et les innombrables convoitises qui la torturaient. Elle ne haïssait personne, maintenant.

— Amenez-moi la petite, dit-elle en se soulevant du coude.

— Tu n'es pas plus mal, n'est-ce pas ? demanda Charles.

— Non ! non !

L'enfant arriva sur le bras de sa bonne, dans sa longue chemise de nuit, d'où sortaient ses pieds nus, sérieuse et presque rêvant encore. Elle considérait avec étonnement la chambre tout en désordre, et clignait des yeux, éblouie par les flambeaux qui brûlaient sur les meubles. Ils lui rappelaient sans doute les matins du jour de l'an ou de la mi-carême, quand, ainsi réveillée de bonne heure à la clarté des bougies, elle venait dans le lit de sa mère pour y recevoir ses étrennes, car elle se mit à dire :

— Où est-ce donc, maman ?

Et, comme tout le monde se taisait :

— Mais je ne vois pas mon petit soulier !

Félicité la penchait vers le lit, tandis qu'elle regardait toujours du côté de la cheminée.

— Est-ce nourrice qui l'aurait pris ? demanda-t-elle.

Et, à ce nom, qui la reportait dans le souvenir de ses adultères et de ses calamités, madame Bovary détourna sa tête, comme au dégoût d'un autre poison plus fort qui lui remontait à la bouche. Berthe, cependant, restait posée sur le lit.

— Oh ! comme tu as de grands yeux, maman ! comme tu es pâle ! comme tu sues !...

Sa mère la regardait.

— J'ai peur ! dit la petite en se reculant.

Emma prit sa main pour la baiser ; elle se débattait.

— Assez ! qu'on l'emmène ! s'écria Charles, qui sanglotait dans l'alcôve.

Puis les symptômes s'arrêtèrent un moment ; elle paraissait moins agitée ; et, à chaque parole insignifiante, à chaque souffle de sa poitrine un peu plus calme, il reprenait espoir. Enfin, lorsque Canivet entra, il se jeta dans ses bras en pleurant.

— Ah ! c'est vous ! merci ! vous êtes bon ! Mais tout va mieux. Tenez, regardez-la...

Le confrère ne fut nullement de cette opinion, et, n'y allant pas, comme il le disait lui-même, *par quatre chemins*, il prescrivit de l'émétique, afin de dégager complètement l'estomac.

Elle ne tarda pas à vomir du sang. Ses lèvres se serrèrent davantage. Elle avait les membres crispés, le corps couvert de taches brunes, et son pouls glissait sous les doigts comme un fil tendu, comme une corde de harpe près de se rompre.

Puis elle se mettait à crier, horriblement. Elle maudissait le poison, l'invectivait, le suppliait de se hâter, et repoussait de ses bras raidis tout ce que Charles, plus agonisant qu'elle, s'efforçait de lui faire boire. Il était debout, son mouchoir sur les lèvres, râlant, pleurant, et suffoqué par des sanglots qui le secouaient jusqu'aux talons ; Félicité courait çà et là dans la chambre ; Homais, immobile, poussait de gros soupirs, et M. Canivet, gardant toujours son aplomb, commençait néanmoins à se sentir troublé.

— Diable !... cependant... elle est purgée, et, du moment que la cause cesse...

— L'effet doit cesser, dit Homais ; c'est évident.

— Mais sauvez-la ! exclamait Bovary.

Aussi, sans écouter le pharmacien qui hasardait encore cette hypothèse : « C'est peut-être un paroxysme salutaire », Canivet allait administrer de la thériaque[1], lorsqu'on entendit le claquement d'un fouet ; toutes les vitres frémirent, et, une berline de poste qu'enlevaient à plein poitrail trois chevaux crottés jusqu'aux oreilles, débusqua d'un bond au coin des halles. C'était le docteur Larivière.

L'apparition d'un dieu n'eût pas causé plus d'émoi. Bovary leva les mains, Canivet s'arrêta court, et Homais retira son bonnet grec bien avant que le docteur fût entré.

Il fronça les sourcils dès la porte, en apercevant la face cadavéreuse d'Emma, étendue sur le dos, la bouche ouverte. Puis, tout en ayant l'air d'écouter Canivet, il se passait l'index sous les narines et répétait :

— C'est bien, c'est bien.

Mais il fit un geste lent des épaules. Bovary l'observa : ils se regardèrent ; et cet homme, si habitué pourtant à l'aspect des douleurs, ne put retenir une larme qui tomba sur son jabot.

— Elle est bien mal, n'est-ce pas ? Si l'on posait des sinapismes ? je ne sais quoi ! Trouvez donc quelque chose, vous qui en avez tant sauvé !

Charles lui entourait le corps de ses deux bras, et il le contemplait d'une manière effarée, suppliante, à demi pâmé contre sa poitrine.

1. Médicament opiacé.

— Allons, mon pauvre garçon, du courage ! Il n'y a plus rien à faire.

Et le docteur Larivière se détourna.

— Vous partez ?

— Je vais revenir.

Il sortit comme pour donner un ordre au postillon, avec le sieur Canivet, qui ne se souciait pas non plus de voir Emma mourir entre ses mains.

Le pharmacien les rejoignit sur la place. Il ne pouvait, par tempérament, se séparer des gens célèbres. Aussi conjura-t-il M. Larivière de lui faire cet insigne honneur d'accepter à déjeuner.

On envoya bien vite prendre des pigeons au *Lion d'or*, tout ce qu'il y avait de côtelettes à la boucherie, de la crème chez Tuvache, des œufs chez Lestiboudois, et l'apothicaire aidait lui-même aux préparatifs, tandis que madame Homais disait, en tirant les cordons de sa camisole :

— Vous ferez excuse, monsieur ; car, dans notre malheureux pays, du moment qu'on n'est pas prévenu la veille…

— Les verres à patte!!! souffla Homais.

— Au moins, si nous étions à la ville, nous aurions la ressource des pieds farcis.

— Tais-toi !… À table, docteur !

Il jugea bon, après les premiers morceaux, de fournir quelques détails sur la catastrophe :

— Nous avons eu d'abord un sentiment de siccité[2] au pharynx, puis des douleurs intolérables à l'épigastre, superpurgation, coma.

2. Sécheresse.

— Comment s'est-elle donc empoisonnée ?

— Je l'ignore, docteur, et même je ne sais pas trop où elle a pu se procurer cet acide arsénieux.

Justin, qui apportait alors une pile d'assiettes, fut saisi d'un tremblement.

— Qu'as-tu ? dit le pharmacien.

Le jeune homme, à cette question, laissa tout tomber par terre, avec un grand fracas.

— Imbécile ! s'écria Homais, maladroit ! lourdaud ! fichu âne !

Mais, soudain, se maîtrisant :

— J'ai voulu, docteur, tenter une analyse, et *primo*, j'ai délicatement introduit dans un tube...

— Il aurait mieux valu, dit le chirurgien, lui introduire vos doigts dans la gorge.

Son confrère se taisait, ayant tout à l'heure reçu confidentiellement une forte semonce à propos de son émétique, de sorte que ce bon Canivet, si arrogant et verbeux lors du pied bot, était très modeste aujourd'hui ; il souriait sans discontinuer, d'une manière approbative.

Homais s'épanouissait dans son orgueil d'amphitryon, et l'affligeante idée de Bovary contribuait vaguement à son plaisir, par un retour égoïste qu'il faisait sur lui-même. Puis la présence du Docteur le transportait. Il étalait son érudition.

Madame Homais réapparut, portant une de ces vacillantes machines que l'on chauffe avec de l'esprit-de-vin ; car Homais tenait à faire son café sur la table, l'ayant, d'ailleurs, torréfié lui-même, porphyrisé lui-même, mixtionné lui-même.

— *Saccharum*, docteur, dit-il en offrant du sucre.

Puis il fit descendre tous ses enfants, curieux d'avoir l'avis du chirurgien sur leur constitution.

Enfin, M. Larivière allait partir, quand madame Homais lui demanda une consultation pour son mari. Il s'épaississait le sang à s'endormir chaque soir après le dîner.

— Oh ! ce n'est pas le *sens* qui le gêne.

Et, souriant un peu de ce calembour inaperçu, le docteur ouvrit la porte. Mais la pharmacie regorgeait de monde ; et il eut grand-peine à pouvoir se débarrasser du sieur Tuvache, qui redoutait pour son épouse une fluxion de poitrine, parce qu'elle avait coutume de cracher dans les cendres ; puis de M. Binet, qui éprouvait parfois des fringales, et de madame Caron, qui avait des picotements ; de Lheureux, qui avait des vertiges ; de Lestiboudois, qui avait un rhumatisme ; de madame Lefrançois, qui avait des aigreurs. Enfin les trois chevaux détalèrent, et l'on trouva généralement qu'il n'avait point montré de complaisance.

L'attention publique fut distraite par l'apparition de M. Bournisien, qui passait sous les halles avec les saintes huiles.

Homais, comme il le devait à ses principes, compara les prêtres à des corbeaux qu'attire l'odeur des morts ; la vue d'un ecclésiastique lui était personnellement désagréable, car la soutane le faisait rêver au linceul, et il exécrait l'une un peu par épouvante de l'autre.

Néanmoins, ne reculant pas devant ce qu'il appelait *sa mission*, il retourna chez Bovary en compagnie de Canivet, que M. Larivière, avant de partir, avait engagé fortement à cette démarche ; et même, sans les représentations de sa femme, il eût emmené avec lui ses deux fils, afin de les accoutumer aux fortes circonstances, pour que ce fût une leçon, un exemple, un tableau solennel qui leur restât plus tard dans la tête.

La chambre, quand ils entrèrent, était toute pleine d'une solennité lugubre. Il y avait sur la table à ouvrage, recouverte d'une serviette blanche, cinq ou six petites boules de coton dans un plat d'argent, près d'un gros crucifix, entre deux chandeliers qui brûlaient. Emma, le menton contre sa poitrine, ouvrait démesurément les paupières : et ses pauvres mains se traînaient sur les draps, avec ce geste hideux et doux des agonisants qui semblent vouloir déjà se recouvrir du suaire. Pâle comme une statue, et les yeux rouges comme des charbons, Charles, sans pleurer, se tenait en face d'elle, au pied du lit, tandis que le prêtre, appuyé sur un genou, marmottait des paroles basses.

Elle tourna sa figure lentement, et parut saisie de joie à voir tout à coup l'étole violette, sans doute retrouvant au milieu d'un apaisement extraordinaire la volupté perdue de ses premiers élancements mystiques, avec des visions de béatitude éternelle qui commençaient.

Le prêtre se releva pour prendre le crucifix ; alors elle allongea le cou comme quelqu'un qui a soif, et, collant ses lèvres sur le corps de l'Homme-Dieu, elle y déposa de toute sa force expirante le plus grand baiser d'amour qu'elle eût jamais donné. Ensuite il récita le *Misereatur* et *l'Indulgentiam*[3], trempa son pouce droit dans l'huile et commença les onctions : d'abord sur les yeux, qui avaient tant convoité toutes les somptuosités terrestres ; puis sur les narines, friandes de brises tièdes et de senteurs amou-

3. Prières du rite catholique de l'extrême-onction, sacrement délivré au mourant.

reuses ; puis sur la bouche, qui s'était ouverte pour le mensonge, qui avait gémi d'orgueil et crié dans la luxure ; puis sur les mains, qui se délectaient aux contacts suaves, et enfin sur la plante des pieds, si rapides autrefois quand elle courait à l'assouvissance de ses désirs, et qui maintenant ne marcheraient plus.

Le curé s'essuya les doigts, jeta dans le feu les brins de coton trempés d'huile, et revint s'asseoir près de la moribonde pour lui dire qu'elle devait à présent joindre ses souffrances à celles de Jésus-Christ et s'abandonner à la miséricorde divine.

En finissant ses exhortations, il essaya de lui mettre dans la main un cierge bénit, symbole des gloires célestes dont elle allait tout à l'heure être environnée. Emma, trop faible, ne put fermer les doigts, et le cierge, sans M. Bournisien, serait tombé à terre.

Cependant elle n'était plus aussi pâle, et son visage avait une expression de sérénité, comme si le sacrement l'eût guérie.

Le prêtre ne manqua point d'en faire l'observation ; il expliqua même à Bovary que le Seigneur, quelquefois, prolongeait l'existence des personnes lorsqu'il le jugeait convenable pour leur salut ; et Charles se rappela un jour où, ainsi près de mourir, elle avait reçu la communion.

— Il ne fallait peut-être pas se désespérer, pensa-t-il.

En effet, elle regarda tout autour d'elle, lentement, comme quelqu'un qui se réveille d'un songe ; puis, d'une voix distincte, elle demanda son miroir, et elle resta penchée dessus quelque temps, jusqu'au moment où de grosses larmes lui découlèrent des yeux. Alors elle se renversa la tête en poussant un soupir et retomba sur l'oreiller.

Sa poitrine aussitôt se mit à haleter rapidement. Sa langue tout entière lui sortit hors de la bouche ; ses yeux, en roulant, pâlissaient comme deux globes de lampe qui s'éteignent, à la croire déjà morte, sans l'effrayante accélération de ses côtes, secouées par un souffle furieux, comme si l'âme eût fait des bonds pour se détacher. Félicité s'agenouilla devant le crucifix, et le pharmacien lui-même fléchit un peu les jarrets, tandis que M. Canivet regardait vaguement sur la place. Bournisien s'était remis en prière, la figure inclinée contre le bord de la couche, avec sa longue soutane noire qui traînait derrière lui dans l'appartement. Charles était de l'autre côté, à genoux, les bras étendus vers Emma. Il avait pris ses mains et il les serrait, tressaillant à chaque battement de son cœur, comme au contrecoup d'une mine qui tombe. À mesure que le râle devenait plus fort, l'ecclésiastique précipitait ses oraisons ; elles se mêlaient aux sanglots étouffés de Bovary, et quelquefois tout semblait disparaître dans le sourd murmure des syllabes latines, qui tintaient comme un glas de cloche.

Une convulsion la rabattit sur le matelas. Tous s'approchèrent. Elle n'existait plus.

9

Il y a toujours, après la mort de quelqu'un, comme une stupéfaction qui se dégage, tant il est difficile de comprendre cette survenue du néant et de se résigner à croire. Mais, quand il s'aperçut pourtant de son immobilité, Charles se jeta sur elle en criant :

— Adieu ! adieu !

Homais et Canivet l'entraînèrent hors de la chambre.

— Modérez-vous !

— Oui, disait-il en se débattant, je serai raisonnable, je ne ferai pas de mal. Mais laissez-moi ! je veux la voir ! c'est ma femme !

Et il pleurait.

— Pleurez, reprit le pharmacien, donnez cours à la nature, cela vous soulagera !

Devenu plus faible qu'un enfant, Charles se laissa conduire en bas, dans la salle, et M. Homais, bientôt, s'en retourna chez lui.

Il avait à écrire deux lettres, à faire une potion calmante pour Bovary, à trouver un mensonge qui pût cacher l'empoisonnement et à le rédiger en article pour *le Fanal*, sans compter les personnes qui l'attendaient, afin d'avoir des informations ;

et, quand les Yonvillais eurent tous entendu son histoire d'arsenic qu'elle avait pris pour du sucre, en faisant une crème à la vanille, Homais, encore une fois, retourna chez Bovary.

Il le trouva seul (M. Canivet venait de partir), assis dans le fauteuil, près de la fenêtre, et contemplant d'un regard idiot les pavés de la salle.

— Il faudrait à présent, dit le pharmacien, fixer vous-même l'heure de la cérémonie.

— Pourquoi ? Quelle cérémonie ?

Puis, d'une voix balbutiante et effrayée :

— Oh ! non, n'est-ce pas ? non, je veux la garder.

Homais, par contenance, prit une carafe sur l'étagère pour arroser les géraniums.

— Ah ! merci, dit Charles, vous êtes bon !

Et il n'acheva pas, suffoquant sous une abondance de souvenirs que ce geste du pharmacien lui rappelait.

Homais n'osa lui reparler des dispositions funèbres ; ce fut l'ecclésiastique qui parvint à l'y résoudre.

Il s'enferma dans son cabinet, prit une plume, et, après avoir sangloté quelque temps, il écrivit :

« *Je veux qu'on l'enterre dans sa robe de noces, avec des souliers blancs, une couronne. On lui étalera les cheveux sur les épaules ; trois cercueils, un de chêne, un d'acajou, un de plomb. Qu'on ne me dise rien, j'aurai de la force. On lui mettra par-dessus tout une grande pièce de velours vert. Je le veux. Faites-le.* »

Ces messieurs s'étonnèrent beaucoup des idées romanesques de Bovary, et aussitôt le pharmacien alla lui dire :

— Ce velours me paraît une superfétation. La dépense, d'ailleurs…

— Est-ce que cela vous regarde ? s'écria Charles. Laissez-moi ! vous ne l'aimiez pas ! Allez-vous-en !

300

L'ecclésiastique le prit par-dessous le bras pour lui faire faire un tour de promenade dans le jardin. Il discourait sur la vanité des choses terrestres. Dieu était bien grand, bien bon ; on devait sans murmure se soumettre à ses décrets, même le remercier.

Charles éclata en blasphèmes.

— Je l'exècre, votre Dieu !

— L'esprit de la révolte est encore en vous, soupira l'ecclésiastique.

Bovary était loin. Il marchait à grands pas, le long du mur, près de l'espalier, et il grinçait des dents, il levait au ciel des regards de malédiction ; mais pas une feuille seulement n'en bougea.

Une petite pluie tombait. Charles, qui avait la poitrine nue, finit par grelotter ; il rentra s'asseoir dans la cuisine.

À six heures, on entendit un bruit de ferraille sur la place : c'était *l'Hirondelle* qui arrivait ; et il resta le front contre les carreaux, à voir descendre les uns après les autres tous les voyageurs. Félicité lui étendit un matelas dans le salon ; il se jeta dessus et s'endormit.

Bien que philosophe, M. Homais respectait les morts. Aussi, sans garder rancune au pauvre Charles, il revint le soir pour faire la veillée du cadavre.

M. Bournisien s'y trouvait, et deux grands cierges brûlaient au chevet du lit, que l'on avait tiré hors de l'alcôve.

L'apothicaire, à qui le silence pesait, ne tarda pas à formuler quelques plaintes sur cette « infortunée jeune femme » ; et le prêtre répondit qu'il ne restait plus maintenant qu'à prier pour elle.

— Mais, objecta le pharmacien, puisque Dieu connaît tous nos besoins, à quoi peut servir la prière ?

— Comment ! fit l'ecclésiastique, la prière ! Vous n'êtes donc pas chrétien ?

— Pardonnez ! dit Homais. J'admire le christianisme. Il a d'abord affranchi les esclaves, introduit dans le monde une morale…

— Il ne s'agit pas de cela ! Tous les textes…

— Oh ! oh ! quant aux textes, ouvrez l'histoire ; on sait qu'ils ont été falsifiés par les jésuites.

Charles entra, et, s'avançant vers le lit, il tira lentement les rideaux.

Emma avait la tête penchée sur l'épaule droite. Le coin de sa bouche, qui se tenait ouverte, faisait comme un trou noir au bas de son visage, les deux pouces restaient infléchis dans la paume des mains ; une sorte de poussière blanche lui parsemait les cils, et ses yeux commençaient à disparaître dans une pâleur visqueuse qui ressemblait à une toile mince, comme si des araignées avaient filé dessus. Le drap se creusait depuis ses seins jusqu'à ses genoux, se relevant ensuite à la pointe des orteils ; et il semblait à Charles que des masses infinies, qu'un poids énorme pesait sur elle.

L'horloge de l'église sonna deux heures. M. Bournisien, de temps à autre, se mouchait bruyamment, et Homais faisait grincer sa plume sur le papier.

— Allons, mon bon ami, dit-il, retirez-vous, ce spectacle vous déchire !

Charles une fois parti, le pharmacien et le curé recommencèrent leurs discussions.

Ils s'échauffaient, ils étaient rouges, ils parlaient à la fois, sans s'écouter et ils n'étaient pas loin de s'adresser des injures, quand Charles, tout à coup, reparut. Une fascination l'attirait. Il remontait continuellement l'escalier.

Il se posait en face d'elle pour la mieux voir, et il se perdait en cette contemplation, qui n'était plus douloureuse à force d'être profonde.

Au petit jour, madame Bovary mère arriva ; Charles, en l'embrassant, eut un nouveau débordement de pleurs. Elle essaya, comme avait tenté le pharmacien, de lui faire quelques observations sur les dépenses de l'enterrement. Il s'emporta si fort qu'elle se tut, et même il la chargea de se rendre immédiatement à la ville pour acheter ce qu'il fallait.

Charles resta seul toute l'après-midi ; on avait conduit Berthe chez madame Homais ; Félicité se tenait en haut, dans la chambre, avec la mère Lefrançois.

Le soir, il reçut des visites. Il se levait, vous serrait les mains sans pouvoir parler, puis on s'asseyait auprès des autres, qui faisaient devant la cheminée un grand demi-cercle. La figure basse et le jarret sur le genou, ils dandinaient leur jambe, tout en poussant par intervalles un gros soupir ; et chacun s'ennuyait d'une façon démesurée ; c'était pourtant à qui ne partirait pas.

Homais, quand il revint à neuf heures (on ne voyait que lui sur la place, depuis deux jours), était chargé d'une provision de camphre, de benjoin et d'herbes aromatiques. Il portait aussi un vase plein de chlore, pour bannir les miasmes. À ce moment, la domestique, madame Lefrançois et la mère Bovary tournaient autour d'Emma, en achevant de l'habiller ; et elles abaissèrent le long voile raide, qui la recouvrit jusqu'à ses souliers de satin.

Félicité sanglotait :

— Ah ! ma pauvre maîtresse ! ma pauvre maîtresse !

— Regardez-la, disait en soupirant l'aubergiste, comme elle est mignonne encore ! Si l'on ne jurerait pas qu'elle va se lever tout à l'heure.

Puis elles se penchèrent, pour lui mettre sa couronne.

Il fallut soulever un peu la tête, et alors un flot de liquides noirs sortit, comme un vomissement, de sa bouche.

— Ah ! mon Dieu ! la robe, prenez garde ! s'écria madame Lefrançois. Aidez-nous donc ! disait-elle au pharmacien. Est-ce que vous avez peur, par hasard ?

— Moi, peur ? répliqua-t-il en haussant les épaules. Ah bien, oui ! J'en ai vu d'autres à l'Hôtel-Dieu, quand j'étudiais la pharmacie !

En arrivant, le Curé demanda comment se portait Monsieur ; et, sur la réponse de l'apothicaire, il reprit :

— Le coup, vous comprenez, est encore trop récent !

Alors Homais le félicita de n'être pas exposé, comme tout le monde, à perdre une compagne chérie ; d'où s'ensuivit une discussion sur le célibat des prêtres.

— Car, disait le pharmacien, il n'est pas naturel qu'un homme se passe de femmes !

— Mais, sabre de bois ! s'écria l'ecclésiastique, comment voulez-vous qu'un individu pris dans le mariage puisse garder, par exemple, le secret de la confession ?

Homais attaqua la confession. Bournisien la défendit.

Son compagnon dormait. Puis, comme il étouffait un peu dans l'atmosphère trop lourde de la chambre, il ouvrit la fenêtre, ce qui réveilla le pharmacien.

Des aboiements continus se traînaient au loin, quelque part.

— Entendez-vous un chien qui hurle ? dit le pharmacien.

— On prétend qu'ils sentent les morts, répondit l'ecclésiastique. C'est comme les abeilles : elles s'envolent de la ruche au décès des personnes.

Homais ne releva pas ces préjugés, car il s'était rendormi.

M. Bournisien, plus robuste, continua quelque temps à remuer tout bas les lèvres ; puis, insensiblement, il baissa le menton, lâcha son gros livre noir et se mit à ronfler.

Ils étaient en face l'un de l'autre, le ventre en avant, la figure bouffie, l'air renfrogné, après tant de désaccord se rencontrant enfin dans la même faiblesse humaine ; et ils ne bougeaient pas plus que le cadavre à côté d'eux qui avait l'air de dormir.

Charles, en entrant, ne les réveilla point. C'était la dernière fois. Il venait lui faire ses adieux.

Les herbes aromatiques fumaient encore, et des tourbillons de vapeur bleuâtre se confondaient au bord de la croisée avec le brouillard qui entrait. Il y avait quelques étoiles, et la nuit était douce.

La cire des cierges tombait par grosses larmes sur les draps du lit. Charles les regardait brûler, fatiguant ses yeux contre le rayonnement de leur flamme jaune.

Des moires frissonnaient sur la robe de satin, blanche comme un clair de lune. Emma disparaissait dessous.

Puis, tout à coup, il la voyait dans le jardin de Tostes, sur le banc, contre la haie d'épines, ou bien à Rouen, dans les rues, sur le seuil de leur maison, dans la cour des Bertaux. Il entendait encore le rire des garçons en gaieté qui dansaient sous les pommiers ; la chambre était pleine du parfum de sa chevelure, et sa robe lui frissonnait dans les bras avec un bruit d'étincelles. C'était la même, celle-là !

Il fut longtemps à se rappeler ainsi toutes les félicités disparues, ses attitudes, ses gestes, le timbre de sa voix.

Il eut une curiosité terrible : lentement, du bout des doigts, en palpitant, il releva son voile. Mais il poussa un cri d'horreur qui réveilla les deux autres. Ils l'entraînèrent en bas, dans la salle.

Puis Félicité vint dire qu'il demandait des cheveux.

— Coupez-en ! répliqua l'apothicaire.

Et, comme elle n'osait, il s'avança lui-même, les ciseaux à la main. Il tremblait si fort, qu'il piqua la peau des tempes en plusieurs places. Enfin, se raidissant contre l'émotion, Homais donna deux ou trois grands coups au hasard, ce qui fit des marques blanches dans cette belle chevelure noire.

Félicité avait soin de mettre pour eux, sur la commode, une bouteille d'eau-de-vie, un fromage et une grosse brioche. Aussi l'apothicaire, qui n'en pouvait plus, soupira, vers quatre heures du matin :

— Ma foi, je me sustenterais avec plaisir !

L'ecclésiastique ne se fit point prier ; il sortit pour aller dire sa messe, revint ; puis ils mangèrent et trinquèrent, tout en ricanant un peu, sans savoir pourquoi, excités par cette gaieté vague qui vous prend après des séances de tristesse ; et, au dernier petit verre, le prêtre dit au pharmacien, tout en lui frappant sur l'épaule :

— Nous finirions par nous entendre !

Ils rencontrèrent en bas, dans le vestibule, les ouvriers qui arrivaient. Alors, Charles, pendant deux heures, eut à subir le supplice du marteau qui résonnait sur les planches. Puis on la descendit dans son cercueil de chêne que l'on emboîta dans les deux autres ; mais, comme la bière était trop large, il fallut boucher les interstices avec la laine d'un matelas. Enfin, quand les trois couvercles furent rabotés, cloués, soudés, on l'exposa devant la porte ; on ouvrit toute grande la maison, et les gens d'Yonville commencèrent à affluer.

Le père Rouault arriva. Il s'évanouit sur la place en apercevant le drap noir.

10

Il n'avait reçu la lettre du pharmacien que trente-six heures après l'événement ; et, par égard pour sa sensibilité, M. Homais l'avait rédigée de telle façon qu'il était impossible de savoir à quoi s'en tenir.

Le bonhomme tomba d'abord comme frappé d'apoplexie. Ensuite il comprit qu'elle n'était pas morte. Mais elle pouvait l'être... Enfin il avait passé sa blouse, pris son chapeau, accroché un éperon à son soulier et était parti ventre à terre ; et, tout le long de la route, le père Rouault, haletant, se dévora d'angoisses. Une fois même, il fut obligé de descendre. Il n'y voyait plus, il entendait des voix autour de lui, il se sentait devenir fou.

Le jour se leva, il aperçut trois poules noires qui dormaient dans un arbre ; il tressaillit, épouvanté de ce présage. Alors il promit à la sainte Vierge trois chasubles pour l'église, et qu'il irait pieds nus depuis le cimetière des Bertaux jusqu'à la chapelle de Vassonville.

Il entra dans Maromme en hélant les gens de l'auberge, enfonça la porte d'un coup d'épaule, bondit au sac d'avoine, versa dans la mangeoire une bouteille de cidre doux, et renfourcha son bidet, qui faisait feu des quatre fers.

Il se disait qu'on la sauverait sans doute ; les médecins découvriraient un remède, c'était sûr. Il se rappela toutes les guérisons miraculeuses qu'on lui avait contées.

Puis elle lui apparaissait morte. Elle était là, devant lui, étendue sur le dos, au milieu de la route. Il tirait la bride et l'hallucination disparaissait.

À Quincampoix, pour se donner du cœur, il but trois cafés l'un sur l'autre.

Il songea qu'on s'était trompé de nom en écrivant. Il chercha la lettre dans sa poche, l'y sentit, mais il n'osa pas l'ouvrir.

Il en vint à supposer que c'était peut-être une *farce*, une vengeance de quelqu'un, une fantaisie d'homme en goguettes ; et, d'ailleurs, si elle était morte, on le saurait ? Mais non ! la campagne n'avait rien d'extraordinaire : le ciel était bleu, les arbres se balançaient ; un troupeau de moutons passa. Il aperçut le village ; on le vit accourant tout penché sur son cheval, qu'il bâtonnait à grands coups, et dont les sangles dégouttelaient de sang.

Quand il eut repris connaissance, il tomba tout en pleurs dans les bras de Bovary :

— Ma fille ! Emma ! mon enfant ! expliquez-moi… ?

Et l'autre répondait avec des sanglots :

— Je ne sais pas, je ne sais pas ! c'est une malédiction !

La cloche tintait. Tout était prêt. Il fallut se mettre en marche.

Et, assis dans une stalle du chœur, l'un près de l'autre, ils virent passer devant eux et repasser continuellement les trois chantres qui psalmodiaient. M. Bournisien, en grand appareil, chantait d'une voix aiguë ; il saluait le tabernacle, élevait les mains, étendait les bras. Lestiboudois circulait dans l'église avec sa latte de baleine ; près du lutrin, la bière reposait entre quatre rangs de cierges. Charles avait envie de se lever pour les éteindre.

Il tâchait cependant de s'exciter à la dévotion, de s'élancer dans l'espoir d'une vie future où il la reverrait. Il imaginait qu'elle était partie en voyage, bien loin, depuis longtemps. Mais, quand il pensait qu'elle se trouvait là-dessous, et que tout était fini, qu'on l'emportait dans la terre, il se prenait d'une rage farouche, noire, désespérée. Parfois, il croyait ne plus rien sentir ; et il savourait cet adoucissement de sa douleur, tout en se reprochant d'être un misérable.

On entendit sur les dalles comme le bruit sec d'un bâton ferré qui les frappait à temps égaux. Cela venait du fond, et s'arrêta court dans les bas-côtés de l'église. Un homme en grosse veste brune s'agenouilla péniblement. C'était Hippolyte, le garçon du *Lion d'or*. Il avait mis sa jambe neuve.

On chantait, on s'agenouillait, on se relevait, cela n'en finissait pas ! Il se rappela qu'une fois, dans les premiers temps, ils avaient ensemble assisté à la messe, et ils s'étaient mis de l'autre côté, à droite, contre le mur. La cloche recommença. Il y eut un grand mouvement de chaises. Les porteurs glissèrent leurs trois bâtons sous la bière, et l'on sortit de l'église.

Justin alors parut sur le seuil de la pharmacie. Il y rentra tout à coup, pâle, chancelant.

On se tenait aux fenêtres pour voir passer le cortège. Charles, en avant, se cambrait la taille. Il affectait un air brave et saluait d'un signe ceux qui, débouchant des ruelles ou des portes, se rangeaient dans la foule.

Les six hommes, trois de chaque côté, marchaient au petit pas et en haletant un peu. Les prêtres, les chantres et les deux enfants de chœur récitaient le *De Profundis* ; et leurs voix s'en allaient sur la campagne, montant et s'abaissant avec des ondulations. Parfois ils disparaissaient aux détours du sentier ; mais la grande croix d'argent se dressait toujours entre les arbres.

Les femmes suivaient, couvertes de mantes noires à capuchon rabattu ; elles portaient à la main un gros cierge qui brûlait, et Charles se sentait défaillir à cette continuelle répétition de prières et de flambeaux, sous ces odeurs affadissantes de cire et de soutane. Toutes sortes de bruits joyeux emplissaient l'horizon : le claquement d'une charrette roulant au loin dans les ornières, le cri d'un coq qui se répétait ou la galopade d'un poulain que l'on voyait s'enfuir sous les pommiers. Le ciel pur était tacheté de nuages roses. Charles, en passant, reconnaissait les cours. Il se souvenait de matins comme celui-ci, où, après avoir visité quelque malade, il en sortait, et retournait vers elle.

Le drap noir, semé de larmes blanches, se levait de temps à autre en découvrant la bière. Les porteurs fatigués se ralentissaient, et elle avançait par saccades continues, comme une chaloupe qui tangue à chaque flot.

On arriva.

Les hommes continuèrent jusqu'en bas, à une place dans le gazon où la fosse était creusée.

On se rangea tout autour ; et, tandis que le prêtre parlait, la terre rouge, rejetée sur les bords, coulait par les coins sans bruit, continuellement.

Puis, quand les quatre cordes furent disposées, on poussa la bière dessus. Il la regarda descendre. Elle descendait toujours.

Enfin on entendit un choc ; les cordes en grinçant remontèrent.

L'ecclésiastique passa le goupillon à son voisin. C'était M. Homais. Il le secoua gravement, puis le tendit à Charles, qui s'affaissa jusqu'aux genoux dans la terre, et il en jetait à pleines mains tout en criant : « Adieu ! » Il lui envoyait des baisers ; il se traînait vers la fosse pour s'y engloutir avec elle.

On l'emmena ; et il ne tarda pas à s'apaiser, éprouvant peut-être, comme tous les autres, la vague satisfaction d'en avoir fini.

Le père Rouault, en revenant, se mit tranquillement à fumer une pipe ; ce que Homais, dans son for intérieur, jugea peu convenable. Il remarqua de même que M. Binet s'était abstenu de paraître, que Tuvache « avait filé » après la messe, et que Théodore, le domestique du notaire, portait un habit bleu, « comme si l'on ne pouvait pas trouver un habit noir, puisque c'est l'usage, que diable ! ». Et pour communiquer ses observations, il allait d'un groupe à l'autre. On y déplorait la mort d'Emma, et surtout Lheureux, qui n'avait pas manqué de venir à l'enterrement.

— Cette pauvre petite dame ! quelle douleur pour son mari !

En rentrant, Charles se déshabilla, et le père Rouault repassa sa blouse bleue. Elle était neuve, et, comme il s'était, pendant la route, souvent essuyé les yeux avec les manches, elle avait déteint sur sa figure ; et la trace des pleurs y faisait des lignes dans la couche de poussière qui la salissait.

Madame Bovary mère était avec eux. Ils se taisaient tous les trois. Enfin le bonhomme soupira :

— Vous rappelez-vous, mon ami, que je suis venu à Tostes une fois, quand vous veniez de perdre votre première défunte. Je vous consolais dans ce temps-là ! Je trouvais quoi dire ; mais à présent...

Puis, avec un long gémissement qui souleva toute sa poitrine :

— Ah ! c'est la fin pour moi, voyez-vous ! J'ai vu partir ma femme…, mon fils après…, et voilà ma fille, aujourd'hui !

Il voulut s'en retourner tout de suite aux Bertaux, disant qu'il ne pourrait pas dormir dans cette maison-là. Il refusa même de voir sa petite-fille.

— Non ! non ! ça me ferait trop de deuil. Seulement vous l'embrasserez bien ! Adieu !… vous êtes un bon garçon ! Et puis, jamais je n'oublierai ça, dit-il en se frappant la cuisse, n'ayez peur ! vous recevrez toujours votre dinde.

Charles et sa mère restèrent le soir, malgré leur fatigue, fort longtemps à causer ensemble. Ils parlèrent des jours d'autrefois et de l'avenir. Elle viendrait habiter Yonville, elle tiendrait son ménage, ils ne se quitteraient plus. Elle fut ingénieuse et caressante, se réjouissant intérieurement à ressaisir une affection qui depuis tant d'années lui échappait. Minuit sonna. Le village, comme d'habitude, était silencieux, et Charles, éveillé, pensait toujours à elle.

Rodolphe, qui, pour se distraire, avait battu le bois toute la journée, dormait tranquillement dans son château ; et Léon, là-bas, dormait aussi.

Il y en avait un autre qui, à cette heure-là, ne dormait pas.

Sur la fosse, entre les sapins, un enfant pleurait agenouillé, et sa poitrine, brisée par les sanglots, haletait dans l'ombre, sous la pression d'un regret immense plus doux que la lune et plus insondable que la nuit. La grille tout à coup craqua. C'était Lestiboudois ; il venait chercher sa bêche qu'il avait oubliée tantôt. Il reconnut Justin escaladant le mur, et sut alors à quoi s'en tenir sur le malfaiteur qui lui dérobait ses pommes de terre.

11

Charles, le lendemain, fit revenir la petite. Elle demanda sa maman. On lui répondit qu'elle était absente, qu'elle lui rapporterait des joujoux. Berthe en reparla plusieurs fois ; puis, à la longue, elle n'y pensa plus. La gaieté de cette enfant navrait Bovary, et il avait à subir les intolérables consolations du pharmacien.

Les affaires d'argent bientôt recommencèrent, M. Lheureux excitant de nouveau son ami Vinçart, et Charles s'engagea pour des sommes exorbitantes ; car jamais il ne voulut consentir à laisser vendre le moindre des meubles qui *lui* avaient appartenu. Sa mère en fut exaspérée. Il s'indigna plus fort qu'elle. Il avait changé tout à fait. Elle abandonna la maison.

Alors chacun se mit à *profiter*. Mademoiselle Lempereur réclama six mois de leçons, bien qu'Emma n'en eût jamais pris une seule (malgré cette facture acquittée qu'elle avait fait voir à Bovary) : c'était une convention entre elles deux ; le loueur de livres réclama trois ans d'abonnement ; la mère Rolet réclama le port d'une vingtaine de lettres ; et, comme Charles demandait des explications, elle eut la délicatesse de répondre :

— Ah ! je ne sais rien ! c'était pour ses affaires.

À chaque dette qu'il payait, Charles croyait en avoir fini. Il en survenait d'autres, continuellement.

Il exigea l'arriéré d'anciennes visites. On lui montra les lettres que sa femme avait envoyées. Alors il fallut faire des excuses.

Félicité portait maintenant les robes de Madame ; non pas toutes, car il en avait gardé quelques-unes, et il les allait voir dans son cabinet de toilette, où il s'enfermait ; elle était à peu près de sa taille, souvent Charles, en l'apercevant par-derrière, était saisi d'une illusion, et s'écriait :

— Oh ! reste ! reste !

Mais, à la Pentecôte, elle décampa d'Yonville, enlevée par Théodore, et en volant tout ce qui restait de la garde-robe.

Ce fut vers cette époque que Madame veuve Dupuis eut l'honneur de lui faire part du « mariage de M. Léon Dupuis, son fils, notaire à Yvetot, avec Mademoiselle Léocadie Lebœuf, de Bondeville ». Charles, parmi les félicitations qu'il lui adressa, écrivit cette phrase :

« Comme ma pauvre femme aurait été heureuse ! »

Un jour qu'errant sans but dans la maison, il était monté jusqu'au grenier, il sentit sous sa pantoufle une boulette de papier fin. Il l'ouvrit et il lut : « Du courage, Emma ! du courage ! Je ne veux pas faire le malheur de votre existence. » C'était la lettre de Rodolphe, tombée à terre entre des caisses, qui était restée là, et que le vent de la lucarne venait de pousser vers la porte. Et Charles demeura tout immobile et béant à cette même place où jadis, encore plus pâle que lui, Emma, désespérée, avait voulu mourir. Enfin, il découvrit un petit R au bas de la seconde page. Qu'était-ce ? il se rappela les assiduités de Rodolphe, sa disparition soudaine et l'air contraint qu'il avait eu en le rencontrant depuis, deux ou trois fois. Mais le ton respectueux de la lettre l'illusionna.

« Ils se sont peut-être aimés platoniquement », se dit-il.

D'ailleurs, Charles n'était pas de ceux qui descendent au fond des choses ; il recula devant les preuves, et sa jalousie incertaine se perdit dans l'immensité de son chagrin.

On avait dû, pensait-il, l'adorer. Tous les hommes, à coup sûr, l'avaient convoitée. Elle lui en parut plus belle ; et il en conçut un désir permanent, furieux, qui enflammait son désespoir et qui n'avait pas de limites, parce qu'il était maintenant irréalisable.

Pour lui plaire, comme si elle vivait encore, il adopta ses prédilections, ses idées ; il s'acheta des bottes vernies, il prit l'usage des cravates blanches. Il mettait du cosmétique à ses moustaches, il souscrivit comme elle des billets à ordre. Elle le corrompait par delà le tombeau.

Il fut obligé de vendre l'argenterie pièce à pièce, ensuite il vendit les meubles du salon. Tous les appartements se dégarnirent ; mais la chambre, sa chambre à elle, était restée comme autrefois. Après son dîner, Charles montait là. Il poussait devant le feu la table ronde, et il approchait *son* fauteuil. Il s'asseyait en face. Une chandelle brûlait dans un des flambeaux dorés. Berthe, près de lui, enluminait des estampes.

Il souffrait, le pauvre homme, à la voir si mal vêtue, avec ses brodequins sans lacet et l'emmanchure de ses blouses déchirées jusqu'aux hanches, car la femme de ménage n'en prenait guère de souci. Mais elle était si douce, si gentille, et sa petite tête se penchait si gracieusement en laissant retomber sur ses joues roses sa bonne chevelure blonde, qu'une délectation infinie l'envahissait, plaisir tout mêlé d'amertume comme ces vins mal faits qui sentent la résine. Il raccommodait ses joujoux, lui fabriquait des pantins avec du carton, ou recousait le ventre déchiré de ses poupées. Puis, s'il rencontrait des yeux la boîte à ouvrage, un ruban qui traînait ou même une épingle restée dans une fente de la table, il se prenait à rêver, et il avait l'air si triste, qu'elle devenait triste comme lui.

Personne à présent ne venait les voir ; car Justin s'était enfui à Rouen, où il est devenu garçon épicier, et les enfants de l'apothicaire fréquentaient de moins en moins la petite, M. Homais ne se souciant pas, vu la différence de leurs conditions sociales, que l'intimité se prolongeât.

Une chose étrange, c'est que Bovary, tout en pensant à Emma continuellement, l'oubliait ; et il se désespérait à sentir cette image lui échapper de la mémoire au milieu des efforts qu'il faisait pour la retenir. Chaque nuit pourtant, il la rêvait ; c'était toujours le même rêve : il s'approchait d'elle ; mais, quand il venait à l'étreindre, elle tombait en pourriture dans ses bras.

On le vit pendant une semaine entrer le soir à l'église. M. Bournisien lui fit même deux ou trois visites, puis l'abandonna.

Malgré l'épargne où vivait Bovary, il était loin de pouvoir amortir ses anciennes dettes. Lheureux refusa de renouveler aucun billet. La saisie devint imminente. Alors il eut recours à sa mère, qui consentit à lui laisser prendre une hypothèque sur ses biens, mais en lui envoyant force récriminations contre Emma ; et elle demandait, en retour de son sacrifice, un châle, échappé aux ravages de Félicité. Charles le lui refusa. Ils se brouillèrent.

Elle fit les premières ouvertures de raccommodement, en lui proposant de prendre chez elle la petite, qui la soulagerait dans sa maison. Charles y consentit. Mais, au moment du départ, tout courage l'abandonna. Alors, ce fut une rupture définitive, complète.

À mesure que ses affections disparaissaient, il se resserrait plus étroitement à l'amour de son enfant. Elle l'inquiétait cependant ; car elle toussait quelquefois, et avait des plaques rouges aux pommettes.

Par respect, ou par une sorte de sensualité qui lui faisait mettre de la lenteur dans ses investigations, Charles n'avait pas encore ouvert le compartiment secret d'un bureau de palissandre dont Emma se servait habituellement. Un jour, enfin, il s'assit devant, tourna la clef et poussa le ressort. Toutes les lettres de Léon s'y trouvaient. Plus de doute, cette fois ! Il dévora jusqu'à la dernière, fouilla dans tous les coins, tous les meubles, tous les tiroirs, derrière les murs, sanglotant, hurlant, éperdu, fou. Il découvrit une boîte, la défonça d'un coup de pied. Le portrait de Rodolphe lui sauta en plein visage, au milieu des billets doux bouleversés.

On s'étonna de son découragement. Il ne sortait plus, ne recevait personne, refusait même d'aller voir ses malades. Alors on prétendit qu'il *s'enfermait pour boire*.

Quelquefois pourtant, un curieux se haussait par-dessus la haie du jardin, et apercevait avec ébahissement cet homme à barbe longue, couvert d'habits sordides, farouche, et qui pleurait tout haut en marchant.

Le soir, dans l'été, il prenait avec lui sa petite fille et la conduisait au cimetière. Ils s'en revenaient à la nuit close, quand il n'y avait plus d'éclairé sur la place que la lucarne de Binet.

Cependant, la volupté de sa douleur était incomplète, car il n'avait autour de lui personne qui la partageât ; et il faisait des visites à la mère Lefrançois afin de pouvoir parler d'*elle*. Mais l'aubergiste ne l'écoutait que d'une oreille, ayant comme lui des chagrins, car M. Lheureux venait enfin d'établir les *Favorites du Commerce*, et Hivert, qui jouissait d'une grande réputation pour les commissions, exigeait un surcroît d'appointements et menaçait de s'engager « à la Concurrence ».

Un jour qu'il était allé au marché d'Argueil pour y vendre son cheval, – dernière ressource, – il rencontra Rodolphe.

Ils pâlirent en s'apercevant. Rodolphe, qui avait seulement envoyé sa carte, balbutia d'abord quelques excuses, puis s'enhardit et même poussa l'aplomb (il faisait très chaud, on était au mois d'août) jusqu'à l'inviter à prendre une bouteille de bière au cabaret.

Accoudé en face de lui, il mâchait son cigare tout en causant, et Charles se perdait en rêveries devant cette figure qu'elle avait aimée. Il lui semblait revoir quelque chose d'elle. C'était un émerveillement. Il aurait voulu être cet homme.

L'autre continuait à parler culture, bestiaux, engrais. Charles ne l'écoutait pas ; Rodolphe s'en apercevait, et il suivait sur la mobilité de sa figure le passage des souvenirs.

— Je ne vous en veux pas, dit-il.

Rodolphe était resté muet. Et Charles, la tête dans ses deux mains, reprit d'une voix éteinte et avec l'accent résigné des douleurs infinies :

— Non, je ne vous en veux plus !

Il ajouta même un grand mot, le seul qu'il ait jamais dit :
— C'est la faute de la fatalité !

Le lendemain, Charles alla s'asseoir sur le banc, dans la tonnelle. Des jours passaient par le treillis ; les feuilles de vigne dessinaient leurs ombres sur le sable, le jasmin embaumait, le ciel était bleu, et Charles suffoquait comme un adolescent sous les vagues effluves amoureux qui gonflaient son cœur chagrin.

À sept heures, la petite Berthe, qui ne l'avait pas vu de toute l'après-midi, vint le chercher pour dîner.

Il avait la tête renversée contre le mur, les yeux clos, la bouche ouverte, et tenait dans ses mains une longue mèche de cheveux noirs.

— Papa, viens donc ! dit-elle.

Et, croyant qu'il voulait jouer, elle le poussa doucement. Il tomba par terre. Il était mort.

Trente-six heures après, sur la demande de l'apothicaire, M. Canivet accourut. Il l'ouvrit et ne trouva rien.

Quand tout fut vendu, il resta douze francs soixante et quinze centimes qui servirent à payer le voyage de mademoiselle Bovary chez sa grand'mère. La bonne femme mourut dans l'année même ; le père Rouault étant paralysé, ce fut une tante qui s'en chargea. Elle est pauvre et l'envoie, pour gagner sa vie, dans une filature de coton.

Depuis la mort de Bovary, trois médecins se sont succédé à Yonville sans pouvoir y réussir, tant M. Homais les a tout de suite battus en brèche. Il fait une clientèle d'enfer ; l'autorité le ménage et l'opinion publique le protège.

Il vient de recevoir la croix d'honneur.

Le Livre de Poche s'engage pour
l'environnement en réduisant
l'empreinte carbone de ses livres.
Celle de cet exemplaire est de :
350 g éq. CO$_2$
PAPIER À BASE DE   Rendez-vous sur
FIBRES CERTIFIÉES   www.livredepoche-durable.fr

Édité par la Librairie Générale Française – LPJ
(58, rue Jean-Bleuzen, 92170 Vanves)

Composition : Nord Compo
Imprimer en Espagne par Liberdúplex
Dépôt légal 1re publication : août 2024
77-4961-0 – ISBN : 978-2-01-726677-8
Loi n° 49-956 du 16 juillet 1949 sur les publications destinées à la jeunesse
Dépôt légal : août 2024